Estonteantes
PRETTY LITTLE LIARS

Pretty Little Liars

Maldosas
Impecáveis
Perfeitas
Inacreditáveis
Os segredos mais secretos
 das Pretty Little Liars
Perversas
Destruidoras
Impiedosas
Perigosas
Traiçoeiras
Implacáveis

Estonteantes

PRETTY LITTLE LIARS

DE

SARA SHEPARD

Tradução
FAL AZEVEDO

ROCCO
JOVENS LEITORES

Título original
STUNNING
A PRETTY LITTLE LIARS NOVEL
VOL. 11

Copyright © 2012 by Alloy Entertainment e Sara Shepard

Todos os direitos reservados. Nenhuma parte desta obra pode ser reproduzida, ou transmitida por qualquer forma ou meio eletrônico ou mecânico, inclusive fotocópia, gravação ou sistema de armazenagem e recuperação de informação, sem a permissão escrita do editor.

Edição brasileira publicada mediante acordo com Rights People, London.

Direitos para a língua portuguesa reservados
com exclusividade para o Brasil à
EDITORA ROCCO LTDA.
Av. Presidente Wilson, 231 – 8º andar
20030-021 – Rio de Janeiro – RJ
Tel.: (21) 3525-2000 – Fax: (21) 3525-2001
rocco@rocco.com.br | www.rocco.com.br

Printed in Brazil/Impresso no Brasil

preparação de originais
TÁRSIO ABRANCHES

CIP-BRASIL. CATALOGAÇÃO NA FONTE.
SINDICATO NACIONAL DOS EDITORES DE LIVROS, RJ.

S553e
Shepard, Sara, 1977-
　　Estonteantes / Sara Shepard; tradução Fal Azevedo. – Primeira edição. – Rio de Janeiro: Rocco Jovens Leitores, 2014.
　　(Pretty Little Liars; 11)

Tradução de: Stunning
ISBN 978-85-7980-195-2

1. Ficção infantojuvenil americana. I. Azevedo, Fal, 1971-. II. Título. III. Série.

14-09098
CDD: 028.5
CDU: 087.5

O texto deste livro obedece às normas do
Acordo Ortográfico da Língua Portuguesa.

Para Caron.

Não importa quem começa o jogo e sim quem o termina.

— JOHN WOODEN

A CEGONHA TROUXE UM SEGREDO

Você já fez algo tão vergonhoso, tão chocante, tão diferente de tudo o que costuma fazer que quis desaparecer? Talvez você tenha se escondido no quarto durante o verão, envergonhada demais para sair em público. Quem sabe você até implorou aos seus pais para deixá-la mudar de escola. Ou talvez seus pais *nem sequer tenham descoberto* seu segredo porque você também se escondeu deles com medo de que percebessem, só de olhar para a sua cara, a coisa horrorosa que você fez.

Uma linda garota de Rosewood escondeu um segredo por nove longos meses. Ela se esquivou de todo mundo em todos os lugares, exceto de suas três melhores amigas. Quando as coisas se resolveram, todas elas prometeram jamais dizer uma só palavra a respeito do que acontecera para quem quer que fosse.

Mas estamos em Rosewood. E em Rosewood, o único jeito de proteger seus segredos é não ter absolutamente nenhum...

Aquele verão em Rosewood, na Pensilvânia – um bucólico subúrbio abastado a mais ou menos vinte minutos da Filadélfia –, foi um dos mais quentes de que já se teve notícia. Fugindo do calor, os moradores frequentavam a piscina do country clube, corriam até a sorveteria mais próxima em busca de enormes sorvetes de morango e nadavam nus no laguinho da fazenda de produtos orgânicos Peck, sem dar a mínima importância para a fofoca sobre um cadáver encontrado lá anos antes. Mas, a partir da terceira semana de agosto, o tempo de repente mudou. "Noite Congelante em Pleno Verão" foi como chamou o jornal local quando a temperatura baixou muito por várias noites seguidas.

Na volta às aulas, garotos iam à escola de moletom e capuz e meninas de colete acolchoado e jeans Joe novinhos em folha. Nas árvores, o verde das folhas dava lugar ao vermelho e dourado de uma noite para outra. Parecia que a Morte, a Ceifadora Sinistra, passara por Rosewood, levando consigo o calor da estação.

Em uma gelada quinta-feira à noite, um Subaru detonado atravessou uma rua pouco iluminada em Wessex, uma cidadezinha não muito distante de Rosewood. No relógio de luz esverdeada no painel lia-se 1h26, mas as quatro meninas dentro do carro pareciam bem despertas. Na verdade, eram cinco meninas: Emily Fields e suas melhores amigas, Aria Montgomery, Spencer Hastings, Hanna Marin... E uma bebezinha que Emily tinha dado à luz naquele dia.

Elas passaram por fileiras e mais fileiras de casas, checando a numeração de cada uma nas caixas de correio. Emily se aprumou quando se aproximaram do número 204.

— Encoste, Aria — pediu, tentando falar acima do choro da bebê. — Chegamos.

Aria, que usava um pulôver Fair Isle comprado durante as férias na Islândia no mês anterior — férias que ela não queria lembrar de jeito nenhum —, encostou o carro junto ao meio-fio.

— Tem certeza, Emily? — Ela observou a modesta casinha branca. Tinha uma tabela de basquete pendurada em uma das paredes exteriores da garagem, um enorme chorão no quintal e florzinhas plantadas abaixo das janelas da sala.

— Li e reli o endereço na papelada de adoção um milhão de vezes — Emily apontou para a casa, colocando o dedo no vidro —, alameda Ship, 204. É aqui que eles moram.

As meninas ficaram em silêncio. Mesmo a bebezinha ficou quieta. Hanna olhou para ela, acomodada ao seu lado no banco de trás. Sua boquinha cor-de-rosa formava um bico. Spencer também olhou para ela, então se ajeitou no assento, tomada por uma sensação desconfortável. Estava claro que todas elas pensavam a mesma coisa: como diabos isso foi acontecer com a pequena Emily Fields, tão boazinha, tão obediente?

As três eram muito, muito amigas de Emily desde o sexto ano, quando Alison DiLaurentis, a garota mais popular em Rosewood Day, o colégio particular que frequentavam, tinha formado um novo grupinho e incluído as meninas. Emily era a garota que nunca falava mal de ninguém, que nunca se metia em confusões, que preferia camisetões a minissaias — e *garotas* a garotos. Meninas como Emily não ficavam grávidas.

As amigas pensavam que Emily estava participando de um curso de verão da Universidade Temple, como o que

Spencer frequentava na Penn. E então Emily contou a verdade a cada uma delas: estava se escondendo no dormitório da faculdade de sua irmã na Filadélfia porque estava grávida. E, ao ouvirem isso, Aria, Spencer e Hanna tiveram exatamente a mesma reação, ficaram boquiabertas e mudas de surpresa.

– Há quanto tempo você sabe disso? – perguntaram a Emily.

– Fiz um teste de gravidez assim que voltei da Jamaica – respondera Emily. O pai da bebê se chamava Isaac. Um garoto com quem ela namorara no inverno anterior.

– Tem certeza absoluta de que é isso que você quer? – perguntou Spencer baixinho. A breve visão de um reflexo no vidro atraiu sua atenção, e ela se encolheu. Porém, quando ela se virou para olhar a casa oposta à deles, um sobrado de tijolos simples, não havia ninguém lá.

– E que opção eu tenho? – perguntou Emily, remexendo em sua pulseira de borracha cor-de-rosa do Hospital Jefferson. Os médicos nem sabiam que ela deixara a maternidade, queriam que ficasse mais um dia para monitorar a cicatrização do corte de sua cesariana. Mas, se Emily ficasse um minuto a mais, seu plano iria por água abaixo. Ela não teria coragem de dar sua filhinha para Gayle, a mulher rica que pagara para adotá-la, por isso disse a ela que a cesariana tinha sido adiada e pedira a ajuda das amigas para fugir da maternidade assim que a bebê nascesse. E todas elas a ajudaram. Hanna fora até a casa de Gayle para devolver o dinheiro. Spencer tinha distraído as enfermeiras enquanto Emily se arrastava na direção da saída. Aria fora a motorista da fuga com seu velho Subaru, não sem antes comprar uma cadeirinha de bebê usada para pôr no carro. E, no final, tudo dera certo, e elas conseguiram tirar Emily da maternidade com a bebê sem que Gayle descobrisse.

De repente, como se estivesse esperando sua deixa, o celular de Emily tocou, interrompendo aquele silêncio tenso. Ela o apanhou dentro da sacola de plástico na qual uma das enfermeiras enfiara suas roupas e verificou a tela.

Gayle.

Prendendo a respiração, Emily clicou em IGNORAR. O celular ficou quieto por um instante e depois tocou novamente. Gayle. De novo.

Hanna olhou para o celular com desconfiança.

– Você não acha que deveria falar com ela?

– E dizer o quê, Hanna? – perguntou Emily, clicando mais uma vez em IGNORAR. – *Sinto muito, Gayle, não vou dar minha bebê de jeito nenhum para você porque acho que você é doida de pedra?*

– Mas isso que estamos fazendo não é ilegal? – Hanna virou a cabeça para espiar a rua completamente deserta. Não que aquilo a ajudasse a ficar mais calma.

– E se ela chamar a polícia?

– Como Gayle faria isso? – perguntou Emily. – O que ela fez também é ilegal. Se ela chamar a polícia, vai ter que se explicar, assim como eu.

Nervosa, Hanna roeu a unha.

– Certo, mas e se a polícia resolver ir a fundo nisso tudo e começar a investigar o resto da sua vida? Como o que aconteceu na Jamaica?

A tensão dentro do carro era palpável. Apesar de não conseguirem se livrar das lembranças, as garotas tinham prometido umas às outras jamais mencionar o que acontecera na

Jamaica. Aquela viagem deveria ser uma pausa, uma chance para que esquecessem a Verdadeira Ali, a menina malvada que matara Courtney, sua irmã gêmea, a Ali que elas conheciam e adoravam. No ano passado, a Verdadeira Ali tinha voltado para Rosewood fingindo ser a antiga melhor amiga delas, mas depois descobriram que ela era o novo A, a garota que as atormentava e lhes mandava mensagens de texto assustadoras. A mesma garota que matara Ian Thomas, o galã do colégio Rosewood Day e principal suspeito no primeiro caso de assassinato, e que também matara Jenna Cavanaugh, que as meninas e a Ali Delas tinham deixado cega no sexto ano. O terrível plano da Verdadeira Ali era matar as quatro garotas. Ela as levara para a casa de sua família em Poconos e, depois de trancá-las em um quarto, ateara fogo na casa. Só que nada tinha saído como o planejado. As meninas conseguiram escapar, e a Verdadeira Ali ficara para trás, trancada na casa quando tudo explodiu. Apesar de seu corpo não ter sido encontrado em meio aos escombros, todos tinham certeza de que ela estava morta.

Mas *será* que estava?

A viagem para a Jamaica deveria ter sido uma oportunidade para as amigas recomeçarem suas vidas, estreitando os laços entre si. Mas, quando estavam lá, uma garota chamada Tabitha se aproximou, e ela era muito parecida com a Verdadeira Ali. Ela sabia de coisas que só a Verdadeira Ali poderia saber. As idiossincrasias dela eram tão assustadoras quanto as de Ali. Aos poucos, as meninas foram se convencendo de que aquela garota era mesmo a Verdadeira Ali. Talvez ela tivesse conseguido escapar do incêndio. Talvez tivesse viajado até a Jamaica para dar cabo das meninas como sempre pretendera.

Só havia uma coisa a ser feita: impedi-la de continuar com sua vingança. No momento em que a Verdadeira Ali estava prestes a empurrar Hanna do deque da cobertura do hotel, Aria se enfiara entre elas, e quem acabara caindo lá de cima fora Ali. Seu corpo, em péssimas condições, desaparecera, provavelmente levado pela maré, antes que as meninas pudessem chegar à praia para ver o que haviam feito. Então, elas ficaram divididas entre o alívio de haverem se livrado de Ali para sempre e... o horror de terem matado uma pessoa.

– Ninguém jamais saberá o que aconteceu na Jamaica – resmungou Spencer. – O corpo de Ali nunca foi encontrado.

O celular de Emily tocou de novo. *Gayle*. E, logo depois, um *beep*. *Seis novas mensagens de voz*, dizia a tela.

– Talvez você deva ouvir os recados – murmurou Hanna.

Emily assentiu, tremendo.

– Coloque no viva-voz – sugeriu Aria. – Vamos ouvir com você.

Mordendo o lábio de nervosismo, Emily concordou e acessou a primeira mensagem:

"Heather, aqui é Gayle", uma voz grosseira ecoou pelo carro. "Você não retorna minhas ligações há dias, estou preocupada. Você não teve o bebê mais cedo do que deveria, teve? Houve alguma complicação? Vou ligar para o Hospital Jefferson só para ter certeza."

– Quem é Heather? – perguntou Spencer.

– Sou eu. Usei um nome falso durante o verão – respondeu Emily. – Comprei uma identidade falsa na South Street, foi com ela que eu consegui o trabalho no restaurante. Não queria que soubessem que eu era amiga de Alison DiLaurentis. Alguém poderia avisar aos jornais que eu estava grávida e meus pais descobririam. – Ela espiou a tela do celular. – Meu Deus, ela deve estar fula da vida.

Em seguida ouviram a segunda mensagem de Gayle.

"Heather, aqui é Gayle mais uma vez. Liguei para o Hospital Jefferson, a sua cesariana *era* lá, certo? Ninguém quer me explicar o que está acontecendo. Será que você pode, por favor, falar comigo e me dizer onde diabos está?"

Na terceira e na quarta mensagens, Gayle soou mais contundente e frustrada.

"Certo, estou no Hospital Jefferson", disse Gayle na quinta mensagem. "Acabo de falar com uma plantonista e a maternidade não registrou nenhuma Heather nos últimos dias, mas depois que a descrevi ela disse que você *está* internada aqui. Por que você não atende as minhas ligações? E onde diabos está o bebê?"

– Querem apostar que ela *subornou* a atendente? – perguntou Emily. – Dei entrada com meu nome de verdade exatamente para despistar Gayle, e isso não adiantou nada. – Registrar-se como Emily Fields fora uma jogada arriscada e, ainda que ela tivesse anotado na ficha seu endereço na Filadélfia e pagado as despesas médicas com o dinheiro que conseguira economizar trabalhando como babá, o que aconteceria se por alguma razão seus pais ligassem para o Hospital Jefferson e descobrissem que ela estivera internada lá? Gayle achava que ela se chamava Heather, e, na hora, usar seu nome real parecera uma forma eficiente de despistá-la.

Na sexta mensagem Gayle deixou claro que, finalmente, entendera o que Emily havia feito.

"Você me enganou, não é?", rosnava Gayle. "Deu à luz e fugiu, certo? Era sua intenção desde o princípio, não foi, sua vaca? Você armou isso tudo para me roubar? Acha que dou cinquenta mil dólares para qualquer vagabunda que aparece? Você pensa que eu sou imbecil? *Vou achar você seja onde for.* Vou atrás de você e desse bebê e quando eu os encontrar vai lamentar ter feito o que fez."

— Essa não — murmurou Aria.

— Ai. Meu. Deus. — Emily fechou o celular. — Eu jamais devia ter feito promessas para ela. Sei que devolvemos o dinheiro dela, mas eu nem deveria ter aceitado. Ela é doida de pedra. Agora vocês entenderam por que resolvi fazer isso?

— Claro que sim — sussurrou Aria.

A bebezinha choramingou. Emily fez um carinho na cabeça dela e, preparando-se para o que viria a seguir, abriu a porta do carro e foi atingida pelo ar gelado.

— Vamos lá.

— Calma Em, espere aí! — Aria abriu a porta do lado dela e pegou Emily pelo braço assim que ela se apoiou contra o carro, sentindo dor. — A médica disse que você deveria pegar leve, lembra?

— Preciso entregar o bebê para os Baker — disse Emily, apontando de forma hesitante para a casa.

Aria respirou fundo. Ao longe, as meninas ouviram o som de uma buzina de caminhão. Acima da barulheira do motor, ela pensou ter escutado uma risadinha breve e aguda.

— Certo, vamos lá — concordou Aria afinal. — Mas *eu* carrego a bebezinha. — Tirou a cadeirinha de bebê do banco de trás, sendo envolvida imediatamente por um cheiro de talco e sentindo um nó na garganta. O pai de Aria, Byron, e a namorada dele, Meredith, haviam tido uma filhinha havia pouco, e Aria amava Lola de todo o coração. Se passasse muito tempo com a bebezinha de Emily, iria acabar amando-a também.

O celular de Emily tocou de novo, e a tela mostrou o nome de Gayle. Ela jogou o aparelho na bolsa.

— Aria, *vamos lá*.

Aria segurou a cadeirinha da bebê com firmeza, e as duas avançaram pelo gramado da frente da casa enquanto o orvalho molhava seus sapatos. Escaparam por pouco da água do sistema de irrigação que começou a funcionar de repente no meio da grama. Ao subirem os degraus da varanda, foram saudadas por uma alegre cadeira de balanço e uma tigelinha de cachorro com os dizeres GOLDEN RETRIEVERS SÃO BEM-VINDOS.

— Ah, que fofo — disse Aria, apontando para a tigelinha. — Golden retrievers são demais.

— Eles contaram que têm dois ainda filhotes. — A voz de Emily oscilou. — Sempre quis ter um.

Aria observou o rosto de sua amiga ser varrido por um milhão de emoções em uma fração de segundo. Ela apertou a mão de Emily.

— Ei, tudo bem? — Nenhuma palavra daria conta de expressar o que Emily sentia. Por isso, ela se controlou.

— Claro, tudo — disse ela, os dentes trincados e o rosto endurecido novamente. Respirando fundo, tomou a cadeirinha de bebê das mãos de Aria e colocou-a no chão da varanda. A bebê chorou alto. Por cima do ombro, Emily deu uma olhada para a rua. O velho Subaru de Aria estava estacionado junto ao meio-fio. Alguma coisa agitou as sombras junto à cerca. Por um instante, Emily pensou que fosse alguém, mas seus olhos estavam enevoados, não poderia ter certeza. Talvez fosse efeito dos remédios que tomara na maternidade e que ainda circulavam em seu sangue.

Embora o corte doesse como o diabo, Emily se inclinou, apanhou uma cópia da certidão de nascimento de sua filhinha e a carta que ela escrevera antes de ir para a maternidade e apoiou os envelopes na cadeirinha. Com alguma sorte, a carta explicaria tudo. Com alguma sorte, os Baker iriam entender a situação e amar aquela bebê de todo o coração. Dando um beijinho na testa da filha, Emily acariciou seu rostinho tão macio. *Vai ser melhor assim*, disse uma voz dentro de seu peito. *Você sabe disso.*

Emily tocou a campainha. Em segundos, uma luz piscou dentro da casa e ouviram os passos de duas pessoas se aproximarem da porta. Aria agarrou Emily pela mão, e elas dispararam na direção do Subaru. A porta se abriu no instante em que elas prendiam os cintos de segurança. Um vulto se desenhou no vão da porta, parecendo primeiro olhar para a rua e depois desviar sua atenção para a cadeirinha de bebê deixada no chão... E para a bebezinha dentro dele.

– Dirija! – rosnou Emily.

Aria avançou para a escuridão. Ao virar na primeira esquina, encontrou os olhos de Emily no espelho retrovisor.

– Vai ficar tudo bem.

Hanna fez um carinho no braço de Emily. Spencer se virou e tocou a perna da amiga. Emily se encolheu, começando um choro baixinho que foi crescendo e crescendo, até se transformar em uma torrente de lágrimas e soluços desesperados. As meninas estavam de coração partido por ela, sem saber o que dizer. E agora elas tinham acrescentado mais um segredo horrível a uma longa lista de segredos que guardavam juntas, como o que acontecera na Jamaica, a breve prisão de Spencer por posse de entorpecentes, o problema de Aria na Islândia e o acidente de carro de Hanna naquele verão. Bem, pelo menos A se fora – elas haviam se encarregado disso. Sim, tinham feito algo terrível, mas havia o consolo de que ninguém jamais saberia.

Contudo, as meninas não deviam contar tanto com isso. Depois de tudo pelo que tinham passado, deveriam ter aprendido a confiar em seus instintos, a levar as risadas assustadoras e a aparição de vultos a sério. Havia alguém ali naquela noite, claro. Observando. Analisando. Fazendo planos.

E essa pessoa estava apenas esperando pelo momento certo para usar tudo, tudo aquilo contra elas.

though
1

JUNTOS E FELIZES

Aria Montgomery estava sentada junto à mesa de jantar de mogno na casa do namorado, Noel Kahn, em uma noite muito fria de um sábado do começo de março. Sorriu quando Patrice, a chef particular da família Kahn, colocou um prato de ravióli com azeite trufado bem na sua frente. Noel sentara-se ao lado dela e, do lado oposto da mesa, o sr. e a sra. Kahn estavam acomodados, tentando manter afastados os três poodles premiados da família: Reginald, Buster e Oprah. Noel batizara Oprah quando era pequeno porque adorava o programa da apresentadora.

– É tão bom vê-la aqui, Aria. – A sra. Kahn, uma mulher impressionante, com ruguinhas em torno dos olhos azuis gentis e usando uma considerável fortuna em diamantes nos dedos, sorriu de forma franca para Aria. Os pais de Noel tinham chegado instantes antes de o jantar ser servido. – Você desapareceu, minha querida.

– Bem, estou feliz por estar de volta – afirmou Aria.

Noel fez um carinho na mão de Aria.

– Também estou feliz por você estar de volta – disse Noel, beijando-a no rosto.

Um arrepio percorreu a espinha de Aria. Noel Kahn jogava lacrosse e dirigia uma Range Rover como o Típico Garoto de Rosewood que era, e isso não fazia dele exatamente o tipo de Aria. Mas, aos poucos, Noel conquistara seu coração. Exceto por uma separação breve algumas semanas atrás, estavam juntos havia quase um ano.

E desde que tinham reatado vinham tentando recuperar o tempo perdido. Na segunda-feira à noite tinham ido a um jogo do Philadelphia Flyers e Aria havia gostado de verdade, torcendo pela equipe que marcava um gol atrás do outro. Na terça-feira, foram assistir a um filme *cult* francês, que Noel chamou de provocativo, mesmo que Aria tivesse certeza de que ele estava apenas sendo educado. Na quarta, quinta e sexta-feira ficaram na casa de Noel, jogados no sofá, assistindo a episódios e mais episódios de *Lost* em DVD e, mais cedo, naquele sábado, patinaram no gelo depois de uma inesperada tempestade de neve.

Patrice voltou para servir as saladas, e os Kahn ergueram suas taças.

– Ao meu adorado marido – disse a sra. Kahn.

– À mulher mais linda do mundo – devolveu o sr. Kahn.

Noel fingiu que ia vomitar, mas Aria adorou a cena e disse:

– *Owwwwn...!*

Aria acabara conhecendo melhor os Kahn durante o ano em que namorara Noel, e eles pareciam ser um casal que se dava muito bem. Ainda planejavam surpresas românticas para o Dia dos Namorados. Os pais de Aria nunca tinham feito nada parecido e, provavelmente, fora isso que os levara ao divórcio. No dia anterior, Aria dissera a Noel que ele tinha muita sorte por ter pais que ainda se amavam, e ele concordara. Às vezes, meninos podem ser criaturas tolas, mas Aria estava feliz por namorar alguém que reconhecia um bom relacionamento quando via um.

A sra. Kahn deu um gole em sua taça de vinho.

– E você, Aria, quais são as novidades? Animada com a campanha do pai de Hanna para senador?

– Ah, estou sim. – Aria espetou um ravióli. – É divertido ver Hanna em todos aqueles comerciais de TV.

Para falar a verdade, era um alívio ver qualquer comercial que não fosse o do filme feito para a TV *Pretty Little Killer,* sobre as provações que Aria, Hanna, Emily e Spencer sofreram nas mãos da Verdadeira Ali. Parecia que o filme estava sempre reprisando.

– Vai haver um grande evento para arrecadar fundos para a campanha do sr. Marin no próximo fim de semana – disse Noel entre uma garfada e outra.

– Ah, sim, vamos a esse evento também – disse a sra. Kahn.

O sr. Kahn limpou a boca com o guardanapo.

– Na verdade, eu não poderei ir. Você vai ter que ir sozinha.

Sua esposa pareceu surpresa.

– Por que não? – disse ela.

– Tenho um jantar de negócios na cidade. – O sr. Kahn ficou de repente muito interessado em seu BlackBerry, que repousava ao lado do prato. – Aposto que vocês estão animados com o Eco-Cruzeiro – continuou, mudando de assunto. – Sua mãe me contou tudo a respeito, Noel.

– Mal posso esperar – disse Noel, parecendo entusiasmado. Em poucas semanas, a turma do último ano do ensino médio de Rosewood Day sairia em um Eco-Cruzeiro para um arquipélago tropical. A viagem seria uma comemoração antecipada da formatura, mas era também uma excursão de ciência, e Aria estava muito feliz porque Noel e ela haviam reatado a tempo de viajar como casal. Passar horas tomando sol ao lado dele seria como estar no céu.

A porta da frente se abriu, e eles ouviram o som de passos vindo do corredor.

– Olááá? – disse uma voz com sotaque carregado.

– Olá, Klaudia! – A sra. Kahn se levantou um pouco em sua cadeira. – Nós estamos aqui, querida!

Klaudia, a estudante de intercâmbio finlandesa que morava com os Kahn havia pouco mais de um mês, entrou rebolando na sala de jantar. Como sempre, usava um vestido de lã justo e curto, que exibia seus seios enormes e sua cintura fina. Botas que iam até acima do joelho acentuavam suas pernas torneadas e longas. O cabelo louro-claro cobria seus ombros, e Klaudia fazia um biquinho com sua boca sexy e rosada.

– Olá, Noel! – Ela acenou. No instante seguinte, seu olhar encontrou Aria e o sorriso tornou-se cruel. – Ah. É *você*.

– Oi, Klaudia – disse Aria com a voz entrecortada.

– Janta conosco, Klaudia? – perguntou a sra. Kahn, agitada. – A comida está maravilhosa!

Klaudia empinou o nariz.

— Eu *estar* bem — respondeu Klaudia em seu sotaque falso. Aria sabia muito bem que a garota finlandesa falava inglês perfeitamente, mas preferia fazer esse número de "garota estrangeira vulnerável", que a ajudava a se dar bem em todo tipo de situação. — *Jantar* com Naomi e Riley. — Então, dando meia-volta, saiu da sala na direção das escadas.

Assim que a porta bateu, Noel olhou irritado para os pais:

— O que ela ainda está fazendo aqui? Vocês disseram que iam ligar para o programa de intercâmbio e mandar Klaudia embora!

A sra. Kahn fez um som de reprovação.

— Você ainda está bravo porque ela pegou emprestada a sua jaqueta?

— Ela não *pegou emprestada* — respondeu Noel, levantando a voz — Ela *roubou*.

— *Psiu*! — A sra. Kahn olhou em volta. — Ela pode ouvi-lo!

Aria baixou os olhos para seu prato, sentindo-se triunfante em segredo. Havia não muito tempo, ela estava certa de que Noel queria dormir com Klaudia — quem não iria querer? Klaudia parecia a modelo de um comercial de cerveja e, além disso, era uma criatura má e manipuladora. E o que era pior, Noel não acreditara em uma palavra sua quando Aria lhe dissera que Klaudia era louca. Ele estava crente que a finlandesa era uma doce e desprotegida estudante de intercâmbio que precisava de mimos e cuidados, perdida na grande e cruel América. Tinha sido maravilhoso receber a visita de Noel na semana anterior, confessando que, definitivamente, Klaudia não era para ele. Ela era maluca, e ele estava fazendo o possível para despachá-la de volta para a Finlândia.

A sra. Kahn franziu as sobrancelhas.

– Klaudia é uma hóspede aqui em casa, Noel. Não podemos mandá-la embora e ponto.

Os ombros de Noel desabaram.

– Você está do lado dela?

– Faça um esforço para se entender com ela, meu bem. Conviver algum tempo com uma pessoa de outro país é uma experiência única.

– Ah, quer saber? – Noel baixou o garfo. – Perdi a fome.

– Mas... Noel... – protestou a sra. Kahn enquanto Noel já se dirigia à porta.

Aria também se levantou.

– Muito obrigada pelo jantar – disse ela, constrangida. Fez menção de levar seu prato para a cozinha, mas Patrice, que estava de pé em um canto da sala de jantar, tomou-o de sua mão e fez sinal para que saísse.

Aria seguiu Noel escada acima, direto para a sala de estar do segundo andar, que contava com uma televisão de tela grande e cinco diferentes consoles de video game. Noel pegou duas latas de Sprite no frigobar, jogou-se no sofá e, com raiva, começou a zapear entre os canais.

– Ei, tudo bem? – perguntou Aria.

– Não consigo acreditar que eles não estão querendo ouvir o que tenho a dizer sobre ela – respondeu Noel, apontando na direção do quarto de Klaudia, que ficava no final do corredor.

Aria teve de se segurar para não dizer que, até bem pouco tempo, Noel não quisera escutar o que *ela* tinha a dizer sobre Klaudia, mas aquele definitivamente não era o momento.

— Ela voltará para a Finlândia em poucos meses, não é? Tente ignorar a presença dela. E, de qualquer forma, Klaudia está apaixonada por outra pessoa e talvez o deixe em paz.

— Você está falando do sr. Fitz? — Noel ergueu uma sobrancelha. — Tudo bem para você se eles ficarem juntos?

Aria afundou-se no sofá e olhou pela janela para o quintal, onde ficava a casa de hóspedes da família Kahn. Na semana anterior, enquanto ela e Noel estavam separados, Ezra Fitz, antigo professor e antigo namorado de Aria, voltara para Rosewood, esperançoso por reconquistá-la. Aria fantasiara sobre o retorno dele à cidade desde o momento de sua partida. Mas, quando o sonho tornou-se realidade, a vida não tomou o rumo que ela esperava. Ezra não era mais o homem de quem ela se lembrava. Ele revelara ser um sujeito carente e inseguro. Uma vez que Aria não massageara seu ego da forma como ele precisava, o ex-professor tinha se voltado para Klaudia no mesmo instante. E então Aria os flagrara aos beijos e abraços, agarrando-se na festa do elenco da montagem de *Macbeth* da escola. Desde aquele dia, Klaudia vinha se gabando, para quem quisesse ouvir, que os encontros entre ela e Ezra eram muito quentes e que estavam procurando um apartamento para viver juntos em Nova York, onde Ezra morava.

— Não ligo que Klaudia e Ezra estejam namorando — respondeu Aria com sinceridade. — Eu estou com *você*.

Noel deixou de lado o controle remoto e puxou-a para si. Seus lábios se encontraram em um beijo. Noel acariciou o rosto dela e, em seguida, seu pescoço e seus ombros. Os dedos dele se demoraram nas alças de seu sutiã, e Aria sabia que ele queria avançar. Ela se afastou um pouquinho.

— Noel, nós não podemos. Não com os seus pais a um andar de distância.

Noel deu um gemido de desgosto.

— E daí?

— Seu tarado. — Aria deu um tapinha de brincadeira em Noel, sentindo falta dele ao mesmo tempo. Essa era outra coisa que havia mudado em seu relacionamento: depois da reconciliação, tinham transado pela primeira vez. Acontecera havia poucos dias, em uma tarde chuvosa no quarto de Noel. Foi tudo exatamente como Aria esperava que fosse: gentil, lento e maravilhoso. Sussurraram um para o outro o quanto se gostavam, e depois Noel dissera que tinha sido muito especial. Aria estava feliz por eles terem esperado. Tinham ficado juntos, afinal, pelo motivo certo: amor.

Noel recostou-se nos cotovelos e olhou-a atentamente.

— Nunca mais vamos deixar que alguém fique entre nós de novo, Aria. Nem Klaudia, nem Ezra, ninguém.

— Combinado. — Aria fez um carinho no braço de Noel.

— Isso é sério. — Noel se aprumou e a encarou. — Quero que sejamos completamente honestos um com o outro. Chega de segredos. Esse é o motivo de meus pais ainda estarem juntos, eles não escondem nada um do outro. Temos que ser assim também.

Aria piscou. O que Noel diria se ela contasse a ele sobre o que fizera na Islândia no verão passado? O que ele diria se soubesse que, na Jamaica, Aria e suas velhas amigas tinham empurrado a garota que elas podiam jurar que era a Verdadeira Ali do deque da cobertura do hotel, só para descobrir depois que na verdade ela era inocente e se chamava Tabitha Clark? O que ele diria se soubesse sobre o Novo A e as mensagens de texto anônimas que chegavam sem parar, ameaçando revelar os segredos mais sombrios de Aria e de suas amigas?

E quem diabos era o Novo A? Fazia sentido que fosse a ex-colega de curso de verão de Spencer, Kelsey Pierce. Ela estivera na Jamaica durante as férias de primavera, e Spencer armara para que fosse presa sozinha pela posse das drogas que ambas tinham comprado juntas no verão anterior. Mas, quando as quatro amigas confrontaram Kelsey na clínica Preserve de Bem-Estar Mental e Recuperação Addison-Stevens, a menina realmente não parecia saber coisa alguma sobre Tabitha ou A.

E, deixando a clínica, elas tinham visto uma inscrição que dizia DEDICADO A TABITHA CLARK, com as datas em que Tabitha fora paciente da clínica. Datas que batiam com os períodos de internação da Verdadeira Ali no lugar. Ou seja: Tabitha e a Verdadeira Ali se conheciam.

– Ei? Aria?

Noel a encarava com curiosidade.

– Você parecia longe daqui. Tudo bem?

– Claro – mentiu Aria. – Eu... Eu estava pensando sobre como você é maravilhoso. E, sim, concordo que devemos ser honestos um com o outro, o tempo todo.

O rosto de Noel se abriu em um sorriso. Ele ergueu a lata de Sprite.

– Ótimo. Chega de segredos?

– Chega de segredos. – Aria ergueu sua lata de Sprite também, e eles fizeram com que se tocassem, do jeito como o sr. e a sra. Kahn tinham brindado durante o jantar. – Começando agora.

Tudo bem, "começando agora" era uma enorme mentira. Mas os crimes horrorosos nos quais Aria estivera envolvida estavam no passado e era lá que eles deveriam ficar. Para sempre.

2

A NOVA OBSESSÃO DE SPENCER

Na mesma noite, uma mulher magra de calça preta justa ofereceu a Spencer Hastings e à família dela quatro fatias de bolo em uma bandeja de prata.

– Certo, então temos aqui chocolate com cobertura de café, pão de ló com glacê de limão, bolo de chocolate com licor Frangelico e este aqui é de cenoura. – Ela ia falando e colocando os pratos sobre a mesa.

– Todos parecem divinos. – A mãe de Spencer ergueu o garfo.

– Você está tentando fazer com que minha futura esposa engorde, não está? – brincou o sr. Pennythistle, o noivo da sra. Hastings.

Os presentes deram risadas bem-educadas. Spencer segurou seu garfo de prata com firmeza, tentando sustentar um sorriso constrangido, ainda que tivesse achado a piada muito boba. Ela estava na Chanticleer House, acompanhada pela mãe, a irmã, Melissa, pelo namorado de Melissa, além de Darren Wilden, o sr. Pennythistle e Amelia, a filha do sr. Pennythistle. A sra. Hastings e o sr. Pennythistle haviam resolvido celebrar sua boda no próximo verão, naquela mansão de pedra com um enorme jardim.

Amelia, que era dois anos mais nova do que Spencer e frequentava St. Agnes, a escola mais exclusiva de Main Line, hesitou antes de cutucar a fatia de bolo de cenoura com seu garfo.

— Os bolos da Sassafras Bakery são bem mais bonitos do que estes — reclamou ela, franzindo o nariz.

Melissa provou um pedaço do bolo à sua frente e gemeu, enlevada.

— Talvez sejam mais bonitos, mas este aqui com cobertura de glacê é o céu. Como dama de honra, voto neste.

— Você não é a única dama de honra — disse a sra. Hastings, apontando o garfo na direção de Spencer. — Spencer e Amelia também têm direito a voto.

Toda a família olhou na direção de Spencer. Ela não tinha entendido o motivo que levara a mãe a fazer questão de passar por todo o ritual de pompa que cercava uma cerimônia de casamento como aquela, incluindo fazer inúmeras provas de um vestido Vera Wang com uma cauda de mais de três metros, elaborar uma lista de convidados com mais de trezentos nomes e constranger Melissa, Spencer e Amelia a fazerem papel de damas de honra na cerimônia. Isso, por sua vez, obrigara as meninas a reunirem-se em diversas ocasiões com a equipe de planejamento do casamento, assim como elaborar os anúncios da cerimônia que sairiam nos jornais *New York Times* e *Philadelphia Sentinel* e escolher as lembrancinhas perfeitas para a recepção. Ainda havia dias em que

Spencer pensava que sua mãe sairia do transe e se daria conta de que se divorciar do pai de suas filhas fora um erro. Claro que o pai de Spencer tivera um caso com Jessica DiLaurentis e, sem que ninguém soubesse, era o pai das duas filhas dela, as gêmeas Courtney e Alison. Mas, ainda assim, casar-se de novo?

Spencer cortou um pedaço perfeitamente retangular do bolo de chocolate com licor Frangelico, com cuidado para não sujar seu novo vestido Joie.

— Este aqui é uma delícia — declarou.

— Grandes mentes pensam da mesma forma. Também é o meu favorito — concordou o sr. Pennythistle, limpando a boca no guardanapo. — Já faz algum tempo, Spencer, que quero contar que contatei meu amigo, Mark. Ele é produtor de peças off-Broadway e ficou bastante impressionado com o seu desempenho como Lady Macbeth. Acho que ele poderá lhe dar a chance de um teste em suas futuras produções.

— Minha nossa — exclamou Spencer, surpresa. — Obrigada. — Ela sorriu para ele. Em uma família de pessoas que se destacavam, era sempre bom receber alguma atenção especial.

Amelia franziu o nariz.

— Esse não é o Mark que produz aquelas peças apresentadas em meio a jantares? Achei que as peças dele envolvessem justas medievais — alfinetou, rindo com maldade.

Spencer estreitou os olhos. Ora, ora, a srta. Amelia estava *com ciúmes*? Mesmo que Amelia já morasse na casa da família Hastings havia algumas semanas, ela e Spencer quase só se relacionavam por meio de provocações cruéis, resmungos ininteligíveis e caretas de ódio por cima da mesa de jantar. Spencer já se relacionara assim com Melissa. Mas ela e sua irmã tinham afinal feito as pazes e Spencer não precisava de brigas e picuinhas com outra irmã àquela altura do campeonato.

Amelia ainda encarava Spencer.

— A propósito, você ouviu falar de Kelsey ultimamente? É, tipo, como se ela tivesse desaparecido do planeta. Nossa orquestra de câmara está com uma violinista a menos.

Spencer enfiou outro pedaço de bolo na boca para protelar a resposta. Sua velha amiga do curso de verão da Universidade Penn agora estava internada na clínica Preserve de Bem-Estar Mental e Recuperação Addison-Stevens para tratar sua dependência em drogas — e Spencer tinha uma parcela de culpa nisso. Ela incriminara Kelsey no verão anterior, plantando drogas em seu dormitório, e isso acabara por enviá-la direto para o reformatório. Quando ela reaparecera, Spencer tivera certeza de que era o novo A querendo vingança.

Mas agora Spencer sabia que Kelsey não era A, porque ela e suas três amigas haviam recebido uma mensagem de texto de A enquanto Kelsey estava internada na clínica, que proibia terminantemente celulares. Mas *quem mais* poderia ter tantas informações sobre as quatro amigas?

— Não ouvi falar nada sobre Kelsey — respondeu Spencer, o que não deixava de ser verdade. Ela lançou um olhar na direção de Darren Wilden, que comia um pedaço da fatia de bolo de chocolate. Embora tivesse sido o investigador principal no caso do assassinato de Alison DiLaurentis, ele já não era mais policial, o que não impedia Spencer de se sentir desconfortável em sua presença. Especialmente agora, que novos segredos terríveis pesavam em seu coração.

A atendente que os servira reapareceu e sorriu, cheia de expectativa.

– Gostaram dos bolos?

A sra. Hastings assentiu. Melissa sacudiu seu garfo com a boca cheia. Quando a garota se afastou, Spencer olhou em torno daquela enorme sala de jantar. As paredes eram de pedra e o piso, de mármore. Junto das janelas que iam do chão ao teto, havia pequenos nichos nas paredes, enfeitados com enormes buquês de flores. No jardim, um intrincado labirinto de sebes se estendia até onde os olhos podiam alcançar. Outras pessoas faziam suas refeições ali no salão, a maioria composta por sisudos senhores de aparência severa, provavelmente falando de negócios. E então o olhar de Spencer recaiu sobre uma senhora alta, provavelmente na casa dos quarenta, com cabelo louro-acinzentado, olhos também cinzentos e cortantes e o rosto repleto de botox. Quando notou que Spencer a encarava, voltou depressa o olhar para o cardápio em suas mãos.

Spencer desviou o olhar também, sentindo-se levemente nervosa. Desde que A reaparecera, nada afastava a sensação de que era vigiada onde quer que estivesse.

De repente, o iPhone de Spencer emitiu um sinal sonoro. Ela o apanhou, examinando sua tela. *Lembrete sobre o Jantar de Princeton!*, Spencer leu na linha do assunto, pressionando LER em seguida. *Não se esqueça! Você está sendo cordialmente convidado para o jantar de boas-vindas a todos os alunos da Pensilvânia e de Nova Jersey aceitos antecipadamente pela Universidade de Princeton!* O jantar aconteceria na segunda-feira à noite.

Spencer sorriu. Ela simplesmente adorava receber mensagens da Universidade de Princeton, em especial porque seu futuro parecera bastante incerto naquela última semana – A lhe enviara uma carta na qual a presidente do comitê de admissões de Princeton afirmava que Spencer não fora admitida. Spencer fizera de tudo para provar ser merecedora da vaga, até descobrir que a carta não era verdadeira. Mal podia esperar até setembro, quando recomeçaria sua vida em um novo lugar. Agora que havia um novo A, Rosewood parecia mais do que nunca uma prisão.

A sra. Hastings olhou com curiosidade para Spencer, e a filha exibiu a tela de seu celular. O sr. Pennythistle também olhou para Spencer, dando em seguida um gole no café que acabara de ser servido.

– Você vai mesmo adorar a vida em Princeton, Spencer. Fará ótimos contatos. Pretende participar de algum Eating Club?

– Mas é claro que ela vai participar! – afirmou Melissa. – Aposto que você já sabe em quais mais quer entrar, não sabe, Spencer? Deixe-me adivinhar. Cottage Club? Ivy? Quais outros?

Spencer ajeitava o porta-guardanapo de madeira ao lado de seu prato e não respondeu no mesmo instante. Já tinha ouvido falar dos Eating Clubs, mas não se aprofundara no assunto – estivera muito ocupada decorando glossários, envolvida com um zilhão de atividades dos diversos serviços comunitários de que participava e lidando com os problemas de várias organizações escolares que presidia para conseguir ser aceita em Princeton. Talvez eles fossem como o Clube Gourmet de Rosewood Day, um grupo de jovens que frequentava restaurantes caros, contratavam chefs badalados para cozinhar em suas festas e usavam os fogões da cozinha da disciplina de economia doméstica para cozinhar *boeuf bourguignon* e *coq au vin*.

Wilden enlaçou os dedos sobre o estômago.

— Será que alguém se importa de me explicar o que vem a ser esse Eating Club?

Melissa pareceu ficar um pouco constrangida pelo namorado — Melissa, a estudante da Ivy League, e Wilden, o rapaz da classe trabalhadora, vinham de mundos completamente diferentes.

— Os Eating Clubs são clubes fechados — explicou Melissa, falando talvez de forma um pouco condescendente (Spencer jamais admitiria que Melissa falasse assim se fosse o namorado dela). — Você precisa provar ser merecedor de ingressar em um deles e passar por uma iniciação chamada "querela". Mas depois que é aceito, se torna imediatamente popular, arruma uma porção de amigos e faz contatos importantes para o resto da vida.

— São como fraternidades? — Quis saber Darren.

— Ah, *não*. — Melissa parecia alarmada. — Primeiro porque os Eating Clubs são mistos, aceitam membros de ambos os sexos. Depois, porque têm mais classe do que fraternidades.

— Você vai longe se ingressar em um Eating Club. — O sr. Pennythistle se intrometeu na conversa. — Um de meus amigos era membro do Cottage Club e, quando se candidatou a um emprego no Senado e mencionou que fazia parte do clube, foi contratado na hora por um ex-membro que trabalhava lá.

Melissa concordou, animada.

— Aconteceu exatamente a mesma coisa com a minha amiga Kerri Randolph. Ela era membro de um Eating Club chamado Cap and Gown e conseguiu um estágio na equipe da estilista Diane von Furstenberg através de alguém que conheceu lá. – Ela olhou para Spencer. – Mas você precisa se mostrar disponível e interessada desde o princípio, Spence. Conheço pessoas que começaram a disputar uma vaga em um dos Eating Clubs desde que eram alunos do segundo ano do *ensino médio*.

– Ah... – De repente Spencer ficou aflita. Talvez tivesse sido uma grande burrice ela não ter demonstrado interesse no tal Eating Club mais cedo. E se todos os alunos aceitos antecipadamente em Princeton já estivessem disputando as poucas vagas dos melhores Eating Clubs e, como na dança das cadeiras, ela acabasse de pé quando a música parasse? Ela deveria se sentir feliz só de poder frequentar Princeton e *ponto final*, mas Spencer não era assim. Não poderia ser apenas mais uma aluna na universidade. Precisava ser a melhor.

– Um Eating Club seria muito idiota se não me enviasse um convite – declarou Spencer, jogando seu cabelo louro por cima do ombro.

– Ah, minha querida, é claro. – A sra. Hastings deu um tapinha no braço de Spencer. O sr. Pennythistle concordou, dizendo:

– *Hum-hum*.

Quando Spencer se acomodou em sua cadeira mais uma vez, uma risadinha aguda ecoou pelo salão. Subitamente alerta, ela olhou em volta, toda arrepiada.

– Vocês ouviram isso?

Wilden ficou imóvel com sua xícara de café na mão e também olhou em volta. O sr. Pennythistle franziu a testa.

– São essas janelas antigas. Foi apenas uma corrente de ar.

A família voltou a comer como se não houvesse coisa alguma errada. Mas Spencer sabia que aquele não era o som da ventania nas janelas. Era a mesma risadinha que ela ouvira por meses a fio.

Era A.

3

O GAROTO QUE ESCAPOU

Hanna Marin e sua irmã postiça, Kate Randall, estavam acomodadas a uma mesa no corredor central do shopping King James. Lançavam enormes e irresistíveis sorrisos do tipo *somos fofas e sabemos disso* para todas as pessoas que passavam por ali.

– Você já se registrou para votar? – perguntou Hanna a uma senhora de meia-idade que trazia nas mãos uma sacola da Quel Fromage!, uma loja de queijo artesanal.

– Que tal ir ao comício de Tom Marin na terça-feira à noite? – Kate enfiou um panfleto na mão de um sujeito com um crachá da loja Banana Republic.

– Vote em Tom Marin na próxima eleição! – gritou Hanna para um grupo de vovós fashion, que namorava a vitrine da Tiffany.

Quando o fluxo de pessoas diminuiu um pouco, Kate se voltou para Hanna.

– Você deveria ter sido líder de torcida.

— Ah, não, isso não faz meu estilo — respondeu Hanna sem dar importância.

Já eram sete horas da noite de sábado e as meninas estavam tentando chamar a atenção das pessoas para a campanha do sr. Marin para senador. Ele estava liderando as pesquisas, e a equipe esperava que, com o comício na próxima semana, arrecadassem fundos suficientes para obter uma vantagem significativa sobre seu concorrente, Tucker Wilkinson. Hanna e Kate eram o rosto jovem da campanha e, além de cuidarem do Twitter, organizavam *flash mobs* para a campanha.

Kate usava um grande *bottom* que dizia VOTE TOM MARIN na lapela de sua jaqueta justa.

— Ah, sim, hoje de manhã vi outra foto de Liam no jornal. Ele estava na South Street com uma vagabunda — murmurou Kate. — Parece que ele deu uma engordada.

Em outra época, Hanna consideraria a menção de Kate a Liam — um garoto que magoara Hanna na semana anterior — pura crueldade, principalmente porque Liam era filho de Tucker Wilkinson. Mas, por mais incrível que pudesse parecer, Kate vinha sendo muito bacana com Hanna. Tinha parado de dizer coisas malvadas do tipo *sou melhor do que você* durante as refeições em família. Permitira que Hanna usasse o banheiro antes dela por três manhãs seguidas. E, na noite anterior, ela lhe dera o novo CD do LMFAO, dizendo que achava que Hanna iria gostar. Hanna tinha de admitir para si mesma que a Nova Kate era incrível, embora jamais fosse dizer isso em voz alta, *muito menos* para Kate.

— Vai ver está comendo demais pela tristeza de eu não atender suas ligações – brincou Hanna. – Ele deixou uma porção de mensagens na minha caixa postal.

Kate se inclinou na direção dela.

— O que acha que Tom vai fazer com as informações que você deu a ele?

Hanna observou, parecendo distraída, um grupo de garotas do sétimo ano na frente da Sweet Life, uma loja de doces caros. Depois de descobrir que Liam era um mentiroso de marca maior, Hanna tinha contado ao pai um segredo de família suculento e com potencial de causar grande destruição, que envolvia o sr. Wilkinson.

— Eu não sei – respondeu ela. – Não tenho certeza se meu pai é o tipo de sujeito que apela para baixaria para se eleger.

— Ah, que pena. – Kate fez um biquinho e cruzou as mãos sobre a pilha de panfletos que tinha à sua frente. – Esse cretino merece uma lição.

— Ei, onde estão Naomi e Riley hoje? – perguntou Hanna, e esticou as pernas longas e finas debaixo da mesa, tentando mudar de assunto. – Pensei que vocês sempre passassem os sábados juntas. – Naomi Zeigler e Riley Wolfe eram as melhores amigas de Kate. Elas eram grandes inimigas de Hanna no tempo em que ela e Mona Vanderwaal, a menina que acabara se revelando a primeira A, eram amigas.

Kate deu de ombros.

— Para ser sincera, estamos dando um tempo na amizade.

— É mesmo? – Subitamente interessada, Hanna se inclinou para a frente. – Por quê?

Kate entregou um panfleto para uma universitária de jaqueta de couro.

– Nós brigamos.

– Por quê?

Kate pareceu ficar sem graça.

– Ah, por causa do próximo Eco-Cruzeiro. E, para ser franca, por sua causa.

Hanna fez uma careta.

– Por minha causa?

– Deixa pra lá. – Kate desviou o olhar. – Não tem importância.

Hanna já ia insistir para que Kate desse mais detalhes quando seu pai emergiu da praça de alimentação trazendo nas mãos uma caixa de papelão com copos de *latte* da Starbucks e um saco cheio de *muffins* variados.

– Olá, meninas, vocês estão fazendo um trabalho sensacional – disse ele, dando um tapinha no ombro de Kate. – Vi uma porção de pessoas com nossos panfletos nas mãos. Aposto que teremos muita gente no comício de terça-feira. E, Hanna, ainda estou recebendo elogios pelo comercial. Pode ser que eu peça para você estrelar outro. – Ele deu uma piscadela para ela.

– Claro! – respondeu Hanna, quase desmaiando de felicidade. Nos seis anos seguintes ao divórcio de seus pais, Tom havia saído de casa e aparentemente esquecera da existência de Hanna. Não havia nada que ela desejasse mais do que a aceitação do pai e fazia de tudo para que ele a notasse. Agora, depois de ter se saído muito bem no comercial da campanha, Hanna virara uma estrela aos olhos dele. O pai queria a opinião dela sobre cada novo passo da campanha e parecia de fato *querer* estar perto dela.

O sr. Marin se virou subitamente, pegando pelo braço uma mulher logo atrás. Hanna esperava ver Isabel, a esposa do pai, mãe de Kate. Mas, em vez disso, viu uma mulher alta e imponente, na casa dos quarenta, usando um lindo casaco cor de mel e botas de cano alto com salto agulha Jimmy Choo.

— Senhoritas, por favor, conheçam a sra. Riggs — apresentou ele. — Ela acaba de se mudar para Rosewood e prometeu uma grande contribuição para a campanha.

— Ah, Tom, você merece. — A voz da sra. Riggs tinha um tom rico e sofisticado, como a voz de Katharine Hepburn. — É de pessoas como você que precisamos em Washington.

Ela se virou para as garotas e cumprimentou Kate e Hanna.

— Olá, você me parece muito familiar — disse ela, medindo Hanna de cima a baixo. — De onde a conheço?

Os lábios de Hanna estremeceram.

— Acredito que da revista *People*.

A sra. Riggs sorriu.

— Oh, meu Deus! E por quê?

Hanna ficou genuinamente surpresa. Aquela mulher não sabia mesmo?

— A revista *People* falou muito sobre Hanna durante uma época — esclareceu o sr. Marin. — A melhor amiga dela era Alison DiLaurentis. A menina que foi assassinada pela irmã gêmea.

Hanna se remexeu na cadeira, não querendo corrigir seu pai por detalhes. Na verdade, a melhor amiga de Hanna tinha sido *Courtney* DiLaurentis, a menina que fingira ser Alison durante todo o tempo em que Alison fora obrigada a ocupar o lugar de Courtney em uma clínica psiquiátrica. Mas a história toda era complicada demais para explicar.

— Ah, sim, ouvi *mesmo* algo sobre isso. — A sra. Riggs olhou para Hanna com simpatia. — Pobrezinha de você. Mas agora está tudo bem?

Hanna deu de ombros. Sim, por um lado estava tudo bem com ela... Mas, por outro, ela não estava nada bem. Será que alguém superava uma coisa daquelas? Além disso, havia um novo A em cena. E ele sabia tudo a respeito de Tabitha e também sobre as fotos escandalosas de Hanna que Patrick — o fotógrafo que prometera torná-la uma modelo, mas que só queria dormir com ela —, havia tirado. Além disso, A conhecia os detalhes de seu breve relacionamento com Liam. Qualquer dessas coisas, se revelada, arruinaria sua vida *e* a campanha de seu pai. Graças a Deus A não sabia nada sobre o acidente em que Hanna estivera envolvida no verão passado.

A sra. Riggs deu uma olhadela para o mostrador do relógio.

— Tom, estamos bem atrasados para a reunião da equipe de estratégia.

— Pode ir na frente. Alcanço você em um instante — disse o sr. Marin. Assentindo, a sra. Riggs acenou para as meninas e apressou-se na direção do sofisticado restaurante chinês do shopping, o The Year Of The Rabbit.

O sr. Marin se deixou ficar ali, encarando Hanna e Kate, até que a sra. Riggs estivesse a uma distância segura.

— Meninas, sejam boazinhas com a sra. Riggs, certo? — pediu ele.

Hanna fez uma careta de indignação.

— Eu *fui* legal!

— Eu sou sempre gentil, Tom — disse Kate, parecendo ofendida.

— Sim, sim, meninas, eu sei, estou apenas relembrando. — O sr. Marin parecia muito animado. — Ela é uma mulher muito influente, uma grande filantropa. E nós precisamos de contribuições para veicular nossos comerciais de campanha em todo o estado. Isso pode ser a diferença entre ganhar e perder.

Dito isso, o sr. Marin apressou-se em ir encontrar a sra. Riggs, e Kate foi ao banheiro. Hanna voltou a observar os transeuntes, ainda brava com o pai por tê-la repreendido como se fosse uma garotinha tola de seis anos. Desde quando Hanna precisava de aula para ser gentil com os doadores de campanha?

Um vulto saindo da loja Armani Exchange chamou a atenção de Hanna. Ela reparou no cabelo ondulado do rapaz, seu queixo quadrado e a bela jaqueta de couro vintage que vestia. Sentiu alguma coisa dentro dela revirar. Aquele era seu ex, Mike Montgomery. Há algumas semanas eles tinham se encontrado em uma festa do elenco de *Macbeth*; e, apesar de ele dar todas as mostras de querer voltar, ela o rejeitara. Mas naquela noite ele estava tão lindo que...

Quando Hanna o chamou, Mike ergueu os olhos e sorriu. Enquanto caminhava na direção dela, Hanna ajeitou sua blusa de seda com estampa de bolinhas, para que um pedacinho de seu sutiã aparecesse, e deu uma checada em seu reflexo pela parte traseira do iPod. Seu cabelo castanho-avermelhado brilhava e seu delineador ainda estava perfeito.

— Olá! — Mike se inclinou, apoiando os cotovelos na mesa. — Fazendo campanha para o seu pai?

— Pois é. — Hanna cruzou as pernas de forma provocante, sentindo-se mais nervosa do que deveria. — E você, Mike... Está fazendo compras?

Ela queria se estapear por soar tão imbecil.

Mike exibiu sua sacola da A/X.

— Comprei aquele suéter preto que você e eu vimos juntos há um tempo.

— Aquele justo? — Hanna brincou com uma mecha de cabelo. — Você ficou ótimo com ele.

Quando Mike sorriu, duas covinhas apareceram em suas bochechas.

— Obrigado — disse, um pouco sem graça.

— Mike?

Mike se assustou como se tivesse sido apanhado fazendo algo errado. Uma garota pequenina, com longos cabelos castanhos, rosto oval e enormes olhos de boneca se materializou logo atrás dele.

— Ahá, *aí* está você! — disse ela.

— Ei, oi! — A voz dele soou um pouco aguda demais. — Ah, Hanna. Você conhece Colleen, minha... ah, namorada?

Hanna achou que tivesse levado um soco. É lógico que ela conhecia Colleen Bebris, todos frequentavam a mesma escola havia séculos. Mas agora ela era... a *namorada* dele? Colleen era uma das garotas mais grudentas que Hanna conhecia, ela queria ser a melhor amiga de todo mundo. Há alguns anos, a missão da vida de Colleen era ser a melhor amiga de Hanna e Mona, apesar de ser dois anos mais nova do que elas e uma panaca completa. Elas faziam Colleen de gato e sapato, obrigando-a a copiar a matéria de latim enquanto escapuliam da escola para ir fazer compras, a levar as roupas delas para lavar a seco e, no fim de semana, a acampar em frente à loja da Apple guardando o lugar das duas, que não queriam esperar na fila pela versão mais recente do iPod. Até que um belo dia, percebendo afinal o que as meninas estavam fazendo, Colleen começara a sair com o pessoal do grupo de teatro da escola, ainda que sempre sorrisse e dissesse "Beijo! Beijo!" toda vez que encontrava Hanna e Mona nos corredores da escola. Nesses momentos, Mona costumava cutucar Hanna e sussurrar: "Não, *não*!"

— Nossa, que bom ver você! – disse Hanna, controlando as emoções. Sentindo-se subitamente sem graça, empurrou um panfleto no rosto de Colleen. – Vote em Tom Marin!

— Ah, Hanna, sinto muito, ainda não tenho idade para votar – desculpou-se Colleen, como se Hanna estivesse falando sério e não apenas puxando assunto. – Mas eu acho o seu pai um cara incrível. Esse tal Wilkinson parece ser um imbecil, não parece? E o filho dele é um namorador metido a galã.

Hanna arregalou os olhos. Como Colleen sabia que Liam era um namorador?

Colleen tocou o braço de Mike.

— Precisamos ir andando. Nossas reservas são para sete e quinze. – Ela deu um sorriso para Hanna. – Temos reservas no Rive Gauche. É nossa pequena tradição de sábado. Sou completamente apaixonada pelos *moules frites*.

— Eu li que *moules frites* têm o pior tipo de gordura. Mas isso não deve incomodá-la, você não parece alguém que se preocupa com esse tipo de coisa – disse Hanna para Colleen com doçura. Em seguida, fulminou Mike com o olhar. Ele sempre a convidava para jantar no Rive Gauche quando namoravam, mas Hanna não queria ir porque era lá que Lucas Beattie, seu ex, trabalhava. Só que o Rive Gauche era o ponto de encontro dos alunos de Rosewood Day, e Hanna odiava imaginar que *as pessoas mais populares* da escola iriam ver Mike Montgomery e Colleen juntos. Ser a namorada de Mike faria com que Colleen automaticamente avançasse alguns níveis na pirâmide social, e ela não fizera nada para merecer isso.

– Então é isso, nós nos vemos por aí – disse Mike sem notar a provocação de Hanna, ou sua frustração. Ao se afastar, ele enlaçou seus dedos aos de Colleen, e Hanna sentiu uma sensação tão estranha, que era ao mesmo tempo dor e saudade. Ela nunca tinha notado como o bumbum dele era bonitinho. Ou como ele era atencioso com a menina com quem estivesse. De repente, Hanna sentiu saudade de tudo o que dizia respeito a ele. Sentia falta de fazer compras com ele, quando Mike, pacientemente, esperava ao lado do provador, avaliando as roupas escolhidas por Hanna; de seus comentários ferinos sobre as irmãs Kardashian quando o programa delas passava no *E!*, da vez em que ele permitiu que Hanna o maquiasse – Mike ficava incrivelmente bonito de delineador. Hanna sentia falta até mesmo daquele chaveiro idiota do Hooters pendurado no zíper da mochila dele. Seu namoro com Liam tinha sido excitante e delicioso, mas com Mike ela pudera ser tola, imatura e essencialmente ela mesma.

De repente, essa verdade a atingiu como se fosse uma das mensagens alarmantes de A: ela queria Mike de volta. Hanna até mesmo podia imaginar o tipo de mensagem que A enviaria para essa ocasião:

A grama do vizinho é sempre mais verde, não é, Hannakins? Parece que você está tão fora de moda quanto jeans boca de sino!

4

PELA ALAMEDA DA MEMÓRIA

No começo da noite seguinte, agarrada ao volante do Volvo da família, a mãe de Emily Fields manobrava para deixar o pátio da Universidade de Lyndhurst, onde Emily acabara de participar de sua última competição de nado de longa distância daquele ano. Os vidros do carro estavam embaçados, e pairavam no ar os aromas misturados de cloro, xampu UltraSwim e o café com leite e baunilha da sra. Fields.

– Seu nado borboleta estava excelente – disse a sra. Fields, dando um tapinha de estímulo na mão de Emily. – A equipe da UCN vai adorar ter você como integrante.

– Hum-hum. – Emily acariciou a pelúcia do forro de sua jaqueta de natação. Ela sabia que deveria estar muito feliz com sua bolsa de estudos para o próximo ano na Universidade da Carolina do Norte, mas tudo o que conseguia sentir era alívio pela temporada de natação ter chegado ao fim. Ela estava exausta.

Emily pegou o celular para verificar a tela pela décima primeira vez naquele dia. *Você não tem novas mensagens.* Desligou-o e ligou-o novamente, mas a caixa de entrada ainda estava vazia. Abriu o aplicativo *Horóscopo do Dia* e leu as previsões de seu signo, Touro. *Você terá um dia brilhante no trabalho*, dizia. *Prepare-se para as surpresas que virão.*

Surpresas... Surpresas boas ou ruins? Uma semana inteira se passara sem que uma única mensagem do Novo A tivesse chegado. Nenhuma ameaça nem provocação sobre o que Emily e as outras meninas tinham feito na Jamaica, nenhum "tsc tsc" por elas terem acreditado que Kelsey Pierce, uma garota por quem Emily se apaixonara, era a pessoa por trás de todos os problemas. Mas a ausência de A era ainda mais aterrorizante do que uma avalanche de mensagens de texto sobre seus segredos mais terríveis. Emily não conseguia evitar pensar em A, encolhida nas sombras, esperando e bolando um novo ataque, alguma coisa cruel e devastadora. Ela temia pelo que estava por vir.

A mãe de Emily parou em frente a uma placa de PARE, junto a um modesto conjunto habitacional. Velhos carvalhos cercavam as casas simples e em uma rua sem saída viu uma tabela de basquete pendurada no paredão.

— Este não é o caminho que costumamos usar para ir para casa — resmungou a mãe de Emily, verificando o GPS. — Eu me pergunto por que essa coisa está nos recomendando este caminho alternativo. — Ela deu de ombros e arrancou com o carro. — De qualquer forma, você já contatou alguma das garotas de sua equipe da UCN? É bom que vocês comecem a ficar amigas desde já.

Emily correu as mãos por seu cabelo louro-avermelhado ainda úmido.

— Hum, sim. Eu deveria fazer isso.

— Algumas delas vivem em dormitórios "limpos", sabe? Lugares onde não são permitidos álcool, cigarros e atividade sexual. Você deveria pedir para ir para um desses. Acho que você não gostaria de perder sua bolsa de estudos por participar de festinhas demais.

Emily se controlou para não gemer alto. É claro que sua mãe superconservadora iria querer que ela adotasse, na faculdade, o estilo de vida de uma freira carmelita. No início da semana, quando sua mãe descobrira que Kelsey, a garota com quem Emily vinha saindo, tinha um problema com drogas, interrogara a filha para saber se ela também estava envolvida. Emily se surpreendia por sua mãe ainda não ter exigido que ela fizesse xixi em um copinho para um exame *antidoping* caseiro.

Enquanto a sra. Fields tagarelava sem parar sobre os dormitórios "limpos", Emily pegou o celular mais uma vez e vasculhou as mensagens antigas que recebera de A, até chegar à última:

Procurem por aí quanto quiserem, vadias. Vocês NUNCA me encontrarão.

O coração dela deu um tranco. Algumas vezes, quase desejava que A apenas fosse em frente e contasse para o mundo inteiro tudo o que sabia sobre elas, acabando logo com aquele martírio — a culpa e a mentira eram fardos pesados demais para carregar. Ela também desejava que A revelasse ser quem Emily sabia que era: a Verdadeira Ali. Suas amigas não acreditavam, mas ela podia sentir em seus ossos que Ali sobrevivera ao incêndio da casa em Poconos. Afinal de contas, Emily criara uma chance de Ali escapar deixando a porta aberta antes que a casa fosse pelos ares.

As peças começavam a se encaixar. Ali e Tabitha ficaram internadas na clínica na mesma época e, talvez, este fosse o motivo pelo qual Tabitha agisse de maneira similar a Ali na Jamaica. Talvez as duas estivessem agindo juntas de alguma forma — talvez Ali tivesse entrado em contato com Tabitha depois de escapar do incêndio em Poconos. Talvez a própria Ali tivesse mandado Tabitha para a Jamaica para mexer com a cabeça das meninas e levar as quatro à loucura.

Aquela situação partia o coração de Emily. Ela sabia, claro, que quem as atormentava não era a Ali *Dela*, a garota que Emily tinha venerado por anos, com quem passara tanto tempo e a quem tinha beijado na casa da árvore dos DiLaurentis no final do sétimo ano. Mas não podia deixar de reviver o momento do ano passado em que a Verdadeira Ali reaparecera fingindo ser a Ali Dela e a beijara de forma tão apaixonada. Ela parecia tão... *sincera*. Aquele não era o beijo de uma psicopata insensível.

— Estive pensando, talvez seja mais seguro você se inscrever para uma vaga nos dormitórios limpos agora mesmo — disse a sra. Fields enquanto elas subiam uma ladeira e passavam na frente do pátio amplo de uma escola. Havia uma porção de garotos sentados nos balanços, fumando. — Adoraria ver esse assunto resolvido antes que seu pai e eu deixássemos a cidade na quarta-feira. — O sr. e a sra. Fields iriam ao Texas para a celebração do sexagésimo quinto aniversário de casamento dos avós de Emily, e ela ficaria sozinha em casa pela primeira vez em sua vida. — Você quer que eu telefone para o escritório do responsável pelas acomodações dos estudantes e peça uma vaga para você?

Emily gemeu.

– Mãe, eu ainda não sei se quero...

Ela se interrompeu de súbito, dando-se conta de onde estavam. ALAMEDA SHIP, dizia a placa verde com o nome da rua. E, na frente dela, uma casa branca e térrea, com venezianas verdes e uma varanda ampla. Tinha sido naquela casa que Emily e suas amigas tinham deixado uma cadeirinha de bebê havia alguns meses.

– Pare aqui! – disse ela.

A sra. Fields pisou no freio.

– O que foi?

O coração de Emily batia tão rápido que ela poderia jurar que sua mãe conseguia escutar cada uma de suas válvulas abrindo e fechando. Aquela casa aparecia nos sonhos de Emily quase todas as noites, mas a menina jurara que jamais iria até lá de novo. E era ainda mais assustador que o GPS as tivesse guiado até ali. Quase como se o computador de bordo soubesse que naquela casa residiam lembranças dolorosas. Ou talvez, Emily pensou estremecendo, o GPS tivesse sido ajustado por alguém que também conhecia o lugar.

A.

De qualquer forma, agora que estava ali, Emily não conseguia deixar de olhar. A tigela do cachorro com os dizeres GOLDEN RETRIEVERS SÃO BEM-VINDOS não estava mais na varanda, mas a cadeira de balanço ainda estava lá. Os arbustos do jardim da frente pareciam crescidos e um pouco descuidados, como se não fossem podados há algum tempo. As janelas estavam escuras e uma pilha de jornais protegidos por saquinhos plásticos jazia no gramado, sinal claro de que a família estava de férias.

Todo tipo de lembrança voltou subitamente para Emily. Viu a si mesma arrastando-se para fora do avião ao voltar da Jamaica, enjoada, tonta, exausta. Na época, pensara que fosse devido a alguma coisa que comera no hotel. Mas conforme o tempo passava os sintomas iam piorando. Durante as aulas, ela mal conseguia manter-se acordada. Não conseguia manter nada no estômago. O odor de algumas coisas, como queijo, café e flores era horrível demais para suportar.

Uma semana depois, Emily estava zapeando os canais da televisão e acabou pegando o final de um episódio do programa *True Life* na MTV sobre adolescentes que enfrentaram a escola grávidas. Uma das garotas passara mal durante meses achando que tinha mononucleose e, ao fazer um exame, descobriu que já estava grávida havia quatro meses. Ao ver o programa, uma luz se acendeu na cabeça dela. No dia seguinte, Emily foi a uma farmácia que ficava a algumas cidades de distância de Rosewood e comprou um teste de gravidez. Apavorada que a mãe pudesse encontrar uma prova do que estava acontecendo, fez o teste em um banheiro úmido e sombrio no parque perto de casa.

Deu positivo.

Emily enfrentou os dias seguintes aturdida, horrorizada consigo mesma, sentindo-se confusa e perdida. O pai do bebê só podia ser Isaac, o único namorado que tivera naquele ano. Mas eles só tinham transado *uma vez*. Ela nem estava certa de que *gostava* de garotos. E o que diabos seus pais diriam sobre isso? Eles nunca, jamais perdoariam Emily.

Quando ficou mais fácil raciocinar, começou a fazer planos. Decidiu que fugiria para a Filadélfia naquele verão e ficaria hospedada com Carolyn, sua irmã, que cumpria o programa do curso de verão na Universidade Temple. Usaria blazers e blusas largas para camuflar seu ganho de peso durante o ano letivo. Procuraria um médico na cidade e pagaria em dinheiro para que suas consultas não aparecessem no histórico do plano de saúde de seus pais.

Emily também entrara em contato com uma agência de adoção para tomar providências. E ao fazer todos os preparativos necessários, conhecera a família Baker, que vivia naquela casa.

Depois de ligar para Rebecca, a coordenadora do programa de adoção, para dizer que havia feito sua escolha, Emily pegou um trem para Nova Jersey a fim de visitar Derrick, seu amigo e colega de trabalho no Poseidon, o restaurante de frutos do mar na Filadélfia onde ela trabalhava como garçonete. Derrick era o único amigo com quem ela se abrira durante todo o verão. Seus olhos gentis e jeito doce a deixavam mais calma. Derrick tinha sido seu ombro amigo, sua fortaleza, e Emily contara quase tudo sobre si mesma a ele, desde as coisas horríveis que A lhe fizera, até a sua paixonite por Maya St. Germain. Emily se sentia um pouco mal por falar sem parar, jogando todos os seus problemas sobre o amigo – na verdade, sabia muito pouco sobre ele e sua vida –, mas Derrick apenas dava de ombros e afirmava que, perto da vida de Emily, a dele era uma chatice.

Derrick estava trabalhando como jardineiro em uma casa enorme em Cherry Hill durante os fins de semana e pediu a Emily para ir até lá. Era uma propriedade guardada por portões de ferro, tinha uma casa de hóspedes no jardim dos fundos e uma alameda longa e sinuosa pavimentada com paralelepípedos em vez de asfalto. Derrick contou a ela que os proprietários não iriam se importar se ele fizesse um intervalo para conversarem no gazebo, e foi lá que Emily contou a ele que estava grávida. Derrick a escutou pacientemente e tomou Emily em seus braços quando ela terminou de falar, o que a fez chorar. Derrick era um presente de Deus, estava lá exatamente quando Emily mais precisava, ouvindo com atenção os problemas dela.

Enquanto conversavam, a porta dos fundos da casa, que dava para um pátio bem-cuidado e para uma piscina longa e retangular, foi aberta, e lá de dentro saiu uma senhora alta, com cabelo louro e curto e um nariz comprido e empinado. Ela imediatamente notou a presença de Emily e a avaliou de cima a baixo, sem perder nenhum milímetro de seus cabelos crespos, seus peitos inchados e sua barriga dilatada. Ela deixou escapar uma exclamação aguda e atormentada. Atravessou o pátio e se aproximou de Emily, encarando-a com uma expressão tão carregada de infelicidade que partiu o coração de Emily.

– Quantos meses? – perguntou baixinho a desconhecida.

Emily suspirou. Como ainda era muito jovem, quase todos desviavam os olhos ao notar sua barriga, como se não passasse de um enorme tumor. Era tão estranho encontrar alguém realmente interessado nela.

– Ah... Estou com cerca de sete meses e meio.

A estranha tinha os olhos cheios de lágrimas.

– Que momento precioso. E como você se sente? Bem?

– Ah... Acho que sim. – Emily olhou para Derrick, mas ele só mordeu o lábio.

Então, a mulher estendeu a mão.

– Meu nome é Gayle. Esta casa é minha.

– E eu me chamo... Heather – respondeu Emily. Esse era o nome falso que Emily dera a todos durante o verão. Todos menos Derrick. Mesmo em seu crachá do restaurante era o nome *Heather* que ela exibia. A magricela e ainda não grávida Emily estava em todos os cantos da internet como um apêndice à história de Alison DiLaurentis, e Emily podia imaginar uma nota sobre sua gravidez inesperada surgindo no blog de fofocas local, seguida do doloroso e horrorizado telefonema de seus pais.

– Você tem tanta sorte – murmurou Gayle, olhando cheia de carinho para a barriga de Emily. Ela parecia prestes a estender a mão e tocá-la. Mas de repente o sorriso de Gayle se transformou em um esgar, e lágrimas rolaram por seu rosto. – Oh, meu Deus – deixou escapar antes de se virar e correr encolhida na direção da casa, batendo a porta com força ao passar por ela.

Emily e Derrick ficaram mudos por um instante, ouvindo os sons de uma roçadeira que funcionava perto dali.

– Será que eu fiz alguma coisa que a ofendeu? – perguntou Emily, preocupada. Aquela senhora parecia tão frágil.

Derrick revirou os olhos.

– Sei lá. Não se preocupe com isso.

Emily aceitara o conselho dele. Mal sabia que apenas algumas semanas mais tarde estaria prometendo seu bebê a Gayle... E que, pouco depois, voltaria atrás com sua palavra.

As mensagens de texto furiosas que Gayle lhe enviara no dia em que entregara o bebê à família Baker voltaram a sua memória. *Vou atrás de você e desse bebê.* Graças a Deus ela não fizera aquilo.

– Emily, querida, você está bem? – perguntou a sra. Fields, interrompendo os pensamentos de Emily.

Emily lutou para controlar a emoção.

— Ah... Eu conheço uma menina que mora aqui — gaguejou, sentindo suas bochechas queimarem. — Eu pensei que a tinha visto na janela, mas acho que não. Podemos ir agora.

A sra. Fields deu uma olhada no quintal.

— Meu Deus, o gramado deles está em um estado lamentável — resmungou. — Nunca vão conseguir vender a casa com todas essas ervas daninhas.

Emily semicerrou os olhos.

— O que você quer dizer, vender a casa?

— Está à venda. Não viu?

A mãe de Emily apontou para uma placa no jardim da frente. VENDE-SE, dizia, trazendo também uma foto do corretor de imóveis e um número de telefone. Outras placas, em formato de estrela, anunciavam: PRONTA PARA MORAR! OS PROPRIETÁRIOS SE MUDARAM! E ainda COMPRE JÁ! Havia também o aviso de que o imóvel estaria aberto para visitação no sábado seguinte, do meio-dia até as quatro horas.

Emily foi tomada por uma sensação terrível. Saber onde a casa ficava e que seu bebê estava por perto fazia com que sentisse alguma espécie de conforto e alívio — ela podia fechar os olhos e imaginar onde estava o bebê a cada instante. Mas a família Baker não estava de férias — eles haviam se mudado.

E seu bebê se fora.

5

OS MISTÉRIOS DA COUVE-CHINESA

No dia seguinte, o sinal tocou encerrando a aula de história da arte, e todos os vinte e dois alunos se levantaram ao mesmo tempo.

— Leiam o capítulo oito para amanhã! – disse a sra. Kittinger enquanto eles saíam.

Aria enfiou seus livros na mochila e acompanhou a multidão para fora da sala. Assim que alcançou o corredor, conferiu a tela de seu celular, que estivera piscando na última hora. *Novo alerta Google para Tabitha Clark*, dizia a tela.

Aria sentiu o estômago embrulhar. Ela vinha acompanhando todas as notícias relacionadas à morte de Tabitha, lendo os depoimentos dos amigos desconsolados, parentes enlutados e de pais que, furiosos, protestavam contra o consumo de álcool durante as viagens de recesso escolar da primavera. E havia uma nova matéria em um jornal. A manchete dizia PAI DA ADOLESCENTE MORTA DURANTE FÉRIAS PROCESSA HOTEL JAMAICANO POR SERVIR ÁLCOOL PARA SUA FILHA.

Aria clicou no link e viu uma foto do pai de Tabitha, Kenneth Clark, um homem alto, com óculos de armação grossa, CEO de uma empresa. Ele tinha tomado para si a missão de impedir que qualquer adolescente bebesse nos Estados Unidos e de punir os estabelecimentos que servissem álcool para menores. "Estou bastante curioso para saber qual era o nível de álcool no sangue de minha filha quando ela morreu", disse ele. Graham Pratt, que fora namorado de Tabitha, também era citado. "Acho que é muito provável que o hotel The Cliffs tenha servido bebida a ela, apesar de ela já estar visivelmente bêbada."

Opa. E se a família e os amigos de Tabitha descobrissem, de alguma forma, que ela *não morrera* por ter bebido demais? A garganta de Aria ficou seca, e seu coração disparou. Já era difícil demais tentar atravessar cada dia sem pensar naquela menina inocente despencando ao encontro da morte – em algumas noites era mais difícil conciliar o sono, e Aria não estava comendo o suficiente. Mas, se o pai de Tabitha descobrisse o que acontecera de fato, se a polícia fosse capaz de ligar a morte às meninas, se as vidas das amigas de Aria fossem arruinadas devido a uma coisa que tecnicamente *ela* fizera... então Aria não saberia como continuar vivendo.

– Aria?

Aria se virou e viu Emily atrás de si, usando uma jaqueta da equipe de natação de Rosewood e jeans skinny preto. Um olhar esquisito dominava o rosto arredondado, amigável e cheio de sardas.

– Ei, oi. – Aria guardou o celular no bolso. Não tinha necessidade de contar nada daquilo para Emily, só ia fazê-la ficar preocupada com algo que provavelmente não era nada. – O que foi?

— Estava pensando se você vai ao comício do pai de Hanna na terça-feira. — Emily abriu caminho para uns caras da equipe de remo passarem. — Ela perguntou se eu iria.

— Ah, sim. — Aria já tinha dito a Hanna que participaria dos eventos políticos do pai dela. — Quer se sentar comigo?

— Seria ótimo. — Emily deu um sorriso triste e apagado que a amiga reconheceu no mesmo instante. Na época em que andavam com Ali, Aria apelidara aquele de O Sorriso do Bisonho de Emily. Ela o vira muitas vezes no rosto de Emily após o desaparecimento da Ali Delas.

— Qual é o problema, Em? — perguntou Aria com delicadeza.

Emily baixou os olhos para seus tênis New Balance cinza. Atrás dela, um bando de garotos do segundo ano fazia algazarra, empurrando uns aos outros. De frente para a vitrine de troféus, Kirsten Cullen retocava o batom.

— Eu passei naquela casa da Alameda Ship ontem — confessou Emily por fim.

Aria piscou, lembrando-se de que lugar era aquele.

— E como foi?

Emily engoliu em seco.

— Havia uma placa de VENDE-SE no jardim, e a casa parecia vazia. *Eles se mudaram!* — Seu queixo tremia como se estivesse prestes a cair no choro.

— Ah, Em... — Aria envolveu a amiga em um abraço. Palavras não podiam descrever o tamanho de sua surpresa no verão passado quando descobrira sobre a gravidez de Emily. A amiga havia telefonado para ela do nada, pedindo que não contasse para as outras meninas. *Tenho tudo sob controle,* dissera ela. *Já escolhi uma família para ficar com o bebê depois que ele nascer. Mas eu precisava contar para alguém.*

– Queria saber por que eles foram embora – sussurrou Emily.

– Bem, mas isso faz sentido, não acha? – perguntou Aria. – Quero dizer, de repente aparece um bebê na porta da casa deles, e o que os vizinhos vão pensar? Talvez tenham se mudado para evitar fofocas.

Emily pensou um pouco sobre isso.

– Para onde você acha que eles foram?

– Por que não tentamos descobrir? – sugeriu Aria. – Talvez o corretor de imóveis saiba.

Os olhos de Emily brilharam.

– A placa dizia que a casa está aberta para visitações neste fim de semana.

– Se você precisar de companhia, vou com você – ofereceu-se Aria.

– Sério? – Emily pareceu aliviada.

– Lógico.

– *Obrigada.* – Emily abraçou Aria mais uma vez com força. Aria também a abraçou, feliz por serem amigas de novo. Haviam passado tanto tempo evitando umas às outras, fugindo dos segredos que compartilhavam, e aquilo não fizera muito bem a elas. Era melhor combaterem A juntas. Além disso, Aria sentia falta de ter amigas de verdade.

O celular de Aria tocou e Emily se despediu, dizendo que precisava ir para a aula. Enquanto a amiga se afastava pelo corredor, Aria conferiu a tela, franzindo a testa. *Meredith.* Não era sempre que a noiva de seu pai ligava para ela.

— Aria? — disse Meredith assim que a menina atendeu. — Ah, meu Deus, eu estou tão feliz por ter encontrado você! — Aria conseguia escutar Lola, a filhinha de Meredith e Byron, chorando ao fundo. Também dava para ouvir o barulho de panelas batendo e pratos quebrando. — Querida, realmente preciso de ajuda, porque quero recriar um prato de massa incrível de um restaurante italiano da Filadélfia para seu pai hoje à noite, mas fui ao Fresh Fields, e eles não têm couve-chinesa. Parece que o Fresh Fields em Bryn Mawr tem, mas não posso ir lá agora porque Lola está superagitada e não quero piorar isso levando-a para um lugar cheio de gente. Será que depois da escola você pode ir para mim?

Aria apoiou o peso na parede e olhou distraída para um cartaz que lembrava aos alunos mais velhos que eles deveriam inscrever-se no Eco-Cruzeiro que se aproximava.

— Não pode ser amanhã? — Bryn Mawr não ficava exatamente perto da escola.

— Eu preciso mesmo da couve-chinesa para hoje à noite.

— Por quê? — perguntou Aria. — Byron vai receber visitantes da universidade ou alguma coisa assim?

Meredith gemeu, desconfortável.

— Esquece. Deixa pra lá.

Aria estava mesmo curiosa.

— Sério. Qual é a ocasião?

Outra longa pausa. Meredith suspirou.

— Tudo bem, é o aniversário do nosso primeiro beijo.

Aria sentiu-se enjoada.

— Ah, sei. Claro — disse ela com ironia. Seus pais ainda estavam casados quando Byron e Meredith se beijaram pela primeira vez.

— Foi você que perguntou! – protestou Meredith. – Eu não queria contar!

Aria enfiou sua mão livre no bolso do blazer. Se Meredith realmente não queria que ela soubesse, por que ligara para ela?

— Aria? – A voz de Meredith soava no telefone. – Você ainda está aí? Olha, me desculpe por ter lhe contado. Mas preciso *mesmo* de ajuda. Você poderia fazer isso por mim? Só desta vez?

O choro de Lola recomeçou ainda mais alto, e Aria fechou os olhos. Ela não achava a menor graça na comemoração, mas quanto mais estressada Meredith estivesse, mais agitada Lola ficaria. Negar-se a ir comprar a verdura também faria com que Meredith contasse tudo ao pai dela e ele nunca mais deixaria Aria em paz.

— Tudo bem – respondeu enquanto o segundo sinal tocava. – Só que você vai ter que me explicar *como é* uma couve-chinesa.

Poucas horas depois, Aria chegou ao Fresh Fields em Bryn Mawr. A cidade ficava a pouco mais de dezesseis quilômetros de Rosewood, tinha uma pequena faculdade de artes liberais, um teatro que produzia peças de vanguarda e uma antiga pousada que ostentava uma placa dizendo: GEORGE WASHINGTON DORMIU AQUI. Os carros no estacionamento do supermercado tinham uma porção de adesivos que imploravam SALVE AS BALEIAS, ABRACE O VERDE, VIVA EM PAZ e QUEBRE SUA TELEVISÃO.

Depois de atravessar as portas automáticas do supermercado e passar diante de pelo menos trinta barris de azeitonas, ela foi até a seção de hortifrúti. Pelo jeito, a couve-chinesa, apesar do nome, era uma espécie de espinafre. Por que Meredith não podia *usar espinafre* no jantar idiota para celebrar o caso deles estava além de sua capacidade de compreensão.

Aquela história ainda a deixava mal. Ela havia flagrado Byron e Meredith se beijando em um beco quando estava no sétimo ano. Byron lhe pedira para não dizer nada a Ella e, apesar de Aria querer contar à mãe, pensara que, se guardasse o segredo, seus pais ficariam juntos.

Por muito tempo, a Ali Delas fora a única pessoa que sabia do caso de seu pai e, por várias vezes, Aria desejara que ela não soubesse. Ali costumava ser bastante cruel sobre aquilo o tempo todo, perguntando se Byron tinha casos com outras alunas também. O desaparecimento de Ali tinha sido um alívio parcial para Aria – pelo menos ela não tinha mais de falar sobre nada daquilo. Mas era também solitário ser a única a carregar aquele segredo. Aria tentara esquecer-se do que vira, dizendo a si mesma que o sacrifício era pelo bem de sua família. No fim das contas, porém, o seu sacrifício não adiantara de nada. A revelara o caso para Ella, e seus pais haviam se separado de qualquer maneira.

Aria passou por uma balança e a tocou levemente com a ponta dos dedos. Talvez não valesse a pena remoer aquilo. Ella e Byron não eram o casal perfeito, de qualquer forma, mesmo antes de Meredith. Eles não tinham, por exemplo, um relacionamento como o dos pais de Noel. Não tinham o tipo de relacionamento que Aria desejava para si e Noel.

Aria passou por um monte de berinjelas roxas e gorduchas e por enormes caixas que exalavam o aroma de manjericão e hortelã. Aceitou um pedaço de acelga frita oferecido por uma mulher com o avental do Fresh Fields. Na ponta da gôndola, viu um caixote pequeno com uma plaquinha que trazia as palavras COUVE-CHINESA escritas em verde. Aria pegou um saco plástico do rolo e começou a enchê-lo. Com o canto do olho, notou uma senhora perto dos tomates orgânicos. Ela usava um vestido estilo Pucci, com a estampa cheia de espirais, e tinha a pele bronzeada, sobrancelhas espessas e usava muita maquiagem. Algo nela fez Aria se lembrar do pai de Noel. Aquela mulher poderia muito bem ser irmã dele.

Quando Aria se aproximou, considerando perguntar à mulher onde ela comprara aquele vestido – Ella iria adorá-lo –, a mulher se virou e Aria pôde ver melhor o rosto dela. De repente seu coração parou, e ela se escondeu atrás da gôndola. Esperou um instante e, disfarçadamente, olhou de novo para o rosto da mulher, engasgando.

Aquela não era a irmã do sr. Kahn. Era *o sr. Kahn.*

6

A NOVA GALERA DE SPENCER

Naquela noite, pouco depois das seis da tarde, Spencer entrou no Striped Bass, um restaurante que ficava na Walnut Street, na Filadélfia. O lugar tinha pé direito alto, piso de cerejeira brasileira polido até brilhar e colunas coríntias demarcando o perímetro. Luminárias enormes e cilíndricas pendiam do teto, garçons circulavam em torno das mesas cobertas de toalhas drapeadas. O ar cheirava a manteiga derretida, peixe-espada grelhado e vinho tinto.

Um pequeno cartaz com os dizeres JANTAR DE BOAS-VINDAS PARA OS ALUNOS DE ADMISSÃO ANTECIPADA EM PRINCETON fora colocado logo atrás do posto do *maître*, indicando um salão à direita. Ali, trinta garotos e garotas ansiosos, da idade de Spencer, conversavam de pé. Os rapazes usavam calças e camisas sociais com gravatas e ostentavam aquele ar nerd e superconfiante que todo primeiro aluno da classe tem, em qualquer lugar do mundo. As meninas usavam *twin sets*, saias recatadas na altura do joelho e saltos altos estilo *um dia vou ser advogada*. Algumas delas eram magras e pareciam modelos, outras eram gordinhas ou usavam óculos de armação escura, mas todas tinham cara de quem tirou nota máxima em seus exames de classificação geral.

Uma televisão estava ligada acima do balcão do bar do salão principal e chamou a atenção de Spencer. NESTA SEXTA-FEIRA, REPRISE DO FILME *PRETTY LITTLE KILLER*, dizia o anúncio. A garota que interpretava Alison DiLaurentis apareceu em cena, dizendo às atrizes que faziam Spencer, Aria, Emily e Hanna que queria ser amiga delas novamente. "Senti falta de todas vocês", dizia, com um sorriso falso. "Quero vocês de volta em minha vida."

Spencer voltou as costas para aquilo, o rosto pegando fogo. Já não havia passado da hora de a emissora parar de exibir aquele filme idiota? Além disso, o roteiro não contava a história toda. Não mostrava a parte em que as quatro amigas acreditaram estar frente a frente com a Verdadeira Ali na Jamaica.

Não pense em Ali nem na Jamaica, Spencer se repreendeu, aprumando-se ao caminhar na direção da sala de jantar. A última coisa que ela precisava era enlouquecer como Lady Macbeth na primeira festa de Princeton.

Assim que atravessou as portas duplas, uma garota loura e com enormes olhos violeta sorriu para Spencer.

– Oi! Você está aqui para o jantar?

– Isso mesmo – disse Spencer, endireitando-se. – Meu nome é Spencer Hastings. Sou de Rosewood – respondeu, rezando para que ninguém reconhecesse seu nome ou tivesse reparado na sua versão um tantinho mais cheinha e de vinte e poucos anos que a televisão do salão principal mostrava.

— Seja bem-vinda! Meu nome é Harper e eu sou membro do comitê de boas-vindas. — A menina vasculhou os crachás até encontrar um com o nome de Spencer escrito em letras maiúsculas. — Ei, você ganhou isto na Conferência de Jovens Líderes de Washington, há dois anos? — perguntou Harper quando notou seu chaveiro com o formato do Monumento de Washington, que estava pendurado na bolsa de couro gigantesca de Spencer.

— Sim, foi lá! — disse Spencer, feliz por ter prendido o chaveiro na bolsa no último instante. Estava torcendo para que alguém perguntasse de onde vinha.

Harper sorriu.

— Eu tenho um desses em algum lugar. Pensei que só estudantes universitários fossem chamados.

— Habitualmente sim, só universitários são chamados — respondeu Spencer com falsa modéstia. — Você também foi?

Harper assentiu, animada.

— Foi incrível, não achou? Conhecer todos os senadores, fazer aquelas simulações de reuniões da ONU, apesar de o jantar de abertura ter sido meio... — Harper se interrompeu com uma careta.

— Estranho? — completou Spencer, sorrindo também. — Você está falando do mímico, não é? — Os organizadores da conferência haviam contratado um mímico para entreter os convidados, mas ele passara o jantar inteiro fingindo estar preso em uma caixa invisível ou passeando com seu cachorro imaginário.

— Sim! — Harper riu. — Aquilo foi tão esquisito!

— E o senador de Idaho *adorou* o desempenho dele, você se lembra? — Spencer não conseguia mais segurar o riso.

— *Claro!* — Harper também riu com entusiasmo e sinceridade. Ela baixou os olhos para o crachá de Spencer. — Você estuda em Rosewood Day? Uma das minhas melhores amigas estudou lá! Tansy Gates, você a conhece?

— Estávamos juntas na equipe de hóquei! — garantiu Spencer com a voz estridente, feliz com mais essa coincidência. Tansy era uma das garotas que tinha insistido para que Rosewood Day permitisse que as meninas do sétimo ano participassem da equipe principal de hóquei e que torcera para que Spencer fosse escolhida. Mas Ali acabou sendo escolhida, e Spencer tivera de permanecer na enfadonha equipe do sexto ano, na qual qualquer um podia jogar.

Foi então que Spencer prestou atenção no crachá de Harper, que mostrava uma lista abreviada das atividades em que ela estava envolvida na Universidade de Princeton. Hóquei. O jornal do *campus*, *The Daily Princetonian*. E no final, em letras pequenas, dizia: Seletora do Ivy Eating Club.

Spencer quase engasgou. Ela fizera muita pesquisa sobre os Eating Clubs desde que tomara um susto na degustação de bolos, ao descobrir que desprezara a importância deles. O heterogêneo Ivy Eating Club tivera em seus quadros chefes de Estado, CEOs de grandes empresas e pessoas influentes no meio literário e estava entre os clubes dos quais Spencer mais desejava fazer parte. Se Harper era a seletora do clube, então era a encarregada de escolher os novos membros. Tratava-se definitivamente da pessoa certa com quem fazer amizade.

Subitamente, Spencer ouviu palmas vindas da parte da frente da sala.

— Olá, calouros, sejam bem-vindos! — A turma foi saudada por um sujeito desajeitado e com cabelo encaracolado louro-avermelhado. – Meu nome é Steven, sou do comitê de boas-vindas! Vamos começar o jantar, vocês poderiam tomar seus lugares?

Spencer olhou para Harper.

– Podemos nos sentar juntas?

Harper fez uma expressão desolada.

– Ah, Spencer, eu adoraria, mas os lugares são marcados – disse ela, apontando para o crachá de Spencer. – O número do crachá indica seu lugar. Mas fique tranquila, estou certa de que você vai conhecer alunos bem interessantes!

– Ah, claro que sim! – respondeu Spencer, tentando disfarçar seu desapontamento. E, antes que pudesse dizer qualquer outra coisa, Harper se afastou.

Spencer abriu caminho até a mesa quatro e se acomodou diante de um menino asiático com cabelo espetado e de óculos quadrados, cujos olhos estavam grudados à tela de seu iPhone. Dois sujeitos de jaqueta da escola preparatória Pritchard conversavam sobre um torneio de golfe do qual haviam participado no verão anterior. Uma garota mignon com um terninho estilo Hillary Clinton falava um pouco alto demais sobre o mercado financeiro em seu celular. Spencer ergueu uma sobrancelha, perguntando-se se a menina já tinha um emprego. Esses garotos de Princeton nao perdiam tempo

– *Hola*.

Um sujeito de cavanhaque, cabelo castanho despenteado e olhos sonolentos sentado ao lado de Spencer a encarou. Sua calça social cinza tinha bainhas puídas e ele usava sapatos de sola grossa, certamente feitos de cânhamo, e cheirava como o gigantesco *bong* que Mason Byers trouxera de Amsterdã.

O garoto doidão estendeu a mão.

— Meu nome é Raif Fredricks, mas quase todo mundo me chama de Bagana. Sou de Princeton, então para mim é quase como se eu estivesse indo para uma faculdade comunitária local. Meus pais estão implorando para eu não ir morar no dormitório, mas tipo, eu disse: "Aê, caras, qual é, preciso da minha liberdade! Quero bater tambores em meu quarto às quatro horas da manhã! Quero ter encontros geniais para organizar protestos durante o jantar!"

Aturdida, Spencer piscou. O garoto falava tão rápido que ela não tinha certeza de ter entendido tudo.

— Espere, *você* foi aceito em *Princeton*?

Bagana — Deus, que apelido estúpido — deu um sorriso.

— Mas não é por isso que nós estamos aqui? — Ele ainda estava com a mão estendida na direção de Spencer. — Ah... Normalmente é nessa hora que as pessoas se cumprimentam e então dizem: *Olá, Bagana, meu nome é...*

— Spencer — respondeu ela, ainda bastante confusa, apertando a enorme mão de Bagana por uma fração de segundo. Sua mente girava. Aquele cara parecia pertencer ao bando dos idiotas que matavam aula no gramado de Hollis e que se formavam com notas medíocres. Ele não parecia o tipo de aluno que se matava de estudar para obter boas notas nos exames classificatórios e que investia todo o tempo livre nos serviços voluntários certos para obter visibilidade e entrar em uma boa universidade.

— E aí, Spencer? — Bagana recostou-se e avaliou-a de cima a baixo. — Acho que foi o destino que nos fez sentar juntos. Você parece que saca tudo, sabe? Você não parece ser uma escrava do sistema. – Ele a cutucou. – E ainda por cima você é a maior gata.

Eca!, pensou Spencer, virando-se ostensivamente na direção oposta e fingindo prestar atenção nos pratos de salada de endívia que os garçons faziam circular. Ter de ficar ali, presa com aquele idiota, era uma piada do destino.

Mas Bagana não se deu conta. Ele se inclinou na direção de Spencer, encostando-se no ombro dela.

– Ei, não tem problema se você é tímida. Aê, eu estava pensando em dar um pulo no Independence Hall para dar uma olhada no comício do Ocupa Filadélfia quando isto aqui acabar. Quer vir comigo? Acho que vai ser bem legal.

– Ah, não, obrigada – disse Spencer irritada com o tom de voz do cara. E se as outras pessoas pensassem que eram amigos?

Bagana meteu um pedaço de endívia na boca.

– Aê, você não sabe o que está perdendo. Pega aqui, gata, caso você mude de ideia. – Bagana arrancou uma folha do bloquinho que trazia em sua mochila, rabiscou alguma coisa e entregou para Spencer. Ela estreitou os olhos tentando desvendar a caligrafia. *Que viagem longa e estranha está sendo, não?* O quê?

– É uma frase do Jerry, meu guru – disse Bagana. Em seguida, apontou para uma fileira de números logo abaixo da citação. – Pode ligar a qualquer hora do dia ou da noite. Eu estou sempre disponível.

– Ah... Obrigada. – Spencer guardou o papel na bolsa. Ela notou que Harper a observava do outro lado do salão e, encarando-a, fez uma careta e revirou os olhos como quem diz *Ah, meu Deus, que cara mais esquisito.*

Felizmente, Steven, outro membro do comitê de boas-vindas, começou a fazer seu interminável discurso forrado de elogios sobre como todos os presentes eram incríveis e surpreendentes e que eles decerto no futuro mudariam o mundo porque eram de Princeton. Assim que as sobremesas foram recolhidas pelos garçons, Spencer se levantou tão rápido quanto suas pernas torneadas pelo hóquei conseguiram. Ela encontrou Harper perto de onde o café estava sendo servido e deu um enorme sorriso.

– Vejo que conheceu o Bagana – piscou Harper.

Spencer franziu o nariz.

– É, que sorte.

Harper deu um olhar inescrutável para Spencer e, em seguida, aproximou-se dela:

– Ah, eu sei que é de última hora, Spencer, mas será que você tem planos para este fim de semana?

– Não. Acho que não. – Bem, nada além de ajudar sua mãe na degustação e escolha de mais alguns doces para o casamento. Um segundo casamento exigia mesmo um bolo *e* uma torre de cupcakes?

Os olhos de Harper se iluminaram.

– Maravilha. Vai haver uma festa e eu adoraria que você fosse comigo. Acho que você se dará bem com meus amigos. Você pode se hospedar comigo na casa principal, eu vivo no *campus*. Assim já vai se ambientando.

– Isso será perfeito – respondeu Spencer ansiosa, como se a demora de alguns segundos para responder fosse levar Harper a retirar o convite. A *casa principal do* campus era a sede do Ivy Eating Club e Harper, por ser a seletora, morava lá.

— Ah, que ótima notícia. — Harper clicou em algo em seu celular. — Passa o seu e-mail. Vou enviar o número do meu celular e as instruções para chegar ao lugar. Apareça às seis da tarde.

Spencer deu seu e-mail a Harper e também o número do seu celular. Em segundos, o e-mail de Harper apareceu em sua caixa de entrada. Ao ler o que dizia, quase deu um gritinho. Harper realmente enviara as instruções para chegar à sede do Ivy Eating Club na avenida Prospect.

Spencer se dirigiu à saída do restaurante como se caminhasse nas nuvens. Ao empurrar a porta giratória que a levaria para a rua, seu celular, já dentro da bolsa, emitiu um som abafado. Quando ela o apanhou e checou a tela, seu coração afundou dentro do peito. *Nova mensagem anônima.*

Oi, Spence! Você acha que os seus amigos da faculdade iriam aceitá-la no Eating Club se soubessem que você já participa do clube dos assassinos?
Beijos! – A

7

HANNA PEGA FOGO

Parada do lado de fora do vestiário dos meninos na noite seguinte, Hanna ajeitava o vestido preto e justo que vestira depois do último sinal. Ao seu redor, alunos apressados corriam em todas as direções para pegar ônibus que os levassem para as atividades extracurriculares ou para ir de carro passear no shopping King James.

O celular dela tocou e Hanna abaixou o volume no mesmo instante. Era outra mensagem de Isabel para lembrá-la de chegar cedo ao comício de seu pai a fim de conhecer e cumprimentar alguns colaboradores da campanha. *Dããã*, como se Hannah não soubesse disso. Tinha sido ela quem ajudara a *organizar* a coisa toda. E chegaria lá quando chegasse. A tarefa que tinha nas mãos era a única coisa com que se preocupava agora.

O cheiro de meias sujas e desodorante Axe alcançava o corredor. As vozes abafadas pelo som dos chuveiros ecoavam. Os meninos da equipe de corrida indoor tinham acabado de voltar de um treino cansativo que incluíra um circuito pelo estacionamento congelado. Mike também estava na equipe de corrida para manter-se em forma para a equipe de lacrosse. A operação Tomar Mike de Volta estava prestes a começar.

A porta azul do vestiário rangeu ao ser aberta, e dois alunos do segundo ano do ensino médio usando jaquetas da equipe de corrida saíram de lá, olhando de maneira estranha para ela ao passarem. Ela os encarou, depois se aproximou outra vez da porta.

— Foi sensacional inventarem uma aula de *pole dance* na academia — disse Mason Byers com sua voz grave de barítono. — Você viu as garotas matriculadas?

— Cara, nem me faça começar — respondeu James Freed. — Eu nem malhei na última vez que fui lá. Fiquei hipnotizado vendo as meninas dançarem.

— A namorada do Mike participa da aula — disse Mason.

Hanna franziu a testa. Colleen agora faziam aulas de *pole dance*? Para o show de talentos do oitavo ano, ela usara um traje típico da Letônia para apresentar a dança nativa de seus ancestrais. Hanna e Mona tinham caçoado dela por meses depois disso.

— Eu *sei*. — James fez um barulho típico dos meninos. — Não é de se estranhar que ele esteja transando com ela. — Riu. — Você sabia que Bebris significa *castor* em letão?

Ei, espera aí. Aqueles garotos não tinham acabado de dizer que Mike estava *transando* com Colleen, tinham? Uma dor atingiu o peito de Hanna. Ela e Mike não tinham feito isso e eles namoraram por mais de um ano.

Dois outros garotos saíram do vestiário, e ela deu uma espiadela lá dentro. James e Mason não estavam em nenhum lugar visível, mas Mike estava perto do armário. Estava de cueca, seu cabelo preto molhado e colado na cabeça, pequenas gotas de água cobrindo seus ombros. Ele *sempre* tinha sido tão musculoso?

Hanna se aprumou. *Chegou a hora!* Deslizou para dentro do vestiário tomado pelo vapor. Nunca estivera no vestiário masculino antes e ficou desapontada por não ser em nada diferente do das meninas, tirando o fato de ter protetores atléticos espalhados pelo chão. Cheirava a talco e a meias suadas e a lata de lixo transbordava, cheia de embalagens vazias de Gatorade.

Hanna seguiu pé ante pé pelo piso de cerâmica cinzenta, até estar a mais ou menos um metro de distância de Mike. Ele tinha uma cicatriz em forma de lua crescente nas costas devido a um tombo de bicicleta que levara quando pequeno. Havia algum tempo, na casa de Hanna, ela e Mike tinham se despido e, só de roupa de baixo, mostraram um ao outro todas as suas cicatrizes. Não fizeram nada além disso. Hanna sentia medo de transar com Mike – nunca tinha dormido com ninguém, e aquilo parecia ser algo muito importante para ele. Apesar da forma como Mike vivia falando sobre o quanto era louco por sexo, Hanna se perguntava se ele não sentira um pouco de medo também.

Hanna esticou os braços e cobriu os olhos dele com as mãos.

– *Buuuh!*

Mike deu um pulo, mas depois se acalmou.

– *Oooooii!* – disse ele, prolongando a palavra. – O que *você* está fazendo aqui?

Em vez de responder, Hanna começou a beijar a parte de trás do pescoço dele. Mike jogou o peso na direção dela, o calor de sua pele nua atravessando o vestido justo. Ele colocou a mão para trás e acariciou seus cachos. De súbito, de olhos abertos, ele se virou para encará-la.

— Hanna! — Mike pegou a toalha do banco e cobriu seu tronco nu. — O que significa isso?

Hanna o puxou pelo cordão que ele usava no pescoço desde que sua família tinha voltado da Islândia.

— Ora, vamos, Mike, não seja tímido. Só relaxe e continue. Esta não é uma das suas fantasias?

Mike se afastou com os olhos arregalados.

— Você perdeu a cabeça? — Ele nem percebeu que ela estava usando um vestido justo e saltos altíssimos que faziam seus tornozelos doerem. Em vez disso, olhava para ela como se Hanna estivesse se comportando de um modo louco e inapropriado. — Você precisa sair daqui.

— Parecia que você estava gostando há alguns segundos.

— Eu pensei que você fosse outra pessoa, Hanna. — Mike vestiu uma camiseta e uma calça.

Hanna se apoiou em um armário, sem fazer menção de sair.

— Mike, qual é, quero você de volta, certo? Eu e meu namorado terminamos. E sei que você me quer também. Então pare de agir feito um babaca e me beije! — Ela riu depois de dizer isso para não parecer tão dura, mas Mike olhava para ela sem esboçar reação.

— Você me ouviu na outra noite no shopping. Agora eu tenho namorada.

Hanna revirou os olhos.

— Colleen? *Por favor*. Você não lembra que enfiaram a cabeça dela na privada quatro vezes no banheiro do Old Faithful no sexto ano? E, Mike, ela é uma esquisitona do grupo de teatro. Pode dar adeus à sua popularidade se continuar a sair com ela.

Mike cruzou os braços.

— Na verdade, Colleen tem um agente para cuidar da carreira. Ela tem feito testes para alguns papéis na televisão. E não dou a mínima para esse negócio de popularidade.

Ah, sei.

— Essa garota é fácil ou o quê? — perguntou Hanna. Ela ficou surpresa com o quanto soou amarga.

A expressão no rosto de Mike endureceu.

— *Eu gosto* dela, Hanna.

Ele a encarou com firmeza, e a bruma que preenchia a cabeça de Hanna começou a se dispersar. Mike não estava namorando — e transando — com Colleen porque ela era fácil. Ele gostava mesmo dela.

Alguém próximo das pias riu, e Hanna viu James e Mason escondidos atrás de uma divisória, ouvindo cada palavra do que Mike e ela diziam. Passou os braços pelo corpo, sentindo-se repentinamente exposta. Aqueles garotos estavam rindo dela. Hanna, a idiota que se jogava em cima do ex-namorado. Hanna, a idiota fazendo papel de palhaça. Era como se ela fosse a gorda ridícula de antes, com seu cabelo castanho horrível e de aparelho nos dentes. A gorduchona feia e perdedora que não era amada por ninguém.

Sem dizer mais nada, Hanna se virou e marchou para fora do vestiário; não parou nem mesmo ao torcer o tornozelo. *Isso não está acontecendo, isso não está acontecendo*, repetia para si mesma em silêncio. Ela não seria derrotada por aquela mosca-morta da Colleen.

Hanna bateu a porta do vestiário e saiu para o corredor silencioso. Do nada, uma nova risada ecoou pelo corredor, mais aguda e mais sinistra do que a dos garotos. Hanna parou de andar e escutou. Estava ficando louca ou parecia a risada de Ali? Inclinou a cabeça, esperando. Mas, assim como começou, o som desapareceu.

8

OLÁ, MEU NOME É HEATHER

Naquela noite, Emily foi até o Rosewood Arms, um hotel próximo à Universidade de Hollis que era uma mistura de pousada informal com hotel sofisticado. A antiga mansão pertencera a um senhor que devia sua fortuna às estradas de ferro, e cada quarto era decorado com peças de antiquário caríssimas e cabeças empalhadas de bisão, leão e veado. Uma das alas da mansão tinha sido transformada em *spa*. A antiga garagem, que abrigara dúzias de carruagens finíssimas e os primeiros carros de corrida, agora era uma sala de jantar.

Naquela noite em particular, o espaço tinha sido alugado para o comício de campanha do sr. Marin para o Conselho Municipal. Havia várias fileiras de cadeiras diante de um palco, onde um único microfone tinha sido instalado bem no centro e, acima do palco, pendiam faixas com os dizeres VOTE TOM MARIN PARA MUDAR e A PENSILVÂNIA PRECISA DE MARIN. Era estranho ver o rosto do pai de Hanna estampado nos pôsteres de campanha. Emily ainda se lembrava dele como o sujeito que dera uma bronca em Ali por ela ter jogado seu chiclete pela janela do carro. Depois, Ali tinha feito todas formarem um círculo e chamarem o sr. Marin de *sr. Idiota*, inclusive Hanna, que ficara com os olhos cheios de lágrimas.

Emily analisou a multidão. Havia pessoas ali que ela não via há muitos anos. A sra. Lowe, sua antiga professora de piano cujo rosto comprido fazia Emily pensar de imediato em um galgo, bebia alguma coisa em uma caneca térmica do Starbucks sentada no canto. O sr. Polley, que atuava como mestre de cerimônia nos banquetes da equipe de natação de Emily, examinava seu BlackBerry próximo a uma das janelas. O sr. e a sra. Roland, os novos moradores da antiga casa dos Cavanaugh, ocupavam cadeiras dobráveis colocadas próximas ao palco e estavam acompanhados de Chloe, a filha deles.

Emily se encolheu. O sr. Roland providenciara para que ela conseguisse uma bolsa de estudos na UNC, mas o comportamento impróprio dele custara a Emily sua amizade com Chloe.

As únicas pessoas que Emily ainda não tinha visto por ali eram as amigas. Ao se virar para procurá-las em outro cômodo, esbarrou em um garçom que carregava uma bandeja de prata cheia de aperitivos.

A bandeja emborcou para a frente, mas por milagre ele conseguiu pegá-la antes que caísse no chão.

– Desculpa! – disse Emily.

– Não se preocupe – respondeu ele. – Por sorte, tenho reflexos bem rápidos. – Então ele se virou e não pôde esconder sua surpresa.

– *Emily?*

Ela piscou. Encarando-a, de uniforme de garçom, estava Isaac Colbert, seu ex-namorado *e* pai de sua filha. Emily não o via desde que haviam terminado o namoro, mais de um ano atrás.

– Ah...! Olá. – O coração dela disparou. Isaac parecia mais alto do que Emily se lembrava... e mais forte também. O cabelo castanho de Isaac chegava ao queixo, e uma ponta de tatuagem era visível sob o colarinho da camisa dele. Emily observou o desenho preto em espiral sobre a pele. O que a mãe superprotetora de Isaac tinha a dizer sobre aquilo? A sra. Colbert cortara a cabeça de Emily de todas as fotos em que ela aparecia com Isaac e ainda a chamara de vagabunda, então ela imaginava que a mãe dele não tinha ficado nada feliz com a tatuagem.

– Mas o que você está fazendo aqui? – perguntou ela.

Isaac mostrou o logo no bolso de sua camisa. COLBERT BUFÊ.

– É a empresa de meu pai que está servindo as comidas do evento. Meu velho é fã de Tom Marin. – Ele se afastou e olhou Emily de cima a baixo. – Você parece... diferente. Perdeu peso?

– Ah, duvido muito. Ainda sinto que estou carregando alguns quilos que sobraram da... – Emily se interrompeu antes de dizer *gravidez* e mordeu a língua. O que havia de *errado* com ela?

Em várias ocasiões, ela quase telefonara para Isaac para lhe contar sobre a gravidez. Ele tinha sido maravilhoso com ela antes do episódio com a mãe. Costumavam conversar durante horas. E lidou bem com o fato de ela ter namorado garotas antes dele. Então, em uma tarde de inverno, tiraram as roupas um do outro bem devagar no quarto dele. Ele tinha sido muito doce com ela e quisera fazer da primeira vez deles uma ocasião especial.

Mas todas as vezes que ela pegava o celular para ligar para ele, não conseguia imaginar como daria a notícia. "Oi! Tenho uma novidade para você!" ou: "Olá, lembra-se da única vez que transamos?" E o que Isaac diria? Ele também iria querer que ela desse o bebê para a adoção ou teria exigido que eles o criassem juntos? Emily não conseguia se imaginar fazendo isso. Adorava crianças, mas não estava pronta para cuidar de uma que fosse dela. A verdade é que Isaac poderia nem mesmo ter acreditado nela. Ou poderia ficar bravo de verdade por ela não ter lhe contado antes. Aquilo era uma coisa com a qual teria de lidar sozinha, decidiu ela. E assim, sozinha, procurou na internet por perfis de casais esperançosos que desejavam adotar um bebê. Quando encontrou duas pessoas sorridentes que descreviam a si mesmas como *Casal apaixonado, juntos há oito anos e animados para se tornarem pais*, ela se interessou. Charles e Lizzie Baker declaravam ser almas-gêmeas, viajavam para fazer canoagem nos fins de semana, liam o mesmo livro ao mesmo tempo para discuti-lo durante a sobremesa e estavam reformando sua antiga casa em Wessex. *Sempre diremos ao bebê que ele ou ela foi colocado para a adoção por amor*, diziam em seu perfil. Alguma coisa naquela declaração tocou o coração de Emily.

De volta ao presente, Isaac colocou a bandeja em uma mesa próxima e tocou o braço de Emily.

– Eu quis ligar para você tantas vezes. Soube da situação terrível que você enfrentou.

– *Como?* – Emily sentiu a cor desaparecer de seu rosto.

— A volta de Alison DiLaurentis — respondeu ele. — Eu me lembro de você falando sobre ela, sobre o quanto ela significava para você. Emily, tudo bem? — perguntou ele.

O coração de Emily voltou lentamente ao ritmo normal. É claro, ele estava falando de *Alison*.

— Acho que sim — respondeu ela com a voz tremendo. — E, bem, como você está? Sua banda continua tocando? E o que é *isso* aí? — perguntou, apontando para a tatuagem. Emily precisava desesperadamente mudar de assunto.

Isaac fez menção de responder, mas um rapaz mais velho e alto, também com o uniforme do bufê, avisou que ele estava sendo chamado à área de preparação.

— Preciso ir — disse ele a Emily, afastando-se na direção da porta. Então parou e olhou para ela de novo. — Você não quer sair depois do evento de hoje à noite e colocar a conversa em dia?

Por um instante, Emily ficou tentada a aceitar. Mas então se deu conta de que ficar ao lado dele a deixava tensa. O segredo que guardava crescia dentro de si como um balão de água cheio demais.

— Hum, eu já tenho planos — mentiu. — Desculpa.

Isaac pareceu ficar triste.

— Tá... Bem, talvez outra hora, então.

Ele seguiu o outro garçom pelo meio da multidão. Emily se virou e seguiu na direção oposta, sentindo como se tivesse acabado de escapar de uma coisa horrível e, ao mesmo tempo, triste e arrependida por ter dispensado Isaac.

— Emily?

Ela se virou para a esquerda. Hanna estava junto dela, usando um vestido listrado e justo e sapatos de salto alto. O sr. Marin estava ao lado da filha, parecendo realmente um senador com aquela gravata vermelha poderosa.

— Olá! — cumprimentou ela, abraçando a ambos.

— Obrigada por ter vindo! — Hanna pareceu mesmo agradecida.

— Estamos felizes por tê-la aqui, Emily — disse o sr. Marin.

— Também estou feliz por ter vindo, sr. Marin — disse ela. Mas, depois de seu encontro com Isaac, a verdade é que a única vontade de Emily era ir para casa.

Então o sr. Marin se virou para uma mulher que acabara de se juntar ao grupo. Era uma senhora loura, de porte elegante, vestindo um terninho impecável que certamente custara uma pequena fortuna. Emily olhou para ela sentindo o corpo entrar em combustão espontânea. *Não!* Não podia ser. Ela estava tendo uma alucinação.

A mulher também notou Emily e parou de falar no meio da frase.

— Oh! — deixou escapar, ficando pálida de repente.

Emily sentiu um gosto amargo. Aquela era Gayle.

O sr. Marin percebeu a estranha troca de olhares entre elas e tossiu.

— Ah... Emily, esta é a sra. Riggs, uma das maiores doadoras da minha campanha. Ela e o marido recentemente se mudaram para a região. Vieram de Nova Jersey. Sra. Riggs, esta é Emily, amiga de minha filha.

Gayle afastou uma mecha de cabelo de seu rosto.

— Pensei que seu nome era Heather — disse ela em uma voz fria e controlada.

Todos os olhos se voltaram para Emily. Hanna virou-se e olhou para a amiga. Pareceu ter transcorrido uma década antes que ela conseguisse falar outra vez.

– Ah... você deve ter me confundido com outra pessoa.

E então, incapaz de ficar mais um instante ali, Emily deu meia-volta e correu o máximo que pôde até a porta mais próxima, na direção do estoque. Trancou-se ali dentro e se encostou na parede, o barulho de seu coração batendo no ouvido.

Como se fosse sua deixa, seu celular tocou. Emily o pegou, com o estômago embrulhado. Era uma nova mensagem de texto, dizia na tela.

Olá, mamãezinha. Parece que o disfarce já era! – A

9

NÃO HÁ FÚRIA IGUAL À DE UMA MULHER RICA E DESPREZADA

Enquanto o sr. Marin subia ao palco para fazer seu comício para o conselho municipal, saudando seus queridos eleitores, Spencer deixava o evento pela porta dos fundos do salão, que dava para um pequeno estacionamento. Apenas algumas vagas ali estavam ocupadas, tomadas por picapes antigas e carros pequenos. Na parte de trás do estacionamento, ao lado de uma lixeira verde cheia de caixas de papelão vazias, Emily pulava como se seu vestido de malha estivesse pegando fogo.

A porta se abriu mais uma vez, e Aria e Hanna saíram. Elas traziam seus celulares nas mãos e pareciam confusas. Um instante antes, Emily enviara a todas uma mensagem misteriosa, dizendo que precisava falar com as três e que a encontrassem ali fora. Spencer respondera à mensagem perguntando se poderiam conversar lá dentro, pois estava frio, mas Emily enviara outra mensagem que dizia: *NÃO!*

– Em? – chamou Aria, descendo a escada de metal tremelicante. – Tudo bem com você?

— Meu pai vai querer saber para onde fugi no meio do discurso dele. — Hanna se segurava ao corrimão com força, tomando cuidado para não tropeçar com seus saltos estratosféricos. — O que está acontecendo? — quis saber.

— Acabo de receber isto.

As garotas leram uma mensagem na tela. O estômago de Spencer se revirou quando ela entendeu as palavras.

— Espere. A sabe sobre o seu bebê?

Emily concordou com a cabeça, parecendo aterrorizada.

— Mas como é possível? E por que A não mencionou isso antes? — perguntou Spencer. Ela ainda tinha dificuldades para acreditar que Emily tivera um bebê. Antes das aulas terminarem no ano anterior, ela parecia normal, tanto na aparência quanto no jeito, como se nada a incomodasse. Mas na metade de julho, um pouco depois de Spencer ser presa por posse de *Easy A*, Emily tinha ligado para ela em pânico, contando que estava grávida. No início, Spencer pensou que aquilo fosse uma espécie de piada. Sem a menor graça, aliás.

— Não sei! — respondeu Emily, os olhos cheios de lágrimas. — Talvez porque A simplesmente saiba de tudo. — Mais alguém recebeu mensagens?

Estremecendo, Spencer ergueu a mão para responder.

— Eu recebi, para dizer a verdade. Na noite passada. Ia contar para vocês hoje.

Ela procurou a mensagem em seu celular, e as outras meninas se aproximaram.

> Oi, Spence! Acha que os seus amigos da faculdade iriam aceitá-la no Eating Club se soubessem que você já participa do clube dos assassinos?
> Beijos! – A

Só de ler aquilo outra vez, o coração de Spencer disparou. Ela mal conseguira dormir na noite passada tentando imaginar quem A poderia ser.

– Como A poderia saber sobre Tabitha e sobre o bebê? – perguntou Emily em um sussurro.

A respiração profunda de Hanna condensou-se no ar gelado.

– Da mesma forma que A sabe de tudo.

– Muitas pessoas viram você. – Spencer estremeceu sob o fino tecido do blazer que decidira usar naquela noite. – Você passou o verão inteiro na Filadélfia. A pode muito bem ter estado lá. E talvez tenha sido assim que ele descobriu sobre mim e Kelsey.

Emily andava de um lado para outro seguindo uma linha amarela quase apagada que demarcava os limites de uma vaga.

– Vocês sabem como eu fiquei enorme. Eu não parecia exatamente com a modelo da capa da revista *People*. É possível, sim, que alguém tenha descoberto. – Emily ergueu a cabeça para observar os galhos finos das árvores acima dela.

– Esse A não é uma pessoa qualquer – afirmou Aria. – É alguém que deseja nos pegar. Alguém a quem fizemos mal. Alguém que quer vingança.

– Mas quem? – perguntou Hanna quase aos gritos.

Emily parou de andar.

– Vocês todas sabem quem eu acho que A realmente é.

Spencer gemeu.

– *Não diga que é a Ali*, Em.

– E por que não? – quis saber Emily com a voz esganiçada.

– Ela e Tabitha estiveram internadas na clínica psiquiátrica juntas. Ali pode ter descoberto que nós matamos Tabitha. Talvez seja por isso que ela queira vingança, e não por qualquer outra coisa que tenhamos feito.

Spencer suspirou. Era inacreditável que Emily ainda estivesse batendo naquela tecla de *oh, sim, sim, Ali está viva*.

— Certo, tudo bem, Ali e Tabitha estiveram internadas na clínica ao mesmo tempo. Mas isso não prova nada. E, pela última vez, os restos mortais de Ali não foram encontrados nos escombros do incêndio, mas todas nós a vimos dentro da casa antes da explosão.

Uma sombra cruzou o rosto de Emily.

— Mas... Pense bem, Spencer. Quem além de Ali saberia como nos seguir por toda parte, quem conheceria cada um de nossos movimentos? — perguntou ela de olhos baixos. — E vocês não vão acreditar em quem está no comício. Gayle. E se A estiver planejando contar a ela o que eu fiz com o bebê? E se Gayle contar a todo mundo o que sabe sobre mim?

— Espere aí um minutinho. — Hanna fez uma careta. — Gayle, a mulher que queria adotar seu bebê, está *lá dentro*?

Emily assentiu.

— É aquela mulher que seu pai me apresentou. A sra. Riggs.

— Então é por isso que ela chamou você de Heather. — Hanna fechou os olhos. — Gayle prometeu doar muito dinheiro para a campanha do meu pai.

— Ah, que adorável coincidência — disse Spencer com ironia.

Aria pigarreou.

— Talvez não seja uma coincidência, meninas.

Todas se viraram para ela, que, por sua vez, virou-se para Emily.

— Deixe-me entender isso, Em. Você acabou de ver a mulher para a qual prometeu um bebê, a mesma que você enrolou. Estou certa?

— Mas eu precisei fazer aquilo! — interrompeu Emily com uma expressão atormentada no rosto. — Tinha que fazer o que era certo para o bebê!

— Sim, sim, eu sei. — Aria fez um gesto impaciente com as mãos. — Apenas acompanhe meu raciocínio, certo? Você ficou bem preocupada com o fato de Gayle dizer que iria atrás de você e do bebê. E disse que ela era louca. Não foi esse o motivo pelo qual você não deu o bebê para ela? — Aria continuou o seu interrogatório.

Emily franziu o nariz.

— Não entendo aonde você quer chegar com isso.

— Não é óbvio? — perguntou Aria, agitada. — Você e Gayle se encontraram lá dentro. E, segundos depois, recebeu uma mensagem de A falando *sobre* o bebê. Gayle é A! Pode ser que ela tenha descoberto o que você fez; o que nós fizemos! E agora quer se vingar de todas nós porque a ajudamos a tirar o bebê dela!

Emily fez uma careta.

— Isso não faz sentido. Como Gayle poderia saber do problema de Spencer com drogas? Como ela poderia saber sobre o que aconteceu na Jamaica?

— Talvez ela conheça alguém na Penn e na Jamaica — respondeu Aria. — Ela é muito, muito rica. Talvez tenha contratado um investigador particular. Nunca se sabe.

— Mas o que ela quer de nós? — perguntou Hanna.

As meninas pensaram por um momento.

— Talvez ela queira saber onde está o bebê — sugeriu Aria.

— Ou talvez ela só queira fazer com você o mesmo que você fez com ela — disse Spencer, estremecendo. — Lembra-se das mensagens que ela deixou na sua caixa postal, Em? Ela parecia bem maluca. — Fechou os olhos e se lembrou da voz rude da mulher saindo pelo autofalante minúsculo do celular. *Vou atrás de você e desse bebê, e quando os encontrar você vai lamentar ter feito o que fez.*

De dentro do prédio, a voz de Tom Marin era ampliada pelo microfone, e Hanna olhou para a porta.

— O que você quis dizer quando falou que não é coincidência que Gayle seja a maior doadora da campanha do meu pai, Aria? — perguntou ela.

— Pense bem. — Aria brincou com um de seus brincos de penas. — Se Gayle for mesmo A, talvez tenha se envolvido com a campanha de seu pai para chegar até você. Talvez tudo isso seja parte do plano dela.

Hanna apertou bem os olhos.

— Meu pai disse que a contribuição dela é crucial para a campanha. Se ela não contribuir por alguma razão, ele pode não ter o dinheiro necessário para colocar seus comerciais no ar em todo o estado.

— Talvez isso seja parte do plano de A também — disse Spencer de um modo sombrio.

— Meninas, vocês estão escutando o que estão falando? — quis saber Emily, parecendo aborrecida. — Não há *como* Gayle ser A. Sim, é terrível eu tê-la encontrado aqui. E, claro, não sei o que farei agora que ela me viu. Mas precisamos pensar sobre A *entrando em contato* com ela e não *sendo* ela.

— Acho que precisamos de mais fatos — ponderou Spencer. — Talvez haja um meio de provar se Gayle é ou não A. Se ela é a maior doadora da campanha de seu pai, Hanna, talvez você possa investigar um pouco sobre ela por aí.

— Eu? — Hanna pressionou a mão contra o peito. — Por que *eu* tenho que fazer isso?

As meninas foram interrompidas de repente por um barulho alto. A porta se abriu, e Kate saiu por ela.

— Aí está você — disse, parecendo mais aliviada do que aborrecida. — Estive procurando por você por toda parte. Papai quer que estejamos no palco com ele.

— Certo — disse Hanna, dirigindo-se para a porta. Olhou por sobre o ombro para as outras garotas, indicando que deveriam vir com ela. Aria e Spencer seguiram com Hanna, mas Emily não se mexeu. *Não voltarei lá para dentro*, era o que dizia a expressão teimosa em seu rosto. *Não com Gayle lá.*

Spencer se desculpou com um aceno antes de voltar para o salão, ainda mais cheio do que antes. Todos os lugares estavam ocupados. O sr. Marin continuava no palco, respondendo às perguntas e disparando seu sorriso de político para todos os lados. Spencer segurou no braço de Hanna, antes de ela se juntar ao pai.

— Onde está Gayle, afinal? — perguntou

Hanna apontou para uma senhora que usava um tailleur vermelho na primeira fila.

— É aquela. — Spencer a observou sem perder nenhum detalhe, o cabelo louro dela, seu rosto magro e os enormes diamantes em seus dedos. De repente, tudo se encaixou. A degustação do bolo de casamento. Gayle estava sentada a apenas algumas mesas de distância da família de Spencer, vestindo um terninho Chanel. Spencer sentira o olhar da mulher em suas costas, mas não dera importância à expressão estranha e presunçosa de Gayle, dizendo a si mesma que estava sendo paranoica.

Mas talvez não fosse esse o caso. Talvez Gayle a *estivesse* observando.

Porque, talvez, apenas talvez, Gayle fosse A.

10

COZINHANDO PENSAMENTOS

Na quarta-feira à tarde, Aria e Noel estavam diante de um balcão no porão da Faculdade de Gastronomia de Rosewood, onde cursavam juntos uma aula de introdução à culinária, cercados por panelas e frigideiras brilhantes. À frente deles, especiarias trituradas em tigelinhas e alho-poró picado sobre a tábua de corte. A sala de aula cheirava ao caldo de galinha fervendo, ao gás das bocas dos fogões e ao pungente Trident de canela que Marge, a senhora no balcão atrás deles, não parava de mastigar.

Todos os olhos estavam voltados para madame Richeau, a professora. Mesmo tendo sido cozinheira por apenas seis meses em um cruzeiro de férias da Carnival nos anos 1980, ela agora agia como se fosse uma *chef* famosa com programa próprio na Food Network, usando um chapéu alto e falando com sotaque francês artificial.

– A chave para um bom risoto é mexê-lo sem parar – disse madame Richeau, enfiando a colher em uma panela e mexendo lentamente seu conteúdo. Pronunciava a letra O como se fosse U. – Nunca parem de mexer, até que o arroz esteja cremoso. É uma técnica difícil de ser dominada! Vamos lá, mexam, mexam, mexam!

Noel chamou a atenção de Aria.

– Você não está mexendo rápido o bastante.

Aria prestou atenção e olhou para sua panela, que estava cheia de arroz arbóreo e caldo borbulhante.

– Opa – disse ela, distraída, dando umas mexidas apressadas na panela.

– Você não prefere cortar? – perguntou Noel, segurando uma faca japonesa que trouxera da cozinha dos pais. Estava cortando uma cebola roxa para uma salada de acompanhamento. – Não quero que nosso risoto fique uma droga. A Madame pode nos mandar para a guilhotina – disse ele com um sorriso cheio de malícia.

– Estou bem – respondeu ela, olhando para a área de trabalho dele. – Além disso, nunca poderia cortar essa cebola tão bem quanto você. – Para surpresa de Aria, Noel tinha se tornado o melhor aluno do curso, especialmente nas tarefas que envolviam cortar alguma coisa. Aria sempre ficava entediada quando cortava e deixava seus vegetais em pedaços grandes e difíceis de serem utilizados.

Conseguia sentir Noel analisando-a, mas fingiu não perceber. Em vez disso, dedicou-se a mexer o risoto com vigor. Ainda bem que Noel não pudera ir ao comício na noite anterior, pois ele e sua equipe de lacrosse tinham um jantar, e ainda bem, também, que os horários deles não tinham coincidido na escola nos últimos dois dias, o que significava que ela não o vira pelos corredores. Havia considerado até mesmo não ir à aula de culinária, mas Noel iria querer saber o motivo. E o que ela deveria responder? Que tinha visto o pai dele apertando tomates no Fresh Fields, maquiado e de vestido?

Ela estremeceu quando a imagem invadiu sua mente mais uma vez. No momento em que percebeu que a irmã perdida do sr. Kahn era ele mesmo, Aria saiu da seção de hortifrúti o mais rápido que pôde, escondendo-se atrás da prateleira de pão francês. Ficou observando o homem a distância, rezando para que estivesse enganada. Talvez fosse algum outro sujeito travestido. Talvez fosse uma mulher realmente feia. Mas então o celular da pessoa tocou. "Alô?", ela ouviu uma voz masculina dizer. Uma voz que soava exatamente igual à do sr. Kahn. Fim de jogo.

Aria não tinha certeza do que mais a envergonhara, o sr. Kahn ou ela mesma. Não conseguia deixar de lado a sensação de que tudo aquilo era culpa *dela*, exatamente como havia se sentindo ao pegar Byron aos beijos com Meredith no sétimo ano. Se não tivesse entrado naquele beco, se não tivesse olhado para o lado *bem naquele momento*, não teria de carregar o segredo do pai ou torturar-se sobre contar ou não a Ella. Se tivesse deixado para ir ao Fresh Fields um pouco mais tarde, ou dado um tempo no balcão de frios, não teria descoberto algo tão comprometedor sobre o pai de Noel.

Mas, agora que sabia, Aria estava louca para descobrir mais sobre a história. Aquilo era alguma coisa que o sr. Kahn sempre fizera? Ele *era mesmo* um pouco esquisito. Na festa de boas-vindas de Klaudia, havia um mês, tinha se vestido como viking e sempre cantava óperas e canções melosas quando bebia demais nos eventos para caridade de Rosewood Day.

Mas se vestir como uma mulher, *em público*? Ele não sabia o que aquilo pareceria se alguém o pegasse no flagra? E é claro que o casamento do sr. e da sra. Kahn não era tão sólido quanto Aria tinha imaginado. Será que eram daqueles casais que vivem de aparências, mas em segredo não amam um ao outro? Pensar isso fez com que seu coração se sentisse ainda mais arrasado por Noel. Ele idolatrava a solidez do relacionamento dos pais.

Aria prometera não guardar mais segredos, mas aquilo definitivamente não era uma coisa que Noel precisava, ou *queria* saber. E ela esperava do fundo do coração que A nunca descobrisse.

Desde o momento em que acordara no dia anterior, Aria esperava a chegada de uma mensagem provocativa assinada por A sobre o sr. Kahn. Mas, como que por milagre, nenhum bilhete fora colocado em seu limpador de para-brisa, nem deixado em seu armário na escola. Nenhuma mensagem de texto chegara. E isso só podia significar uma destas duas coisas: ou A estava esperando pelo momento perfeito... ou A não sabia.

Se Gayle fosse A, talvez estivesse ocupada demais perseguindo Spencer e Emily para dar conta também de Aria. Não era como se ela pudesse estar em todos os lugares ao mesmo tempo. E, se A de fato não sabia, a melhor coisa que Aria poderia fazer era fingir que nunca tinha visto o sr. Kahn naqueles trajes. Ela não deveria sequer *pensar* sobre o assunto.

— Todos vocês, peguem o *beurre* e meçam meia xícara! — gritou madame Richeau lá da frente.

— O que é *beurre* mesmo? — resmungou Noel. — Odeio quando ela fala coisas em francês.

— Manteiga — respondeu Aria, pegando uma barra de manteiga Land O'Lakes no frigobar sob o balcão. Enquanto desembrulhava a manteiga, sua mente vagueou outra vez. Por que Gayle, uma mulher bem-sucedida e tão rica, perderia seu tempo e dinheiro perseguindo quatro colegiais? Então, se lembrou: a mulher *era* louca. Aria tinha visto Gayle apenas uma vez e pôde dizer de imediato que tinha alguma coisa de errado com ela.

Isso foi pouco depois de Emily ter confessado a Aria que estava grávida. Elas tinham se encontrado no centro. Haviam planejado dar um passeio pelo Italian Market, mas Emily perguntara se ela concordaria em tomar um café com Gayle, uma senhora esquisita e muito rica que ela conhecera na semana anterior.

— Eu a conheci através de Derrick — explicara Emily, falando de seu colega do restaurante. — Ele trabalha na casa dela nos fins de semana. Pediu para trabalhar mais horas e deu meu nome como referência. — Ela sorriu, desculpando-se. — Vamos ficar só alguns minutos, prometo. E, olha, devo avisá-la: ela é um pouco... chorona. Mas parece ser legal.

Aria concordou, e Emily lhe pediu que usasse peruca e óculos de sol para que Gayle não a reconhecesse e não as ligasse ao caso de Alison DiLaurentis. A única peruca que Aria tinha era cor-de-rosa, e ela a usara alguns Halloweens atrás, mas resolveu usar mesmo assim.

O café ficava próximo a um estúdio de ioga e um lugar que colocava *piercings* de língua. Era o tipo de estabelecimento que tinha mesas de madeira reaproveitada, cata-ventos pendurados nas paredes e cardápio escrito à mão em um quadro-negro avisando que o café da manhã era servido o dia inteiro. Gayle as esperava em uma mesa isolada, com uma grande pilha de panquecas de mirtilo diante de si. Assim que ela viu Emily caminhando em sua direção, empurrou o prato de panquecas sobre a mesa.

— Coma. Mirtilos são bons para o desenvolvimento do cérebro do bebê.

— Ah... — Emily espantou-se. — Isso é muito gentil da sua parte.

— Estou fazendo apenas o que é melhor para o bebê — disse Gayle enquanto seu olhar esquadrinhava Emily e ela sorria de um modo doce.

— Obrigada. — Emily pegou um pedaço de panqueca e sorriu. — Estão muito boas.

Gayle limpou a garganta de uma forma constrangedora.

— Desculpa se você acha que isso é muito precipitado, mas presumo que esteja colocando seu bebê para adoção. Posso lhe perguntar se já encontrou uma família?

O rosto de Emily endureceu. Aria agarrou sua mão sob a mesa, como se para dizer, *se você quiser dar o fora daqui agora, estou logo atrás de você.* Mas em vez disso Emily respirou fundo.

— Ah... sim. Encontrei um casal ótimo que vive no subúrbio, não muito longe de mim.

A revelação pareceu derrubar Gayle.

— Pensei mesmo que tivesse encontrado. Perdi meu filho recentemente, e foi devastador. Meu marido e eu queríamos um bebê, e fiz incontáveis tratamentos de fertilidade, gastei milhares de dólares, mas não tivemos a sorte de engravidar novamente.

— Deve ter sido muito duro para vocês — disse Emily, parecendo relaxar.

Gayle ficou com os olhos molhados.

— Quero muito um bebê meu. Você parece ser uma garota esperta, bonita e bem madura para sua idade. Eu teria ficado honrada em criar o seu bebê, mas acho que não estava escrito. — Parecendo desolada, Gayle baixou a cabeça.

— Deus, se eu tivesse sabido antes — lamentou Emily, mexendo nervosamente o garfo. — Lamento de verdade.

— Você tem certeza de que não pode mudar de ideia? — perguntou Gayle, firmando a voz. — Eu poderia fazer isso valer a pena. Meu marido e eu estamos muito bem de vida e poderíamos recompensá-la, Emily.

Zilhões de alarmes dispararam na mente de Aria. Aquela mulher estava falando sério? Ela queria *pagar* pelo bebê de Emily?

Mas Emily não pareceu estranhar. Apanhando seu copo de água, tomou um bom gole e fez um sinal com a cabeça para que Gayle continuasse a falar.

— Seu bebê teria todos os privilégios do mundo — continuou Gayle. — Escolas particulares. Todos os tipos de cursos. Viagens maravilhosas ao redor do mundo. Você decide.

Aria olhou ao redor, buscando os olhares dos outros clientes no café, surpresa por ninguém mais ter ouvido o que ela acabara de dizer. Aquilo não era ilegal? Então, Gayle deixou uma nota de vinte dólares sobre a mesa e se levantou.

— Pense sobre isso, Heather. Telefono para você daqui alguns dias ou, se quiser, pode me ligar — disse, passando um cartão comercial para Emily. Um segundo depois, saía do café, acenando com a mão para o proprietário careca e de suspensórios atrás do balcão, como se não tivesse acabado de se oferecer para comprar o bebê de uma estranha.

Assim que Gayle desapareceu na direção da calçada, Aria respirou fundo.

— Você quer telefonar para a polícia ou eu devo ligar?

Emily pareceu espantada.

— Como é?

Aria a encarou.

— Você está chapada? Aquela mulher acaba de oferecer dinheiro pelo seu bebê.

— Estou me sentindo péssima por Gayle, ela está mesmo desesperada por um bebê. Parecia tão triste.

— Você acreditou naquele chororô? — perguntou Aria, balançando a cabeça. Emily sempre fora a mais sensível do grupo, aquela que salvava os filhotes de passarinho jogados pela mãe cedo demais para fora do ninho ou que tentava impedir Ali de fazer brincadeiras maldosas com alguém.

— Em, pessoas normais não entram em cafés e se oferecem para comprar os bebês de adolescentes grávidas. Nem as pessoas mais desesperadas por um bebê fazem isso. Há alguma coisa muito, muito errada com aquela senhora.

Mas Emily estava olhando de modo pensativo para sua barriga, parecendo não ouvir uma palavra do que Aria dizia.

— Não seria maravilhoso ter todas as coisas que você quer no mundo? Viagens exóticas, acampamentos de verão incríveis? A vida desse bebê seria maravilhosa.

— Dinheiro não é tudo, sabia? — argumentou Aria. — Veja só Spencer. Ela teve todos os privilégios do mundo, e a família dela é uma bagunça. Você pode garantir a si mesma que aquela mulher seria uma mãe cuidadosa e carinhosa?

— Talvez sim — respondeu Emily com uma expressão compreensiva. — Nós nem mesmo a conhecemos.

— *Exatamente!* — Aria bateu o garfo na mesa, buscando dar mais ênfase ao seu argumento. — Amo a primeira família que você escolheu, Em. Você teve a chance de conhecê-los. Escolheu-os por uma razão.

— Mas eles são professores — protestou ela. — Nenhum dos dois tem muito dinheiro.

— E desde quando você se importa com isso?

— Desde que engravidei! — Emily corou. Ela disse aquilo tão alto que um casal de clientes olhou espantado para elas, mas depois, sem jeito, voltaram sua atenção à refeição.

Aria falou sem parar, listando os motivos pelos quais Emily não deveria dar atenção a Gayle, mas a amiga ainda tinha aquela expressão distante no rosto. Não foi surpresa nenhuma quando ela contou a Aria, alguns dias depois, que aceitara a oferta de Gayle. E também não causou espanto quando, algumas semanas depois, Emily telefonou para Aria à beira de um ataque, dizendo ter mudado de ideia e pedindo a ajuda da amiga para sair da confusão em que se metera ao aceitar a oferta.

— Seu risoto ficou gelatinoso!

Richeau estava parada ao lado de Aria, olhando para o conteúdo de sua panela com uma expressão de horror no rosto. Estava claro que o arroz tinha se transformado em uma papa espessa. Ela tentou mexer a maçaroca com a colher de madeira, mas nada ali se mexia.

Madame Richeau balançou a cabeça e, resmungando, seguiu em frente para avaliar os outros risotos. A turma toda olhava para Aria com sorrisos gozadores estampados em seus rostos.

Noel a encarou, curioso.

— Você tem certeza de que está tudo bem?

Aria sentiu uma intensa pressão por trás dos olhos. Considerou contar a Noel sobre os desdobramentos da gravidez de Emily, talvez até mesmo sobre A. Casais não mantinham segredos entre si, afinal. Deveriam confiar um no outro, certo?

Mas então a imagem do sr. Kahn vestido de mulher surgiu com toda força em sua mente mais uma vez. Ela se endireitou e deu um sorriso constrangido para ele.

— Desculpa. Eu estava pensando no que iria vestir no baile que o pai de Hanna dará no domingo a fim de arrecadar fundos para a campanha. Você acha que devo vestir algo vintage ou comprar uma roupa nova?

Noel a encarou por um momento, parecendo intrigado, depois deu de ombros e a abraçou.

— Você ficará bem vestindo qualquer coisa.

Aria se aconchegou no peito dele. Seus pensamentos estavam tão espessos e sem graça quanto o risoto que ela acabara de estragar. Com o canto do olho, viu um vulto branco na janela. Parecia... um vislumbre de uma cabeleira loura? Mas quando se afastou de Noel e olhou mais de perto, o vulto já tinha desaparecido.

11

PARA CIMA E PARA BAIXO

Mais tarde naquela mesma noite, Hanna cruzou as portas duplas da Pump, uma academia que ficava no shopping King James. O lugar cheirava a suor, a Gatorade e àquele cheiro não identificável, mas completamente masculino, de testosterona que sempre fazia Hanna enjoar. Um garoto de cabelo liso, que parecia ter saído do elenco do *reality show Jersey Shore*, estava sentado atrás do balcão da recepção, bebendo um shake de proteína e lendo uma revista sobre musculação. Diante dele, viu um pôster gigante de um gorila levantando peso, com o abdômen bem-definido e bíceps enormes. Supôs que era para inspirar as pessoas a malharem mais, mas quem gostaria de se parecer com um gorila?

Hanna pagou a diária para usar a academia e entrou na sala principal, com prateleiras cheias de pesos soltos, fileiras de aparelhos de musculação e vários espelhos, tomada pelo som metálico e ensurdecedor de pesos batendo contra as barras de aço. Quando olhou para um dos nichos perto das janelas, seu coração disparou. James Freed e Mason Byers malhavam em aparelhos colocados lado a lado. Próximo a eles, usando uma camiseta velha do Phillies com as mangas cortadas e o olhar perdido e sonhador fixo em alguma coisa do outro lado da sala, estava Mike.

Hanna se virou para seguir o olhar dele até uma sala onde ocorria uma aula de ginástica. Na porta, uma placa dizia POLE DANCE – 18h30. Vários postes de metal haviam sido instalados de maneira uniforme diante dos espelhos. Algumas mulheres de meia-idade, usando *collants*, minissaias com babados e sapatos de salto, estavam dispersas pelo lugar. E posicionada bem no meio da sala, tranquilamente equilibrada em seus saltos plataforma de *stripper*, estava Colleen.

A nova namorada de Mike ajeitou o cabelo, que não tinha mais aquele jeito de pelo de cachorro. O corpo dela parecia curvilíneo e vigoroso, em um short colado ao corpo e um top amarelo. Quando Colleen se deu conta de que Mike olhava para ela, virou-se, acenou e jogou um beijo para ele. Mike jogou outro em retribuição.

Hanna cerrou os punhos, imaginando os dois juntos na cama.

Ela correu para o vestiário, jogou a mochila no chão e vestiu seu top com listras de tigre, comprado mais cedo naquela tarde, no shopping. Após se espremer para dentro dele – era um número menor do que o dela para valorizar ao máximo seu decote – olhou-se no espelho. Seu cabelo estava com o volume certo e selvagem, graças às toneladas de spray fixador que usara. Hanna tinha colocado o triplo da maquiagem de costume, embora ela tivesse se segurado para não colocar cílios postiços. E depois ainda havia a *arma secreta*: um par de sandálias prateadas Jimmy Choo com saltos agulha inacreditavelmente altos. Ela só as usara uma vez, no baile do último ano; e Mike achara aquelas sandálias tão sensuais que a fizera usá-las na festa pós-baile com jeans. Hanna as calçou e deu uma voltinha na frente do espelho. Pareciam perfeitas. Só esperava conseguir praticar *pole dance* com elas. Seu celular emitiu um sinal sonoro e ela olhou para ele, sentindo-se nervosa. *Uma nova mensagem de texto.* Por sorte, era só Kate, perguntando se Hanna poderia ajudá-la a distribuir alguns panfletos na corrida de dez quilômetros que atravessaria Rosewood no sábado de manhã. *Claro*, respondeu Hanna, tentando ignorar o tremor em suas mãos. Agora que Spencer e Emily tinham recebido novas mensagens de A, ela estava esperando há dias pela dela.

Poderia Gayle ser A? Hanna não tinha visto a mulher durante todo o verão; só ouvira falar dela quando Emily entrara em contato um pouco antes da cesariana, mas as mensagens de voz que Gayle deixara naquela noite em que as amigas resgataram Emily e o bebê do hospital não saíram de sua cabeça. Não eram as mensagens desesperadas e lamuriosas que a maioria das pessoas deixaria se pensasse que tinha perdido o bebê que tanto queriam, pelo qual tanto rezaram. Eram mensagens grosseiras e alucinadas. Gayle não era o tipo de pessoa que você pode passar para trás, e agora ela estava metida na campanha do sr. Marin.

Durante o café da manhã daquele dia, Hanna sentou-se perto do pai à mesa.

— Como foi que você conheceu Gayle? São amigos faz tempo?

Sem se abalar, o sr. Marin continuou a passar manteiga em sua torrada.

— Para ser franco, eu não a conhecia até uma semana atrás. Ela me telefonou para dizer que tinha recentemente se mudado para a Pensilvânia e que se identificava com minha plataforma de campanha. A quantidade de dinheiro que ela prometeu doar é impressionante.

— Você não a investigou? E se ela for, sei lá, de uma seita de adoradores de Satã? — perguntou Hanna, com o rosto pegando fogo. *Ou quem sabe uma louca de pedra perseguindo sua filha?*

O pai lhe lançou um olhar curioso.

— O marido de Gayle acaba de fazer uma doação substancial para a Universidade de Princeton a fim de construírem um novo laboratório de pesquisa sobre o câncer. Não sei quantos adoradores de Satã fariam *isso*.

Frustrada, Hanna subiu as escadas e jogou o nome de Gayle no Google, mas não apareceu nada de mais. Ela era uma pessoa importante em várias fundações de caridade em Nova Jersey e participara de uma competição de adestramento no Devon Horse Show dez anos atrás. Mas, pensando bem, o que *poderia* aparecer sobre ela? Não era como se Gayle mantivesse um blog sobre como atormentava sistematicamente quatro garotas ainda no ensino médio, escondida sob o pseudônimo de A.

A porta do vestiário foi aberta, e uma mulher malhada e suada entrou. Hanna enfiou sua mochila em um armário, girou a trava da combinação do cadeado e marchou para a sala de ginástica. Mason e James pararam de se exercitar na barra quando ela passou. E cutucaram Mike. Enquanto passava, Hanna fingiu não perceber quando ele se virou e deu uma olhada para ela, apenas rebolou e rezou para seu bumbum parecer incrível naquela roupa.

— Bem-vinda! — Uma mulher usando um *collant* preto muito revelador, meia-calça e uma franjona estilo *Flashdance* acenou para Hanna quando ela entrou na sala.

— Você é nova, não é? Sou Trixie. — A instrutora indicou um poste vago no centro da sala, próximo a Colleen. — Esse poste tem o seu nome nele, querida.

Hanna parou ao lado do poste e sorriu para Colleen.

— Ei! Oi! — disse ela, fingindo surpresa, como se aquele encontro fosse um completo acidente e não algo que Hanna tinha planejado minuciosamente desde que ouvira a conversa dos garotos no vestiário da escola.

— Hanna? — espantou-se Colleen, avaliando a outra de cima a baixo. — Aimeudeus! Que máximo! Eu não sabia que você fazia *pole dance*.

— Não parece ser difícil — desdenhou Hanna, conjurando sua Ali interior. Checou seu reflexo no espelho. Seus quadris eram menores do que os de Colleen, mas sua rival tinha seios maiores.

— Bem, você vai adorar a aula — disse Colleen. — Claro, se você já faz *pole dance*, deve achá-la bem fácil. Aposto que você é *realmente muito boa*. — Inclinou-se para mais perto de Hanna. — E estamos bem a respeito de Mike, certo?

Hanna não tinha certeza se Colleen estava sendo mesmo gentil e diplomática, por isso empinou o nariz.

— Não me importo — respondeu com frieza. — Mike me dava muito trabalho. Havia muita pressão em parecer com uma hostess do Hooters. E ele sempre está olhando para as outras meninas nas festas. Isso costumava me enlouquecer. — Deu um sorriso como se estivesse se desculpando para Colleen. — Tenho certeza que ele não faz isso com *você*.

Colleen abriu a boca para responder alguma coisa, parecendo tão abalada que Hanna se perguntou se não tinha exagerado. Bem nessa hora, a música "Hot Stuff" ecoou pelos autofalantes da sala, Trixie foi para a frente da sala, passou uma perna pelo seu poste, empinou o bumbum e fez uma pirueta à la Cirque du Soleil.

— Muito bem, todo mundo! — gritou no microfone. — Vamos começar o aquecimento com alguns agachamentos!

Trixie afastou as pernas e abaixou até o chão. A turma a imitou, ao ritmo da música que tocava. Hanna deu uma olhada para Colleen; os agachamentos dela eram bem baixos, equilibrados e perfeitamente executados. Ela devolveu o olhar e sorriu para Hanna.

— *Você está indo bem!* — sussurrou.

Hanna lutou contra o desejo de fazer uma careta. Como ela conseguia ser tão nauseantemente positiva?

Trixie continuou com uma série de alongamentos para o pescoço, ombros e uma porção de movimentos provocantes com o quadril. A seguir, vieram vários passos de dança que envolviam giros ao redor do poste, tal como Gene Kelly em *Dançando na chuva*. Hanna acompanhou a turma sem problemas, seu coração acelerado contra o peito e apenas uma gota de suor escorrendo pela testa. Um suor *sensual*, é claro.

Quando olhou novamente por sobre o ombro, Hanna viu que todos os garotos estavam sentados em colchonetes do lado de fora da sala, observando as meninas como cachorros famintos. Energizada pela presença masculina, arrumou o cabelo e o deixou cair nas costas, rebolando para eles. James Freed estremeceu visivelmente. Mason assoviou.

Colleen percebeu que eles estavam ali e fez uma dancinha sensual. Os garotos cutucaram uns aos outros, adorando aquele show.

Colleen deu uma piscadela conspiratória para Hanna.

– Eles não se cansam de nós, não é?

Hanna quis dar na cara dela. Ela não tinha percebido que estavam competindo?

– Apenas as alunas avançadas farão o próximo passo – anunciou Trixie quando a trilha sonora da aula mudou para uma música sensual da Adele. A professora se aproximou do poste, passou suas pernas e braços ao redor dele e o escalou como se fosse um macaco. – Usem suas coxas para se segurar no poste, garotas!

Colleen começou a fazer seus movimentos no poste. Segurando-se apenas com uma das mãos, arqueou as costas e se pendurou de cabeça para baixo por um instante. Os garotos explodiram em aplausos.

Hanna trincou os dentes. Qual seria a dificuldade daquele movimento? Agarrou-se ao poste e começou a subir. Conseguiu ficar nele por um momento, mas suas coxas começaram a ceder e ela começou a escorregar. Tentou subir mais e mais, até que caiu de bumbum no chão. Seu reflexo no espelho estava ridículo.

– Muito bom, Hanna! – murmurou Colleen. – Esse movimento é *realmente* difícil.

Hanna limpou a poeira de seu bumbum e olhou para as outras mulheres na sala, todas fazendo amor com seus postes. Repentinamente, não pareciam mais *strippers*, e sim senhoras gorduchinhas bancando as bobas. Aquela era a aula de ginástica mais idiota que ela já tinha feito. Havia um jeito muito mais fácil de atrair a atenção dos meninos.

Ela se virou para a janela de novo e olhou para eles. Quando teve certeza de que todos olhavam para ela, abaixou quase sem querer seu top minúsculo, justo e com listras de tigre, deixando à mostra um pedaço de seu sutiã de renda vermelha.

Pelas expressões no rosto dos garotos, soube que eles tinham visto. Estavam espantados. James riu. Mason fingiu que iria desmaiar. Mike não sorriu, mas não conseguia tirar os olhos dela. Aquilo era bom o suficiente para Hanna. Ela deixou a sala, rebolando os quadris no ritmo da música sensual.

— Ei, você já vai? — lamentou James, sem tentar disfarçar sua decepção.

— Tenho que deixar alguma coisa para sua imaginação, não tenho? — respondeu Hanna, batendo os cílios com modéstia. Poderia dizer sem olhar para trás que Mike ainda olhava para ela. Também sabia que Colleen a olhava pelo espelho, certamente um pouco confusa. Mas não importava. Ela sabia o que a Ali Delas diria se estivesse viva: no amor e no *pole dance* vale tudo.

12

PALAVRAS DE SABEDORIA

Na mesma noite, Emily estava em pé na nave da Santíssima Trindade, a igreja frequentada por sua família. Nas paredes, cartolinas coloridas recortadas em formato de balão traziam versículos e salmos da Bíblia. Uma longa passadeira dourada se estendia de uma ponta a outra do corredor. No ar, uma mistura de incenso, café amanhecido e cola vulcanizante era espalhada pelo vento que passava ruidosamente por baixo da porta. Anos atrás, Ali lhe dissera que ele soprava os lamentos das pessoas enterradas no cemitério nos fundos do terreno da igreja. Algumas vezes, Emily ainda acreditava que aquilo era verdade.

A porta do fim do corredor se abriu, e um homem grisalho entrou. Era o padre Fleming, o pároco mais velho e amável da igreja. Ele sorriu.

– Emily! Venha, venha!

Emily considerou, por um instante, a possibilidade de virar-se e fugir de volta para o carro. Talvez aquilo fosse um erro enorme. No dia anterior, quando chegara em casa depois do treino de natação, sua mãe sentara-se com ela na mesa da cozinha e lhe dissera que seu pai estava considerando adiar a viagem para o Texas.

– Por quê? – perguntou Emily. – Vocês planejaram essa viagem durante meses!

– Você não parece mais a mesma – respondeu a sra. Fields, dobrando e desdobrando um guardanapo de linho várias vezes. – Estou preocupada com você. Pensei que com a bolsa de estudos para a UNC você seguiria em frente e deixaria todo o resto para trás. Mas você ainda está preocupada com alguma coisa, não está?

Lágrimas rebeldes se avolumaram nos olhos de Emily. Claro que estava preocupada com alguma coisa. Nada mudara realmente. Pelo contrário, as coisas estavam ainda piores, a mulher que queria seu bebê a tinha encontrado. Se A não contasse a todos sobre a gravidez dela, Gayle provavelmente contaria. E depois, o que poderia acontecer? Emily ainda teria uma casa para viver? Seus pais voltariam a falar com ela algum dia?

Cobriu o rosto com as mãos e murmurou que tudo estava muito difícil. A sra. Fields fez um carinho no ombro da filha.

– Tudo bem, querida.

Isso fez Emily sentir-se pior ainda. Ela não merecia o amor de sua mãe.

– Eu tive uma ideia. – A sra. Fields tirou o telefone sem fio da base. – Por que você não vai dar uma palavrinha com o padre Fleming?

Emily fez uma careta pensando no padre. Ela o conhecia desde sempre. Ele ouvira sua primeira confissão quando Emily tinha sete anos, e lhe dissera que não era gentil chamar

Seth Cardiff de morsa no pátio da escola. Mas admitir a um padre que ela fizera sexo antes do casamento? Isso parecia tão errado.

Acontece que a sra. Fields não aceitaria um "não" como resposta. Na verdade, ela já havia agendado um encontro com o padre Fleming para o dia seguinte sem perguntar nada a Emily. E, bem, Emily concordara, apenas para tranquilizar seus pais e para que eles viajassem para o Texas como planejado. Partiram para o aeroporto naquela manhã, apesar de a sra. Fields ter deixado uma lista quilométrica de telefones de emergência sobre a mesa da cozinha e combinado com vários vizinhos que eles fossem dar uma espiadinha em Emily durante o tempo em que estivessem fora.

Por isso, ali estava ela, arrastando-se na direção do escritório do padre Fleming. Antes que se desse conta, havia pendurado seu casaco atrás da porta, em um gancho com jeito de mão fazendo sinal de positivo, e olhava ao redor. A decoração era surpreendente. Um busto sorridente em cerâmica do Curly de *Os três patetas* estava sobre a janela. O pastor hipócrita de *Os Simpsons* fazia biquinho para ela, ao lado de uma luminária. Havia vários textos religiosos nas estantes, mas também livros de mistério de Agatha Christie e suspenses de Tom Clancy. Sobre a mesa, duas *muñecas quitapenas*, bonequinhas minúsculas feitas na Guatemala.

O padre notou que Emily olhava para as bonecas.

— Você deve colocá-las sob seu travesseiro para que elas a ajudem a dormir.

— Eu sei. Também tenho algumas. — Emily não conseguiu esconder a surpresa que sentia. Não achava que padres acreditassem nesse tipo de coisa.

— Elas funcionam para o senhor?

— Não. E para você? – perguntou ele.

Emily balançou a cabeça. Tinha comprado seis daquelas bonequinhas em uma loja em Hollis logo depois do que acontecera na Jamaica, esperando que tê-las sob seu travesseiro a ajudasse a dormir melhor. Mas as mesmas coisas perturbadoras atulhavam sua mente.

O padre Fleming sentou-se em uma cadeira de couro atrás de sua mesa e cruzou as mãos.

— Bem, Emily, o que posso fazer por você?

Ela baixou os olhos para o esmalte verde que descascava em sua unha.

— Eu estou bem, de verdade. Minha mãe apenas estava preocupada por eu estar estressada. Não é nada de mais.

O padre assentiu, demonstrando simpatia.

— Bem, se quiser conversar, estou aqui para ouvi-la. E, o que quer que você diga, não deixará esta sala.

Emily ergueu uma de suas sobrancelhas.

— O senhor não contará à minha mãe... nada? – quis saber.

— Claro que não.

Emily passou a língua pelos dentes. Seu segredo de repente queimava como uma úlcera.

— Tive um bebê – soltou. – Neste verão. Ninguém na minha família sabe sobre isso, a não ser minha irmã.

Falar aquilo em um local tão sagrado a fez sentir-se como o demônio.

Mas, ao olhar para a expressão do padre Fleming, viu que ele continuava impassível.

— Seus pais não fazem ideia de que isso ocorreu? – perguntou.

Emily fez que não com a cabeça.

— Eu me escondi na cidade durante o verão, então eles não descobriram.

O padre Fleming afrouxou seu colarinho.

— O que aconteceu com o bebê?

— Bem, foi dado para adoção.

— Você conheceu a família?

— Sim. Eles são muito bons. Tudo ocorreu da melhor forma possível.

Emily olhou para a cruz pendurada na parede atrás da mesa do padre Fleming. Nervosa, esperava que ela não escapasse do gancho que a segurava e atravessasse seu corpo por estar mentindo. Sua filha estava com os Baker, mas as coisas *não* ocorreram da melhor forma possível.

Depois de se encontrar com Gayle no café, Emily não conseguira esquecer sua oferta. Os Baker pareciam especiais, mas o que Gayle oferecera também era. Aria repreendera Emily por estar tão impressionada com o dinheiro de Gayle, mas ela não queria que seu bebê crescesse como ela, ouvindo sua mãe se preocupar com dinheiro todo Natal, perdendo a viagem da escola para Washington porque seu pai estava desempregado, sendo forçada a manter-se praticando um esporte pelo qual não se interessava apenas para conseguir uma bolsa para a universidade. Emily queria dizer que aquele dinheiro não era importante, mas crescera cercada de preocupações com dinheiro, então aquilo definitivamente era importante.

Dois dias depois, ao terminar seu turno no restaurante, Emily telefonou para Gayle e disse que queria conversar.

Combinaram um encontro em um café próximo a Temple na mesma noite. Um pouco antes das oito da noite, quando Emily cortava caminho por um parque pequeno, a mão de alguém saiu da escuridão e acariciou a barriga dela.

– Heather! – disse alguém. Emily deu um grito. Um vulto ficou então visível, e Emily não pôde ficar mais surpresa em ver o rosto sorridente de Gayle.

– O que você está fazendo aqui?

Gayle deu de ombros.

– Está uma noite tão agradável que pensei que poderíamos conversar ao ar livre. Mas alguém se *assustou*! – disse ela, rindo.

Emily deveria ter dado meia-volta e corrido na outra direção, mas em vez disso disse a si mesma que aquilo era apenas nervosismo. Talvez Gayle só estivesse brincando. Por isso, aceitou o copo de café descafeinado que ela lhe trouxe.

– Por que você quer o *meu* bebê? – perguntou. – Por que não adotar através de uma agência de adoção?

Gayle indicou um lugar próximo a ela e Emily sentou-se no banco.

– O tempo de espera em uma agência de adoção é longo demais – respondeu. – E temos a impressão de que mães em potencial não escolheriam a mim e ao meu marido em razão do que aconteceu com nossa filha.

Emily ergueu uma sobrancelha.

– O que *aconteceu* com ela? – quis saber.

Uma expressão distante e constrangida tomou conta do rosto de Gayle. Ela apertou a perna com a mão esquerda.

– Minha filha tinha problemas – sussurrou. – Acidentou-se quando era mais nova e nunca se recuperou.

— Um... acidente? — perguntou Emily.

De repente, Gayle cobriu o rosto com as mãos.

— Meu marido e eu queremos tanto ser pais mais uma vez! — disse, desesperada. — Por favor, nos deixe ficar com o bebê. Podemos lhe dar cinquenta mil dólares por ele.

A surpresa de Emily era tamanha que podia ser vista a quilômetros.

— Cinquenta mil dólares? — repetiu. Aquilo poderia pagar todo o seu curso universitário. Não precisaria nadar para concorrer à bolsa de estudos todos os anos. Poderia tirar um ano de folga e viajar pelo mundo. Ou poderia doar todo o dinheiro para a caridade para bebês que não teriam uma oportunidade como aquela. — Talvez a gente possa dar um jeito — disse ela com calma.

Gayle fez uma careta. Deu um gritinho de alegria e abraçou Emily com força.

— Você não vai se arrepender! — exclamou ela. Em seguida se colocou de pé em um salto, falando sobre um encontro entre elas nos próximos dias, e depois foi embora. A escuridão a engoliu. Apenas sua risada era audível, uma gargalhada assustadora que ecoou pelo parque. Emily ficou mais alguns minutos sentada no banco, observando a fila longa e brilhante de carros na rodovia 76. Não sairia dali com a sensação de alívio que imaginara. Em vez disso, sentia-se apenas... *estranha*. O que tinha acabado de fazer?

O som do órgão ecoou pela igreja. O padre Fleming levantou um peso de papel feito de jade e depois o colocou de volta no lugar.

— Só posso imaginar o quanto isso foi um fardo para você, mas parece que você fez a escolha certa, dando a criança a uma família que a desejava de verdade.

— Hum-hum. — A garganta de Emily coçava, o que era um sinal claro de que estava prestes a chorar.

— Deve ter sido difícil abrir mão dela — continuou o padre. — Mas você sempre estará no coração dela, e ela sempre estará no seu. E o pai?

Emily se assustou.

— O que tem ele?

— Ele sabe o que aconteceu?

— Oh, meu Deus, não. — Emily corou. — Nós terminamos antes de eu saber que estava... o senhor entende. Grávida.

Emily se perguntou o que o padre pensaria se soubesse que o pai era Isaac, um dos membros da congregação. A banda dele tocava algumas vezes nos eventos da igreja.

O padre Fleming cruzou as mãos.

— Você não acha que ele merece saber?

— Não. De jeito nenhum. — Emily balançou a cabeça com veemência. — Ele me odiaria para sempre.

— Você não pode ter certeza disso. — O padre pegou uma caneta e ficou apertando o botão que retraía a ponta. — Mesmo que ele ficasse com raiva, você teria o consolo de ter contado a verdade.

Conversaram mais algum tempo sobre a experiência de ter o bebê sozinha, como fora a recuperação pós-parto e quais eram os planos dela para a faculdade. Quando o organista tocou uma variação de *Canon em D*, o iPhone do padre tocou. Ele sorriu com amabilidade para ela.

— Temo que tenha de deixá-la agora, Emily. Tenho uma reunião com o conselho administrativo da igreja em dez minutos. Você acha que ficará bem? — perguntou.

Emily deu de ombros.

— Acho que sim.

Ele se levantou, deu alguns tapinhas no ombro de Emily e levou-a até a porta. Na metade do corredor, virou-se para olhar para ela.

— É desnecessário dizer, mas tudo que me contou ficará apenas entre nós — reafirmou ele, amável. — Ainda assim, tenho certeza de que você fará a coisa certa.

Emily assentiu sem dizer mais nada, perguntando-se qual *seria* a coisa certa. Ela pensou em Isaac de novo. Ele tinha sido tão gentil com ela no evento do pai de Hanna. Talvez o padre Fleming tivesse razão. Talvez ela lhe devesse a verdade. A filha também era dele.

Seu coração batia disparado quando ela pegou o celular e digitou uma mensagem de texto para Isaac.

Tenho algo para contar a você. Podemos nos encontrar amanhã?

E, antes que pudesse mudar de ideia, apertou ENVIAR.

13

TRIM, TRIM. ALÔ, AQUI É ALI

Poucas horas depois, Aria sentou-se na cozinha da casa de Byron e Meredith, de frente para seu notebook. Uma mensagem de Emily apareceu na tela. *Alguma novidade?* Era óbvio que Emily queria saber se ela recebera alguma mensagem de A. *Nada*, respondeu. *Não recebi nada ainda.* Esperava continuar sem receber. Procurava convencer a si mesma de que não sabia nada surpreendente sobre o sr. Kahn e que por isso A não tinha qualquer motivo para atormentá-la. O segredo ficaria guardado para sempre.

Nosso compromisso de sábado ainda está marcado?, escreveu Emily a seguir.

Aria só se lembrou depois de alguns minutos de que a amiga queria que ela a acompanhasse em uma visitação à casa em Ship Lane. *Com certeza,* respondeu.

A porta da frente bateu, e em seguida ecoou o som de chaves caindo em um vaso, junto com o barulho de Meredith dizendo palavras doces a Lola. Ela entrou na cozinha e apanhou uma garrafa de água na geladeira. Vestia uma calça de malha e uma camiseta larga e carregava um tapete de ioga debaixo do braço. Seu cabelo castanho estava preso em um rabo de cavalo, seu rosto estava corado, e ela parecia tranquila. Lola estava em uma bolsa canguru presa a seu peito e dormia.

— Aff. Estou tão fora de forma — resmungou Meredith, revirando os olhos. — Talvez eu tenha voltado a trabalhar muito cedo. Nem mesmo consegui fazer uma inversão.

— Eu *nunca* fui capaz de fazer uma — disse Aria, dando de ombros.

— Posso ensinar se quiser — ofereceu Meredith.

— Lamento, não gosto mesmo de ioga — respondeu Aria. A última coisa que precisava era que Meredith lhe ensinasse alguma coisa.

Meredith colocou sua garrafa de água no balcão.

— Fiquei muito feliz por você ter ido ao Fresh Fields para mim no outro dia. De verdade.

Aria resmungou alguma coisa, olhando para uma pintura estilizada da Bruxa Má do Oeste de *O Mágico de Oz,* herança do antigo apartamento de Meredith. Se não fosse por aquele jantar idiota que Meredith inventara, Aria nunca teria descoberto o segredo terrível sobre o sr. Kahn. Não conseguia impedir-se de culpá-la um pouco por isso.

— E sinto muito... sobre o motivo do jantar. — A voz de Meredith fraquejou.

A princípio, Aria ficou com raiva, mas depois percebeu que realmente queria fazer uma pergunta para Meredith.

— Quando você e meu pai estavam namorando, você contou a alguém?

Meredith ficou tensa. Depois de pensar um pouco, ajustou a bolsa canguru para que Lola tivesse mais conforto.

– Não – respondeu baixinho. – Eu não podia contar a ninguém. Quero dizer, quando ficamos juntos pela primeira vez, seu pai era meu professor; não queria que ele fosse demitido. Depois, vocês foram para a Islândia, pensei que tudo tinha terminado entre nós e decidi contar para minha mãe, que ficou furiosa comigo. Ela achava horrível o fato de eu sair com um homem casado.

Aria baixou os olhos, surpresa. Presumira que Meredith se gabava de namorar um professor para seus amigos, divertindo-se por causar a ruína de uma família e também rindo da cara de Ella por ser tão idiota ao não suspeitar que alguma coisa estava acontecendo.

– Quando vocês voltaram da Islândia, seu pai e eu nos envolvemos novamente e não ousei nem mesmo contar a minha mãe que isso estava acontecendo – continuou ela. – Fiquei preocupada em contar para qualquer outra pessoa também, podiam acabar contando para minha mãe ou me condenando. Eu sabia muito bem que estava fazendo uma coisa errada.

Aria passou o dedo pelo jogo americano de juta, sentindo-se surpresa mais uma vez. Meredith tinha parecido tão confiante quando ela e Byron namoravam às escondidas, dizendo a quem quisesse ouvir que não era uma destruidora de lares porque eles estavam apaixonados. Aria não esperava que ela se preocupasse com o que as outras pessoas pensavam.

– Então, você não contou para ninguém? Nunca? – Aria não conseguia acreditar.

Lola se remexeu e Meredith pegou uma chupeta cor-de-rosa da mesa e colocou em sua boca.

— Estava com medo de que descobrissem o relacionamento. Temia que sua mãe nos pegasse no flagra.

— Mas ela acabaria descobrindo — observou Aria.

— Eu sei, mas não queria ser eu a contar. — Meredith pressionou as têmporas com os dedos. — Juro que nunca planejei destruir a vida de ninguém. Pode não ter parecido, mas eu me sentia realmente mal pelo que fazíamos.

Aria fechou os olhos. Queria acreditar em Meredith, mas não tinha certeza de que poderia.

— Sabe, eu a vi quando você nos flagrou aos beijos no carro do seu pai — disse ela com tranquilidade. — Vi a sua expressão, o quanto ficou abalada.

Aria se virou para esconder o rosto. Aquela lembrança horrível invadia sua mente mais uma vez.

— Eu me senti terrível sobre isso. Queria me explicar. Mas sabia que você não queria falar comigo.

— E você tinha razão — admitiu Aria. — Eu não queria.

— E depois você começou a aparecer em todos os lugares — continuou Meredith. — Você veio ao estúdio de ioga. Eu a reconheci assim que você entrou. Depois apareceu na minha aula de artes. Lembra que você jogou tinta em mim? — perguntou.

— A-ham — murmurou Aria, encarando o chão. Tinha desenhado um *A* de "adúltera" em tinta vermelho-vivo no vestido de Meredith. Agora, aquele gesto parecia tão imaturo.

As duas ficaram em silêncio por um tempo. Meredith ajeitou seu rabo de cavalo. Aria olhou para as pontas de suas unhas, que estavam irregulares. Lola, ainda dormindo, soltou um arroto alto, e a chupeta caiu de sua boca.

Aria riu. Meredith também, e em seguida deixou escapar um longo suspiro.

– Segredos não são coisas divertidas de se guardar – disse ela. – Mas às vezes você precisa fazer isso para proteger a si e as pessoas ao seu redor.

Pela primeira vez, Aria concordou com Meredith. Proteger alguém era exatamente o que estava fazendo ao não contar a Noel que seu pai se travestia. Olhar por essa perspectiva fez com que se sentisse bem melhor a respeito da decisão que tinha tomado.

Meredith abriu a geladeira e pegou a mamadeira para Lola.

– Contudo, preciso lhe dizer uma coisa. Eu me senti um lixo quando sua amiga me ligou para me xingar.

Aria franziu as sobrancelhas.

– Que amiga? – quis saber.

– Você sabe. Aquela que estava com você no dia em que me flagrou com seu pai no carro. Alison.

Uma onda de choque gelada percorreu o corpo de Aria.

– Espere. Ela *ligou* para você?

Meredith a encarou.

– Ela me ligou um tempo depois, em algum dia de junho. Fez várias perguntas sobre mim e seu pai; quando começamos a nos encontrar, se estávamos apaixonados um pelo outro, se já tínhamos ido para a cama. Fez com que eu me sentisse horrível. – Ela observou a expressão de Aria. – Você não pediu a ela que fizesse isso?

– Não... – Ali atormentara Aria sobre Meredith com frequência, mas nunca contara a ela que tinha telefonado para Meredith. O que Ali pretendia? E qual era o motivo de esperar até junho para dar aquele telefonema? Elas haviam flagrado Meredith e Byron em abril.

Repentinamente, um pensamento horrível brotou em sua mente.

– *Quando*, em junho, Ali ligou para você?

Meredith tamborilou sobre a mesa.

– No dia quinze pela manhã. Tenho certeza porque era o aniversário do meu irmão. Pensei que fosse ele ao telefone, mas era sua amiga.

A cozinha começou a girar. *Quinze de junho*. O dia da festa do pijama em comemoração ao fim do sétimo ano com a Ali Delas. De acordo com a linha do tempo de eventos, feita a partir de cartas, depoimentos, documentos públicos e a investigação da polícia, a irmã DiLaurentis secreta deixara a clínica psiquiátrica no dia anterior. Um triste reencontro familiar ocorrera, então. As duas gêmeas que se odiavam estavam juntas de novo.

No dia da festa do pijama, Aria, Spencer, Hanna e Emily tinham ido até o quarto de Ali e a encontraram ali, sentada, lendo o que parecia ser o seu diário, um grande sorriso no rosto. A partir daí, Aria sempre se perguntava se fora a Ali Delas que viram no quarto ou... a irmã gêmea dela.

– Aria? Tudo bem? – perguntou Meredith.

Aria pulou de susto. Meredith a encarava com seus olhos azuis arredondados.

Aria assentiu levemente, sentia-se tonta. Ali tinha telefonado para Meredith anos atrás. Certo. Mas poderia não ter sido para torturá-la. Poderia ter sido para saber mais da história. E também não tinha sido a *Sua* Ali.

Fora a Verdadeira Ali.

14

COLOCANDO O PAPO EM DIA

Na quinta-feira à noite, Emily entrou no Belissima, uma trattoria que ficava no shopping Devon Crest, do outro lado da cidade, para jantar com Isaac. O piso da trattoria era feito de azulejos de terracota, e as paredes tinham sido pintadas para fazer com que o lugar se parecesse com uma fazenda velha decadente. Sobre o balcão repousava uma brilhante máquina de *espresso*, e nas prateleiras ao redor do salão estavam alinhadas as garrafas de vinho. No ar saturado, sentia o cheiro pungente do azeite de oliva e muçarela. Emily não ia àquele lugar havia dois natais, quando aceitara fazer o papel de Papai Noel do shopping. Ela costumava ir àquela trattoria com Cassie, um dos elfos do Papai Noel, e elas tinham criado um vínculo devido à amizade que tinham com Ali.

Seu celular tocou e, ao verificar a tela, viu um alerta do Google para Tabitha Clark. Ela não lia a maioria das notícias relacionadas a Tabitha – era muito doloroso –, mas, nervosa e precisando de algo para fazer, resolveu dar uma olhada.

O alerta era um link para o quadro de mensagens do site *Memorial de Tabitha Clark*, cheio de fotos dela com seus amigos. Um vídeo do baile de formatura mostrava Tabitha dançando com seu namorado, um menino bonito com longos cabelos castanhos e olhos verdes límpidos, ao som de uma música da Christina Aguilera. O site também contava com relatos chorosos de alguns amigos e outros mais exaltados que diziam que o hotel The Cliffs deveria ser fechado. Mas foi o relato mais recente que chamou a atenção de Emily. *O pai de Tabitha deveria fazer uma autópsia. Não acho que ela tenha morrido por beber demais.*

Emily estremeceu. Depois de todo o drama sobre seu bebê e Gayle, deixara de perceber que outro fato devastador era do conhecimento de A. Fechou os olhos e se lembrou da foto que A enviara para o celular de Spencer, mostrando o corpo de Tabitha retorcido e machucado na areia, depois que elas a empurraram do deque da cobertura.

– Ei, Emily! Aqui! – Isaac estava acomodado em uma banqueta no canto do salão, com um prato de lula frita. Seu cabelo estava todo penteado para trás e ele vestia uma camiseta azul que realçava seus olhos cor de safira. – Ei! – chamou ele, e acenou para que ela fosse encontrá-lo.

Emily sentiu um frio na barriga e jogou o celular na bolsa. Depois baixou os olhos para a saia verde de lã que tinha tirado da parte mais funda de seu guarda-roupa. Iria mesmo contar a verdade a ele? Durante toda aquela tarde, em vez de prestar atenção nas aulas de inglês, cálculo e biologia, ensaiara o que diria. *Bem, você lembra que transamos uma única vez no ano passado? Bem, aquilo teve, hã... consequências duradouras.*

Para piorar a situação, Isaac parecia *bastante satisfeito*, como se estivesse muito feliz em vê-la de novo. Aquilo iria destruí-lo. Mas Emily precisava contar. Devia isso a ele. Certamente, não queria que A fosse a primeira a lhe contar.

Suas mãos tremiam à medida que ela serpenteava pelas mesas ocupadas e se esquivava de uma garçonete que carregava uma bandeja cheia de cumbucas com tiramisù. Ele fez menção de se levantar quando ela se aproximou.

– Veja, pedi lula. Espero que esteja tudo bem. Você costumava gostar quando nós... bem, enfim. – Suas palavras saíam emboladas umas nas outras.

– Ainda adoro lula. – Emily deslizou para cima do assento de couro confortável.

Isaac tocou o braço dela e logo depois se afastou. Talvez estivesse preocupado por estar indo rápido demais.

– Você ainda está nadando? – perguntou.

Emily assentiu.

– Consegui uma bolsa de estudos na UCN para o próximo ano.

– UCN? – sorriu Isaac. – Que sensacional. Parabéns.

– Obrigada – agradeceu Emily. – Você já decidiu para qual universidade vai? – Estendeu a mão e espetou um pedaço de lula. A textura estava perfeita, e o molho, espesso e picante.

Isaac deu de ombros.

– Adoraria ir para a Juilliard, mas é quase certo que acabe na Hollis.

– Ah, nunca se sabe. Você é talentoso o bastante para ser aceito na Juilliard. – Emily lembrou-se das apresentações da banda de Isaac. A voz dele era marcante, cheia de nuances, e lembrava muito a do vocalista do Coldplay. Várias meninas ficavam vidradas nele durante o show e Emily ficou surpresa quando ele a escolheu para sair.

Isaac deu um gole em sua água com gás.

— Não. Sequer enviei minha inscrição. Estava com medo da audição. Com certeza eu surtaria em cima do palco.

— E desde quando você surta em cima do palco? — perguntou Emily, espantada. — Você mudou tanto assim desde a última vez que nos vimos?

— Mudei. Muito. — Isaac apoiou o queixo entre as mãos e sorriu para ela.

— Bem, talvez você *tenha* mudado — disse Emily, apontando para a tatuagem no pescoço dele. — Não me lembro de você ser do tipo de cara que faz tatuagem.

Isaac olhou para baixo.

— Fiz no meu aniversário de dezoito anos. Todos da banda fariam uma, mas ficaram com medo no último instante. Fui o único que seguiu em frente.

— Doeu?

— Doeu. Mas não foi nada insuportável.

— Posso ver?

— Claro. — Isaac puxou a gola da camisa, revelando um desenho em cor escura que se assemelhava a uma enorme mariposa estilizada.

— Uau! — disse Emily. — É enorme!

— É. — Isaac cobriu o desenho com a camisa. — Queria uma coisa significativa.

Emily queria tocar na parte que permanecia à mostra, mas conteve-se. Talvez seu gesto passasse uma ideia errada a ele.

— Ela tem algum significado especial? — perguntou.

— Bom, sabe, sempre gostei de mariposas. — Isaac espetou outro pedaço de lula. — Você sabia que elas podem ver luz ultravioleta? E que podem sentir o cheiro de seus parceiros a mais de dez quilômetros de distância?

— Sério? — perguntou Emily, fazendo uma careta.

Isaac assentiu.

— Sempre achei mariposas realmente bonitas, mas ninguém presta atenção nelas como fazem com as borboletas. Elas são meio que... deixadas de lado.

Aquela era uma coisa típica que Isaac diria: sensível, pensativa, um tanto tola. Tudo ao mesmo tempo. Emily tinha se esquecido desse detalhe dele. Tinha esquecido o quanto ele era fofo também. Uma onda inesperada de carinho a atingiu. Então, uma voz vibrou dentro dela, trazendo-a de volta para a realidade. *Você teve a filha dele. Conte agora.* Ela pressionou os dentes de seu garfo na palma da mão.

A garçonete apareceu.

— Vocês já deram uma olhada no cardápio?

Emily baixou o olhar, sentindo-se um pouco aliviada por terem sido interrompidos. Ela pediu o prato do dia de massa, e Isaac escolheu vitela com parmesão. Quando a garçonete fechou o pedido e se afastou, a coragem de Emily tinha desaparecido. Então fez mais perguntas pessoais a ele. O que estava acontecendo na escola, quantos shows a banda dele tinha feito, quais eram os planos dele para as férias de verão. Em seguida, ela contou mais sobre a UCN, sobre o Eco-Cruzeiro no qual partiria em algumas semanas e que estava pensando em conseguir um emprego temporário durante o verão. Na maior parte do tempo, a conversa correu suavemente e sem qualquer esforço, e, antes que Emily percebesse, restavam apenas alguns pedaços de lula no prato. Tinha esquecido como era fácil conversar com ele e como ele ria nas partes certas da história. Emily ficou mais relaxada. Talvez tudo acabasse bem.

— E aí, como vai sua família? — perguntou Isaac quando a garçonete trouxe o pedido deles.

— Ah, você sabe. — Emily deu de ombros, indiferente. — Na mesma. Minha mãe ainda participa bastante da igreja. É a melhor amiga do padre Fleming. Ela me obrigou a conversar com ele outro dia.

— Sério? Por quê? — perguntou Isaac.

Emily colocou um pouco de macarrão na boca para não precisar responder. *Conte a ele. Você lhe deve isso.* E novamente não conseguiu encontrar as palavras para contar tudo.

Ela deve ter demorado para responder, porque ele tossiu e mudou de assunto.

— Como está a sua irmã mais velha? Qual era mesmo o nome dela... Carolyn?

O cheiro do creme de leite do molho Alfredo de seu macarrão subiu até as narinas de Emily e ela se sentiu enjoada.

— Ela está... bem.

— Para qual universidade ela foi?

— Stanford.

— E que tal, ela gosta de lá?

— Acho que sim.

Não que ela soubesse de verdade. Depois de dividirem um quarto por quase dezoito anos, Carolyn mal trocava uma palavra com Emily desde o verão anterior. Ela não sabia a quem recorrer quando descobrira que estava grávida, mas, já que sua irmã iria passar todo o verão na Filadélfia, ela parecera ser a melhor opção. Na sua cabeça, Carolyn agiria como irmã mais velha, mas, apesar de ter permitido que Emily vivesse em seu dormitório, Carolyn nunca deixara que a irmã esquecesse o quanto estava desapontada e horrorizada com sua situação. Nunca perguntara o que Emily sentia. Nunca quisera saber como tinha sido sua última ultrassonografia. Nem mesmo perguntara quem era o pai do bebê. Quando Emily descobrira que teria de fazer uma cesariana porque o bebê estava na posição errada, telefonara para a irmã e lhe contara no mesmo instante. Tudo o que Carolyn dissera foi: "Ouvi dizer que a recuperação da cesariana é terrível."

Emily nem havia se incomodado em contar a ela sobre sua luta para escolher os pais adotivos. Não lhe contara que Gayle havia oferecido cinquenta mil dólares ou sobre o dia em que fora na mansão dela em Nova Jersey pegar o cheque. Gayle olhara para Emily como se fosse um espécime raro. Quando Emily guardara o cheque que ela lhe dera, se sentira suja e corrompida.

Carolyn não lhe dera apoio, mas talvez Isaac tivesse dado, se ela ao menos pedisse a ele. Ela respirou fundo.

— Isaac, há uma coisa que eu preciso lhe contar.

Ele assentiu.

— É, você disse na mensagem. O que foi?

Emily descansou o garfo no prato. Seu coração martelava. Era a hora.

— Bem...

— O que você está fazendo aqui?

Emily levantou a cabeça. Parada diante deles, vestindo um terninho azul-claro, datado da década de 1980 — e não era da parte bacana da década —, estava a mãe de Isaac. Conforme o olhar da sra. Colbert ia do filho para Emily e depois voltava para o filho, sua expressão foi saltando do aborrecimento à raiva.

— Você me disse que jantaria aqui com seus amigos da banda — disse a sra. Colbert com a voz estridente, franzindo a testa. — E não com... *ela.*

— Mãe, nem comece — alertou Isaac. — Sabia que você agiria de maneira maluca e irracional se lhe dissesse que jantaria com Emily. Ela é uma boa pessoa, não sei como a senhora não consegue ver isso. Estamos tendo um ótimo jantar para colocar a conversa em dia.

Emily corou, sentindo uma mistura de prazer e culpa. Não conseguia se lembrar da última vez que alguém a defendera daquele modo. A sra. Colbert bufou de modo desagradável.

— Duvido muito que ela seja uma boa pessoa, Isaac.

— E por que você diz isso? — perguntou ele.

A sra. Colbert não respondeu. Em vez disso, encarou Emily com um olhar penetrante. Era quase como se soubesse o que ela fizera. Emily prendeu a respiração. Será que A havia entrado em contato com a sra. Colbert?

Por fim, ela desviou o olhar e virou-se para o filho.

— Seu pai está procurando você. Um dos garçons do evento desta noite desistiu e precisa que você o substitua.

— Mas... agora? — perguntou Isaac, apontando para seu prato. — Estou no meio de um jantar.

— Peça para colocarem numa quentinha. — A sra. Colbert se virou e seguiu em direção ao bar, claramente esperando que Isaac a seguisse. Ele olhou para Emily. Seus olhos estavam grandes e tristes.

— Desculpa. Podemos marcar de nos vermos outro dia? Vamos fazer alguma coisa no fim de semana?

— Ah, é claro — respondeu Emily, tonta, olhando para a sra. Colbert, que digitava alguma coisa no celular.

Eles chamaram a garçonete, que trouxe a conta e uma embalagem com as sobras do jantar. Isaac colocou o dinheiro na caderneta com a conta.

— Você estava dizendo alguma coisa antes de sermos interrompidos. — Ele tocou suavemente a mão dela. — É importante?

A boca de Emily ficou seca.

— Não importa — respondeu ela baixinho.

— Tem *certeza*? — quis saber ele, parecendo preocupado.

Ela assentiu.

— Sim. Eu juro.

Isaac a abraçou. Enquanto ele a apertava com força, os sentimentos de Emily se embaralhavam. Tinha se esquecido de como o cabelo dele era macio, como sua barba por fazer arranhava o pescoço dela de leve e como ele cheirava a laranjas recém-espremidas. Sentimentos há muito tempo guardados dentro dela acordaram, gerando arrepios cada vez maiores. Ele se afastou cedo demais.

— Deixe-me compensá-la por isso. Estarei de folga no sábado e poderíamos ir à sorveteria em Hollis. — Seus olhos azuis imploravam.

Depois de um instante, Emily concordou com a cabeça e Isaac a deixou para encontrar a mãe no balcão. A sra. Colbert lançou a Emily um último olhar cheio de rancor antes de deixarem o restaurante.

Emily afundou na cadeira, tomada por um sentimento de alívio. De repente, sentiu-se feliz pelo fato de a sra. Colbert ter interrompido o jantar e por não ter contado a Isaac o seu segredo. Se a mãe dele descobrisse, telefonaria para os pais de Emily no mesmo instante e espalharia para toda a igreja que Emily era uma vagabunda.

E Isaac pode não querer ir tomar sorvete com você se descobrir o que fez, sussurrou em seu ouvido uma voz baixa e egoísta. No entanto, ela não poderia mudar o passado. O que foi feito estava feito, e o que Isaac desconhecia não o magoaria.

Certo?

15

CLUBE DA ERVA

No fim da tarde de sexta-feira, Spencer desceu de um táxi diante dos portões da Universidade de Princeton, subiu o zíper de sua jaqueta de couro e olhou ao redor. Estudantes vestindo sobretudos e cachecóis com o inconfundível xadrez da Burberry zanzavam de um lado para outro. Professores usando óculos de armação fina e blazers de veludo com cotoveleiras de couro caminhavam juntos, sem dúvida tendo conversas dignas de um Prêmio Nobel. Os sinos da torre do relógio soaram às seis em ponto, o som reverberando no piso de pedra.

Um tremor percorreu o corpo de Spencer. Já estivera em Princeton muitas vezes para encontros do clube de debates, visitas programadas, acampamentos de verão e excursões universitárias, mas o *campus* parecia muito, muito diferente naquele dia. Ela seria uma *aluna* ali no próximo ano. Seria um sonho escapar de Rosewood e começar de novo. Até mesmo aquele *fim de semana* parecia um novo começo. Assim que o trem deixou a estação de Rosewood, seus ombros relaxaram. Ali não havia A. Spencer estava em segurança... pelo menos por um tempo.

Conferiu o mapa que Harper lhe enviara do Ivy Eating Club. Ficava na avenida Prospect, que todos em Princeton chamavam simplesmente de "A Rua". Ao virar à esquerda e caminhar até a avenida arborizada, seu celular apitou. *Já descobriu alguma coisa sobre você-sabe-quem?*, escreveu Hanna.

Aquele era o código que estavam usando para se referirem a Gayle. *Nada que nos ajudasse de alguma forma*, respondeu Spencer. Ela pesquisara na internet em busca de informações sobre Gayle, para ver se havia alguma possibilidade de ela ser A. A primeira coisa a fazer era descobrir se ela estivera na Jamaica no ano anterior na mesma época em que as meninas. Talvez, como imaginaram sobre Kelsey, Gayle tivesse testemunhado o que elas fizeram no deque da cobertura e, bem mais tarde, depois de ter sido passada para trás por Emily, tivesse juntado as peças e usado isso contra elas.

O hotel The Cliffs não era o tipo de lugar onde uma mulher classuda de meia-idade se hospedaria, mas Spencer telefonou para alguns hotéis próximos de lá, passando-se por assistente pessoal de Gayle e perguntando se ela havia se hospedado em algum deles. Contudo, nenhuma das reservas indicava que Gayle tivesse ficado em qualquer um daqueles hotéis, *nunca*. Ela ampliou sua busca, telefonando para hotéis mais distantes, entre quinze, vinte e cinco e até oitenta quilômetros, mas, até onde podia dizer, Gayle nunca *estivera* na Jamaica.

Sendo assim, como Gayle saberia o que tinham feito com Tabitha? Como poderia ter a foto de Emily e Tabitha juntas? Ou do corpo de Tabitha retorcido e todo machucado na areia depois de ser empurrada? Teria Gayle ido para a Jamaica usando um nome falso? Estava trabalhando com mais alguém? Teria contratado um investigador particular, como Aria suspeitara?

Além disso, mesmo se Gayle fosse A, a questão envolvendo Tabitha ainda era intrigante. Por que ela agira como Ali no The Cliffs? Tinham sido amigas na clínica psiquiátrica? Por isso ela teria tentado vingar a morte de Ali, ou tudo apenas fora uma terrível coincidência?

Antes de chegar às respostas de todas essas perguntas, encontrou o endereço que Harper lhe passara. Era uma imensa casa de tijolos aparentes, no estilo gótico, com vitrais maravilhosos, arbustos bem-aparados e uma bandeira americana tremulando na varanda. Spencer seguiu até a porta da frente e tocou a campainha, que emitiu os acordes iniciais da "Quinta Sinfonia de Beethoven". Ela ouviu passos e então a porta se abriu. Harper apareceu, parecendo descontraída em uma blusa roxa com mangas morcego, jeans justo e botas de cano curto. Um xale de caxemira azul-marinho envolvia seus ombros.

– Seja bem-vinda! – exclamou. – Você veio!

Ela fez com que Spencer entrasse. O vestíbulo era frio e cheirava a uma mistura de couro e jasmim. Vigas de madeira cruzavam o teto, e havia vitrais em todas as paredes. Spencer conseguia imaginar os últimos vencedores do Prêmio Pulitzer junto à lareira ou instalados naquelas poltronas, imersos em discussões importantes.

– Este lugar é inacreditável – disse, emocionada.

– Sim, é bem legal – respondeu Harper, indiferente. – Contudo, devo desculpas a você desde já. Meu quarto, no andar de cima, está bem frio e lá não é muito grande.

— Não tem problema — respondeu Spencer com rapidez. Caso fosse preciso, dormiria até no almoxarifado da Ivy.

Harper agarrou a mão dela.

— Vou apresentá-la às outras.

Harper conduziu Spencer por um longo corredor iluminado por lampiões a gás até uma sala maior e mais moderna, que ficava nos fundos. Uma parede de vidro tinha vista para o bosque atrás da casa. Na outra, havia uma televisão de tela plana, estantes com livros e uma estátua enorme em papel machê do tigre que era mascote de Princeton. Com as pernas protegidas por mantas, garotas instaladas em sofás de camurça concentravam-se em seus iPads e notebooks, liam ou, como era o caso de uma menina loura, tocavam violão. Spencer estava quase certa de que a garota asiática que não erguia os olhos de seu celular vencera o Prêmio Orquídea Dourada havia alguns anos. Uma garota de jeans verde-escuro próxima à janela era uma sósia de Jessie Pratt, uma escritora que conseguira publicar aos dezesseis anos seu livro de memórias sobre os anos que vivera com os avós na África.

— Meninas, esta é Spencer Hastings — disse Harper, e todas ergueram os olhos. Ela apontou, uma a uma, as meninas que estavam ao redor da sala. — Spencer, estas são Joanna, Marilyn, Jade, Callie, Willow, Quinn e Jessie. — Então *era* mesmo Jessie Pratt. Todas a cumprimentaram. — Spencer é uma das alunas aceitas antecipadamente — continuou Harper. — Nós nos conhecemos no jantar de boas-vindas, e acho que ela combina conosco.

— Prazer em conhecê-la. — Quinn largou o violão e cumprimentou Spencer. Ela usava esmalte cor-de-rosa. — Qualquer amiga de Harper é nossa amiga.

— Gosto de seu violão — disse Spencer, apontando para o instrumento. — É um Martin, certo?

Quinn ergueu suas sobrancelhas louras e perfeitas.

— Você entende de violão?

Spencer deu de ombros. Seu pai adorava violões e ela costumava acompanhá-lo em algumas das exposições de antiguidades em busca de instrumentos para a coleção dele.

— Gostou? — perguntou Jessie Pratt, apontando para o livro que Spencer carregava. Era uma cópia de *V*, de Thomas Pynchon.

— Ah, é ótimo — respondeu ela, embora não tivesse entendido muito bem a história. O escritor quase não usava sinais de pontuação.

— É melhor irmos — disse Harper, apanhando um suéter na parte de trás de um dos sofás.

— Para onde? — perguntou Spencer.

Harper lhe lançou um sorriso enigmático.

— A uma festa na casa de um cara chamado Daniel. Você vai amá-lo.

— Maravilha.

Spencer deixou sua bolsa de viagem junto à porta da frente e esperou que Harper, Jessie e Quinn vestissem seus casacos e pegassem suas bolsas. Seguiu-as rumo à noite fria. Caminharam pelas calçadas cheias de neve, tendo cuidado para não escorregar. A lua não estava visível, e, a não ser por alguns carros que passavam pela avenida principal, o mundo estava silencioso e tranquilo. Spencer olhou para um SUV enorme estacionado junto ao meio-fio com o motor ainda ligado, mas não conseguiu ver, pelo vidro fumê da janela, quem era o motorista.

Elas viraram a esquina em direção a uma casa enorme em estilo holandês. Os acordes de um baixo ressoaram do lado de dentro e sombras passaram em frente às janelas iluminadas. Vários carros estavam estacionados junto ao meio-fio, e outros jovens se aproximavam do gramado. A porta estava aberta, e um cara bonito, com sobrancelhas grossas e cabelo castanho comprido recepcionava os recém-chegados no vestíbulo.

— Saudações, senhoritas — cumprimentou ele com uma voz sedutora, bebendo alguma coisa em um copo plástico.

— Oi, Daniel. — Harper mandou-lhe um beijo. — Esta é Spencer. Será caloura no próximo ano.

— Ah, sangue novo. — Daniel examinou-a de cima a baixo. — Aprovada.

Spencer seguiu Harper para dentro da casa. A sala de estar estava bem cheia, e uma música do 50 Cent tocava muito alto. Os rapazes bebiam uísque; as meninas usavam vestidos, saltos altos e brincos de diamantes. Em um canto, algumas pessoas estavam sentadas ao redor de um narguilé e uma fumaça azulada flutuava entre suas cabeças.

Quando alguém agarrou seu braço e a puxou para si, Spencer imaginou que era um cara bonito, havia tantos ali para escolher. Mas então ela olhou para os olhos caídos do rapaz, os dreads sujos de seu cabelo, seu sorriso esquisito e sua camiseta tie-dye da turnê de 1986 do Grateful Dead.

— Spencer, não é? — perguntou ele, e seu sorriso ficou ainda maior. — Você perdeu uma diversão e tanto. O Ocupa Filadélfia foi bem legal.

Spencer piscou para ele.

– O quê?

– Sou eu, Bagana. – Ele ergueu os braços como quem diz *ta-dááaá*! – Do jantar de Princeton na semana passada, lembra? – perguntou.

Spencer piscou confusa.

– O que você está fazendo aqui? – Ela quis saber, rude.

Bagana olhou ao redor da sala.

– Bem, um professor me convidou para almoçar. Depois conheci o Daniel no refeitório, e ele me falou sobre a festa de hoje à noite.

Aquela foi a coisa mais absurda que Spencer já tinha ouvido.

– Um professor convidou você para almoçar?

– Sim, o professor Dinkins – respondeu Bagana, dando de ombros. – Ele é do departamento de Física Quântica. Será meu curso no próximo ano.

Física quântica? Spencer examinou mais uma vez o jeans sujo de Bagana e os sapatos surrados de fibra de cânhamo. Ele não parecia capaz sequer de usar uma máquina de lavar. E era normal que professores convidassem calouros para visitarem o *campus*? Ninguém da faculdade a convidara para fazer uma visita. Isso significava que ela não era especial?

– Aí está você. – Harper agarrou o braço dela. – Procurei você por toda parte! Quer me acompanhar até lá fora?

– *Por favor* – respondeu Spencer com alívio.

– Você pode perguntar ao Bagana se ele quer vir também – sussurrou Harper. Spencer olhou por cima do ombro para ele. Felizmente, Bagana conversava com Daniel e não prestava atenção a nenhuma das duas. Talvez Daniel tivesse percebido o quanto aquele garoto era idiota e estivesse pedindo que fosse embora.

– Humm, acho que ele está ocupado – disse ela, virando-se para Harper. – Vamos.

Harper saiu pela porta dos fundos, conduzindo Spencer por um pátio de tijolos até um pequeno gazebo. Havia garotos e garotas sentados ali em volta de uma fogueira, bebendo vinho. Um casal se agarrava próximo das sebes. Harper sentou-se em um banco, pegou um cigarro do bolso do casaco e o acendeu. As duas foram envolvidas por uma fumaça malcheirosa.

– Quer um pouco? – perguntou.

Demorou alguns segundos para Spencer perceber que era maconha.

– Não, tudo bem. Maconha me deixa sonolenta.

– *Qual é!* – Harper tragou fundo. – Essa coisa é incrível. Dá a melhor viagem.

Crac. O barulho de um galho partindo-se no bosque. Em seguida o barulho do vento encheu o ar, bem como sons de sussurros. Spencer olhou em volta, nervosa. Depois do que tinha acontecido no verão anterior com Kelsey, a última coisa que ela queria era ser pega com drogas.

– Você realmente acha que deveria fazer isso? – perguntou Spencer, sem tirar os olhos do cigarro de maconha. – Quero dizer, isso não poderia nos meter em encrenca?

Harper soprou um pouco de cinzas da ponta.

– Quem iria me entregar?

Houve outro *crac*. Spencer olhou para o bosque escuro, sentindo-se cada vez mais nervosa.

— Humm, minha bebida está acabando — murmurou, levantando seu copo vazio.

Spencer correu para dentro da casa, aliviada por ter voltado para a sala aquecida. Enchendo seu copo com uma mistura de vodca e limão, foi para a pista de dança. Quinn e Jessie a convidaram para se juntar a elas, e Spencer dançou três músicas sem pensar em mais nada, tentando esquecer-se de si mesma. Um calouro chamado Sam veio dançar bem junto dela. A vodca corria pelas veias de Spencer de forma impetuosa e ardente.

Quando Spencer viu luzes refletidas na janela, pensou que alguém tinha estacionado na rua, bem em frente da casa. Mas dois policiais uniformizados abriram a porta principal e colocaram as cabeças para dentro. A maioria dos presentes escondeu suas bebidas nas costas. A música parou.

— O que está acontecendo aqui? — Um dos policiais apontou uma lanterna para a sala.

Os garotos se espalharam. Portas bateram. O outro policial levou seu megafone à boca.

— Estamos procurando por Harper Essex-Pembroke — sua voz abafada se ampliou. — Srta. Essex-Pembroke? A senhorita está aqui?

Murmúrios ecoaram pela multidão. No mesmo instante, Harper apareceu na porta dos fundos, com o cabelo bagunçado e uma expressão assustada tomando conta de seu rosto pálido.

— E-Eu sou Harper. Qual é o problema? — perguntou ela.

O policial foi em direção a ela e agarrou seu braço.

— Recebemos uma denúncia anônima de que a senhorita está portando maconha para venda.

O queixo de Harper caiu.

— Como é?

— Esse é um crime grave — disse o policial, parecendo desgostoso.

Os garotos observaram Harper ser escoltada pela sala. Quinn balançou a cabeça horrorizada.

— Como os policiais descobriram que Harper tinha erva? — perguntou.

Como se tivesse escutado a pergunta de Quinn, Harper se virou e encarou Spencer.

— Ótimo trabalho — chiou. — Você arruinou a festa para todo mundo. *E para você.*

Spencer arregalou os olhos.

— *Eu* não disse nada!

Harper lançou-lhe um olhar incrédulo quando os policiais a escoltaram para fora. Jessie e Quinn encararam Spencer.

— Você *contou* a eles? — vociferou Quinn.

— Claro que não! — respondeu Spencer.

Os olhos castanhos de Jessie estavam arregalados.

— Mas você foi lá para fora com ela, não foi? Nenhuma de *nós* contaria.

— Não fui eu! — exclamou Spencer. — Juro! — Mas ninguém lhe deu atenção. Em segundos, todos na festa encaravam Spencer cheios de suspeita. Ela deixou a sala, seu rosto queimando. O que tinha acabado de acontecer? Como tinha sido culpada tão de repente?

Bzz.

Ela apanhou seu celular. *Uma nova mensagem anônima.* Olhou ao redor, para as árvores altas e as estrelas em silêncio.

Estava tão quieto que parecia que alguém por perto esforçava-se muito para não gargalhar. Respirando fundo, Spencer olhou para a tela de seu celular.

> Fique feliz por eu não ter contado aos policiais sobre SEUS segredos. – A

16

CORRENDO NA DIREÇÃO DO PERIGO

– É isso aí, pessoal! – gritou Hanna para a multidão que se juntara na rua principal de Rosewood para a corrida anual de dez quilômetros pelo Hospital de Rosewood. Era sábado de manhã e uma chuva persistente caía. O cabelo de Hanna estava um lixo e sua maquiagem escorria, mas prometera ao pai que ajudaria na distribuição de bottons e brindes da campanha de Tom Marin.

– Tome uma banana! – disse ela a um homem velho e magro que arquejava, usando uma capa de chuva transparente. Ela lhe entregou a fruta, com um adesivo VOTE EM TOM MARIN grudado na casca. – Vote em Tom Marin!

Entregou copos de água com as palavras TOM MARIN impressas para duas senhoras gordinhas de meia-idade que estavam caminhando pela corrida, dividindo um guarda-chuva.

– Vão, vão, vão!

Kate, que estava ao lado dela, com o capuz de sua parca bem fechado sobre a cabeça, riu.

— Não acho que sua torcida vai fazer com que andem mais rápido.

— É bem provável que não. — Hanna riu enquanto os traseiros enormes das mulheres desapareciam na curva.

— Por que você não está participando da corrida? — perguntou Kate, passando uma banana meio descascada para uma mulher que tinha um físico atlético e estava com fones de ouvido. — Eu me lembro de mamãe me mandar torcer por você no ano passado.

Hanna deu de ombros. No ano anterior, ela correra com Mike e tinha vencido o namorado por alguns segundos. Eles comemoraram com uma tigela enorme de macarrão no Spaghetti Heaven e tinham ficado tão empolgados com o próprio desempenho que se inscreveram para mais algumas corridas no verão. Mas Hanna não correra nenhuma vez desde que os dois tinham terminado.

Ela olhou para Kate desconfiada.

— Na verdade, seria melhor perguntar por que você não está correndo? — quis saber Hanna, já que Kate tinha sido campeã da equipe de corrida da sua antiga escola em Annapolis. Isabel falava disso a cada chance que tinha.

Kate ajeitou seu cabelo castanho, amarrado em um rabo de cavalo.

— Porque Naomi e Riley se inscreveram primeiro. A corrida não é grande o suficiente para todas nós.

Hanna encheu mais alguns copos com água, apenas para ocupar suas mãos.

— Então vocês ainda estão brigadas?

— Sim. — Kate aplaudiu os corredores que passavam. — A briga é só com Naomi. Não com Riley.

Hanna olhou curiosa para Kate, esperando que ela contasse mais. O motivo da briga ainda era ela? Kate estava a favor ou contra Hanna? O celular de Kate tocou e ela foi atendê-lo sob o refúgio da marquise do café atrás delas. Hanna observou mais algumas pessoas passarem. Havia garotos da Universidade de Hollis, cujas camisetas estavam coladas aos seus corpos. Corredores mais entusiasmados tinham se paramentado com roupas e tênis especiais de corrida. E, de repente, dois vultos familiares apareceram na curva. O cabelo preto reluzente de Mike estava ensopado de água e ele usava uma camiseta de manga longa, bermuda de corrida preta e tênis Nike amarelo neon. Sua mão direita segurava a mão de Colleen com firmeza. Eles usavam roupas parecidas, exceto pelo fato de a camiseta branca dela estar transparente devido à chuva. Era dolorido que o hobby dos dois agora fosse do casal Mike e Colleen.

Hanna tentou se esconder atrás da mesa onde estava a água que distribuía para os corredores, mas Colleen a viu e deu um sorriso enorme. *Droga.*

Eles diminuíram o ritmo, respirando de maneira ofegante.

– Oh, meu Deus, Hanna, é muito legal da sua parte estar distribuindo água! – exclamou Colleen, aceitando um copo, bebendo e pegando outro. – Obrigada!

– Beba o galão inteiro, por que não? – resmungou Hanna baixinho, querendo enfiar o copo de papel pela garganta de Colleen. Então se virou para Mike e lhe ofereceu um copo também. – Divertindo-se? – perguntou, com a voz mais doce que conseguiu, como se não houvesse qualquer ressentimento entre eles.

— Sim. — Mike bebeu a água e depois pegou uma banana na bandeja. — A corrida está ótima. Estou amando ver tantos bumbuns molhados.

— *Mike* — advertiu Colleen, ficando séria.

Mike abaixou a cabeça em um gesto de desculpas, e ela revirou os olhos antes de ir até uma lixeira próxima para jogar fora seu copo de água vazio. Hanna levantou uma sobrancelha. Colleen não gostava das piadas de sacanagem que Mike fazia? Como é que eles ainda conversavam?

Mike olhou para Hanna com curiosidade.

— Estou surpreso por você não estar correndo este ano.

Hanna encolheu os ombros.

— Estou ajudando meu pai. — Mostrou a ele o bottom VOTE EM TOM MARIN que prendera em sua jaqueta. — Mas eu me lembro do ano passado. Depois que terminamos, nós nos enfiamos nos arbustos e demos uns amassos ainda com as medalhas.

Mike mordeu o lábio.

— É...

Hanna observou Colleen. Ela estava conversando com um dos voluntários da campanha, perto da lixeira.

— E então teve aquela corrida de dez quilômetros de Marwyn naquele verão, e estava tão quente que pulamos sem roupa no lago. Lembra que aquela senhora quase nos pegou? — perguntou ela.

O rosto de Mike ficou ainda mais vermelho.

— Hanna, não sei se...

— A gente devia ter transado naquele dia, não acha? — interrompeu Hanna.

O pomo de adão de Mike subiu e desceu. Ele abriu a boca, mas não conseguiu articular as palavras. Talvez ele estivesse constrangido, mas não parecia bravo. Talvez Mike quisesse *mesmo* ter transado com ela.

Hanna secou uma gota de água do rosto dele.

– Sabe, meu pai vai dar um baile para arrecadação de fundos para a campanha amanhã à noite – murmurou ela, na orelha dele. – Você deveria ir.

Mike abriu a boca mais uma vez. Seus olhos brilharam de modo intrigante e Hanna adivinhou que ele estava considerando aceitar o convite. Então, a mão de Colleen apertou o braço dele.

– Ei, minhas duas pessoas favoritas! Sobre o que estão conversando? – perguntou Colleen.

Mike piscou e depois se endireitou.

– Sobre a campanha do sr. Marin – murmurou.

Os olhos de Colleen brilharam.

– Oh, meu Deus! Mike e eu estamos tão empolgados com isso!

Hanna olhou para Mike, mas ele estava evitando claramente o seu olhar.

– Colleen comprou um vestido muito bonito – murmurou.

– *Sim* – falou ela, empolgada. – É da loja Bebe do shopping King James. Você conhece, Hanna?

Hanna soltou uma gargalhada.

– Sim. Só vadias compram lá.

O rosto de Colleen desabou. Mike ergueu as sobrancelhas, pegou a mão da namorada e a puxou em direção à multidão de corredores.

— Isso não foi muito legal — disse por sobre o ombro, e se afastou.

Mas. Que. *Diabos*? Enquanto Hanna avaliava se jogava pedaços de bananas nas costas deles, uma risada sarcástica ecoou, e os pelos de sua nuca se arrepiaram.

Ping. Olhou para seu celular, que estava no bolso do casaco. *Uma nova mensagem.* Para piorar, o remetente era uma confusão de letras sem sentido e números.

Você pensa que Colleen é tão inocente quanto parece?
Pense bem. Todo mundo tem um segredo... até ela. – A

Hanna olhou para a mensagem por um bom tempo. Do que A estava falando?

— Hanna! Aí está você!

O pai parou atrás dela, segurando um enorme guarda-chuva listrado de golfe. Ao lado dele, estava uma mulher alta, magra, com chapéu de chuva, casaco North Face, jeans de corte reto e botas forradas de pele. Uma bolsa Louis Vuitton pendia de modo casual de seu braço. Ela trazia um celular nas mãos e olhava para Hanna com um sorriso estranho. O estômago de Hanna se retorceu pela segunda vez no mesmo minuto, quando ela percebeu quem era.

Gayle.

— Ah. — Um som esquisito saiu de sua boca. — Oi. — Hanna olhou para o celular na mão de Gayle. A tela estava acesa, como se o celular tivesse acabado de ser usado. Teria sido ela quem acabara de enviar aquela mensagem para Hanna?

— Hanna, a sra. Riggs vai nos ajudar hoje — disse o sr. Marin. — Não é gentil da parte dela?

Gayle acenou, minimizando o fato.

– Por favor. Faço qualquer coisa para ajudar a causa de Tom Marin. – Ela enfiou o celular no bolso do casaco. – Desculpe ter chegado tão tarde, Tom. Meu marido e eu estávamos em Princeton para um jantar na noite passada, para celebrar o novo laboratório de pesquisa sobre o câncer que ele patrocinou, e só chegamos agora.

– Não tem problema nenhum. – O sr. Marin observou a multidão de corredores. – Odeio fazê-la ficar exposta a esse tempo. Se realmente insiste em ajudar, talvez prefira dar alguns telefonemas no café? – perguntou.

– Sério, não tem problema – disse Gayle tranquila. – Não me importo com uma chuvinha dessas. Além disso, posso conversar com a gracinha da sua filha! – Ela se virou para Hanna com um sorriso assustador nos lábios. – Queria mesmo conversar com você no comício, mas você desapareceu – disse ela com doçura. – Acho que você quis sair com suas amigas, não é?

– Sim, várias amigas dela foram ao evento – disse o sr. Marin. Elas têm apoiado a campanha.

– Isso é tão gentil – comentou Gayle, empolgada. – Quem era aquela garota de cabelo avermelhado que vi com você?

Hanna ficou tensa.

– Ah, você deve estar se referindo a Emily Fields – respondeu o pai dela antes que Hanna pudesse impedi-lo. – Ela e Hanna são amigas há muito tempo.

– Emily Fields. – Gayle fingiu pensar sobre aquela informação. O sr. Marin se virou para atender uma ligação e Gayle se aproximou de Hanna. – Engraçado, ela me disse que se chamava Heather – completou, bem baixinho.

Hanna mordeu os lábios, sentindo o olhar quente e impaciente de Gayle.

— Não sei do que você está falando — murmurou.

— Ah, mas eu acho que sabe. — Gayle desviou o olhar para a multidão que passava. — Acho que sabe exatamente do que estou falando. Não pense que não sei o que está acontecendo. Não pense que não sei de *tudo*.

Hanna tentou manter uma expressão neutra, mas parecia que bolinhas de pingue-pongue pulavam dentro de sua barriga. Gayle acabara de admitir que era A?

Hanna se lembrou do fim do verão. Um pouco antes de Emily fazer sua cesariana, ela a chamara junto com as outras meninas no hospital e explicara que precisava da ajuda delas para tirar o bebê de lá antes que Gayle pudesse aparecer e levá-lo embora.

Ela entregara um envelope pesado a Hanna.

— Preciso que você vá até Nova Jersey e coloque isto na caixa de correio de Gayle — explicara Emily. — É o dinheiro para pagar o cheque que ela me deu, junto com um pedido de desculpas. Só o deixe na caixa de correio e vá embora. Não permita que ela a veja. Se ela perceber que estou devolvendo o dinheiro, virá antes para o hospital e nosso plano estará arruinado.

Hanna não pôde negar. Naquela tarde, antes de o bebê nascer, dirigiu por quinze minutos, atravessando a ponte Ben Franklin, até chegar à casa imensa de Gayle. Deu a volta no quarteirão, sentindo-se trêmula e enjoada. Não queria ficar cara a cara com uma louca desvairada. Não depois do que havia acontecido com a Verdadeira Ali.

Ela estremeceu quando abaixou o vidro da janela e abriu a caixa de correio e não pôde evitar que as mãos tremessem ao colocar o envelope dentro dela. Então, um som farfalhante alcançou seus ouvidos. Alguma coisa se movera nas árvores atrás da casa.

De imediato, Hanna ligou o motor, não diminuindo a velocidade para colocar seu cinto de segurança até estar a salvo fora daquele bairro. Acabara de arruinar o plano de Emily? Alguém a vira? Aquela mansão tinha câmeras de segurança?

Os aplausos de um grupo próximo a Hanna trouxe-a de volta ao presente. Seu pai ainda estava falando ao celular, e Gayle estava tão perto dela que seus quadris se esbarravam.

Gayle colocou a mão gelada sobre o braço de Hanna.

– Ouça, e ouça muito bem – sussurrou entre os dentes –, tudo que eu quero é o que me é devido. Não acho que seja pedir muito. E, se eu não receber o que é meu, posso e *vou* fazer tudo ao meu alcance para conseguir. Posso jogar sujo, *muito* sujo. Por favor, dê esse recado para sua amiga. Estamos combinadas?

Um sorriso cruel se formou nos lábios dela quando afundou as unhas na pele de Hanna, cujo queixo tremia.

– Gayle? – chamou o sr. Marin, desligando o celular e juntando-se a elas.

Gayle soltou o braço de Hanna, virando-se e sorrindo para o sr. Marin.

– Meu coordenador de campanha está aqui – disse o sr. Marin. – Adoraria que você o conhecesse.

– Maravilhoso! – disse Gayle, entusiasmada, e eles se afastaram.

Hanna se largou em um banco, jogando o peso para a frente e cobrindo o rosto com as mãos. Seu coração batia tão rápido que podia senti-lo em sua pele. As palavras de Gayle ecoavam em seus ouvidos. *Tudo que eu quero é o que me é devido. Posso jogar muito, muito sujo.* Havia tanto que Gayle poderia fazer. Expor a todas. Destruí-las. Mandá-las para a prisão. Destruir a vida delas. Arruinar a vida do pai dela também.

Ela pegou o celular e pressionou a discagem rápida para falar com Emily.

– Atende, *atende* – sussurrou, mas o telefone continuou tocando. Desligou sem esperar pelo sinal da caixa de mensagens de voz. Em vez disso, começou a digitar uma mensagem para Emily pedindo que ela retornasse assim que possível. Foi aí que Hanna percebeu o ícone de mensagem de texto no canto superior da tela. Outra mensagem chegara enquanto ela estava digitando.

Hanna olhou desconfortável para os lados. Seu pai, Gayle e o coordenador de campanha do sr. Marin estavam parados próximos do café, conversando. Gayle estava fingindo prestar atenção, mas seus olhos estavam no celular. E, por um instante, olhou para Hanna com um sorriso estranho no rosto.

Tremendo, Hanna pressionou LER.

Melhor fazer o que mandaram! Você não gostaria que a campanha de seu pai fosse para o espaço. – A

17

SORRIA! VOCÊ ESTÁ SENDO FILMADO!

No sábado à tarde, Aria estava na sala de jogos da família Kahn, localizada em uma parte ampla do porão, que tinha uma mesa de sinuca, máquinas de fliperama e uma mesa grande para jogos de pôquer. Noel, os pais dele e o irmão mais velho, Eric, observavam o jogo com Aria, ao redor da sinuca. A sra. Kahn passou giz na ponta e encaçapou a bola seis no canto.

— *Isso!* — disse a sra. Kahn animada, soprando a ponta do taco como se fosse uma arma fumegante.

— Bela tacada, querida. — O sr. Kahn brincou com os filhos. — Rapazes, acho que as meninas vão ganhar de nós.

Noel fez um bico.

— Isso porque são cinco contra três.

Aria considerou protestar, olhando para Klaudia, Naomi Zeigler e Riley Wolfe — o terceiro, quarto e quinto membros da equipe feminina de sinuca. Elas não estavam jogando. Aria sabia que estavam ali apenas para fazê-la se sentir mal.

— Klaudia? — chamou a sra. Kahn com doçura. — Você quer jogar, meu bem? — perguntou.

— Tudo bem. — Klaudia olhou para Aria. — *Estar esperrando uma* telefonema do meu novo namorado. Ele é escritor e *morra* em Nova York.

— Acho que *você o conhece*, Aria — disse Naomi, fazendo Riley explodir em risos.

Aria segurou o taco com força, resistindo à vontade de dar com ele na cabeça delas.

Noel se aproximou devagar, envolveu Aria nos braços e beijou-a longa e demoradamente. Ela sentiu que as meninas se acomodaram constrangidas e, quando abriu os olhos, Klaudia estava deliberadamente desviando o olhar. Aria acariciou a mão de Noel, agradecida.

— O que eu fiz para merecer você? — perguntou em voz baixa.

— Lamento por elas a incomodarem desse jeito. — Noel olhou de esguelha para as outras meninas.

Aria deu de ombros.

— Ah, eu já me acostumei.

Era a vez de o sr. Kahn dar uma tacada, e ele subiu as mangas de sua camisa azul da Brooks Brothers, inclinou-se sobre a mesa e tocou a bola que pretendia com uma precisão de mira a laser. A bola alcançou a outra borda da mesa, bateu na de número seis, mandando duas bolas para diferentes caçapas.

A sra. Kahn aplaudiu.

— Tacada brilhante, querido! Você ainda tem o toque mágico.

O sr. Kahn olhou para seus filhos.

— A mãe de vocês já lhes contou que arrasei na sinuca num fim de semana em Monte Carlo?

— Você estava tão sexy — ronronou a sra. Kahn, beijando o rosto do marido.

— Mãe, pai, que *coisa nojenta*! — Noel cobriu os olhos.

O sr. Kahn pegou as mãos de sua esposa e começou a dançar com ela pela sala.

— Precisamos praticar para o baile à fantasia do Museu de Arte no próximo mês.

— Mal posso esperar — disse ela, animada. — Não é divertido fantasiar-se, querido? — perguntou, olhando para os outros. — Vamos de Maria Antonieta e Luís XVI.

— Formaremos um belo par. — O sr. Kahn dobrou tanto a esposa que a cabeça dela praticamente bateu no chão. — Adoro uma fantasia.

Aria ficou tão espantada que quase engoliu o chiclete. Mas, enquanto observava os Kahn volteando pela sala, ela se sentiu relaxar. Não importava o que o sr. Kahn fazia por aí, aquele era um casal que se amava. Com certeza havia uma explicação lógica para o sr. Kahn desfilar pelo Fresh Fields vestido de mulher. Talvez ele estivesse encarnando uma personagem para o baile à fantasia do Museu de Arte. As pessoas gastavam centenas de dólares em fantasias chamativas para esse evento. Ou talvez ele tivesse perdido uma aposta com um de seus sócios.

Aria agarrou a mão de Noel e a apertou com força, sentindo-se vitoriosa. Não tinha recebido nenhuma mensagem de texto sobre aquele assunto, o que significava que tinha vencido A no jogo dele. Pela primeira vez, *ela* estava no controle da informação e não o contrário.

O sr. e a sra. Kahn continuaram dançando, e o jogo de sinuca seguiu, com os garotos encaçapando as outras bolas e vencendo finalmente.

Depois disso, Noel abraçou Aria.

— Quer dar o fora daqui? Escapar para ver um filme no Ritz, talvez? — perguntou. Levantou e abaixou as sobrancelhas de modo sugestivo. Ir ao Ritz era um código para sentar na última fileira do cinema e dar uns amassos.

Bem nesse momento, o sr. Kahn bateu palmas.

— O que me dizem de tomarmos um sorvete? Há uma sorveteria nova em Yarmouth que estou louco para conhecer.

— Ah, ouvi dizer que o lugar é divino. — A sra. Kahn guardou os tacos de sinuca no suporte. — Eu topo.

— Talvez eu tope — respondeu Eric.

Naomi fez uma careta.

— Sorvete é gordura pura.

— Não *gostar* de coisas geladas, só das quentes — disse Klaudia, pousando os olhos em Eric de forma sensual. Ele a ignorou. Aparentemente, também entendera que Klaudia era lunática.

Noel olhou para Aria, desculpando-se, provavelmente pensando que ela queria dar o fora dali, mas Aria só deu de ombros. Ela não poderia sair com ele de qualquer forma. Precisava se encontrar com Emily na visita à casa dos Baker em uma hora e meia.

— Eu acho que um sorvete seria ótimo — respondeu ao sr. Kahn.

— Ótimo. — O sr. Kahn já tinha subido metade da escada. — Vou comprar.

— O tempo está tão feio, querido. — A sra. Kahn espiou pela porta do porão e viu a chuva bater contra os tijolos do pátio. — Não gosto da ideia de você dirigir até Yarmouth.

— Não me importo — disse o sr. Kahn por cima do ombro. — Por que vocês não me dizem o que vão querer?

Noel, Aria, Eric e a sra. Kahn subiram as escadas atrás do sr. Kahn e o esperaram apanhar o cardápio da sorveteria guardado em uma pasta de couro, em uma das gavetas no balcão. Escolheram os sabores, e o sr. Kahn tomou a decisão. Enquanto colocava sua capa de chuva, a sra. Kahn o pegou pelo braço.

— Quer que eu vá com você?

O sr. Kahn beijou de leve os lábios dela.

— Não tem por que nós dois ficarmos ensopados. Eu não demoro.

Ele fechou a porta da sala e ligou o motor do carro. A sra. Kahn e Eric desapareceram rumo à sala de estar, e Noel desculpou-se e foi ao banheiro, deixando Aria sozinha na cozinha escura. A casa enorme pareceu, repentinamente, muito quieta e sufocante. O único som audível era o da chuva batendo contra o telhado. Um trovão estalou, depois o cômodo voltou a ficar escuro. Aria gritou.

— Noel? — chamou, tateando as paredes.

Em algum lugar distante, alguém — talvez Naomi — riu. Outro trovão ecoou, sacudindo as panelas penduradas sobre o balcão da cozinha, e um raio iluminou o lugar. Por um instante, Aria teve certeza de ter visto um par de olhos encarando-a do lado de fora da janela. Ela gritou de novo.

Em seguida, as lâmpadas estalaram e a energia voltou. A geladeira zumbiu de forma tranquilizadora, as luminárias embutidas abençoavam a cozinha com seu brilho amarelado e apaziguador, e os olhos que Aria viu na janela desapareceram. Quando Aria baixou os olhos, viu que, em seu bolso, o celular piscava. Ela o apanhou e se assustou. *Nova mensagem de texto.*

Ela pressionou LER com medo do que a aguardava.

Era a foto de uma mulher loura aplicando batom vermelho-cereja, sentada no banco da frente de um carro. A mulher usava uma camisa oxford azul e um relógio de ouro, o mesmo que o sr. Kahn usara durante o jogo de sinuca. A não ser pelas sobrancelhas grossas e os lábios finos, ninguém saberia que era ele. O relógio no painel do carro dele marcava 7h35, três minutos atrás. A águia de ferro imponente em uma coluna no canto da fotografia era a mesma que ficava no portão dos Kahn. Ele colocara a peruca antes mesmo de sair da propriedade.

Aria correu para a janela, certa de que alguém estava espionando no fim da entrada para carros, mas não havia ninguém ali. Gotas de suor escorriam pela testa dela. *Não.*

– Aria? – chamou Noel do corredor. – Tudo bem com você?

Ela soltou a cortina e se virou. Noel vinha em sua direção. Atrapalhou-se para pressionar o botão APAGAR em seu celular, para evitar que Noel visse a fotografia, mas em vez de apagar pressionou a seta da direita, abrindo a mensagem que veio junto com a imagem. Quando Aria leu, seu coração deu um tranco.

Segredos são tão traiçoeiros... Termine o namoro com o menino gentil ou esta foto vai a público. – A

18

A CASA DOS SONHOS

– Bem-vindas à visitação! – cumprimentou uma corretora animada, cujo cabelo, escuro e armado, lembrava um capacete. Ela guiou Emily e Aria pela exposição do número 204 da alameda Ship. Ela enfiou um cartão na mão de cada uma das meninas.

– Meu nome é Sandra. Deem uma olhada no local!

Emily virou o cartão. *Deixe-me encontrar a casa de seus sonhos!*, estava escrito. Parecia que era o slogan de Sandra.

– Na verdade, estava me perguntando se... – começou Emily, mas Sandra já estava atendendo um casal que entrara depois delas.

Emily sacudiu o guarda-chuva, empurrou o capuz da capa e entrou no vestíbulo da casa pela qual estivera obcecada nos últimos sete meses. Estava vazia agora, e só uma coisinha ou outra lembrava os visitantes de que, não muito tempo atrás, a família Baker vivera ali. O ar cheirava a vela de hortelã e limpa-vidros Windex. As paredes estavam pintadas com um tom vibrante de azul e em um armário sem portas havia um exemplar ainda no plástico do *Philadelphia Sentinel*. Pequenos arranhões de patas de cachorro cobriam a madeira dourada do piso e havia um Olho de Deus pendurado sobre a porta.

Emily olhou para o friso de bronze que separava o vestíbulo do piso de madeira da sala de estar, com medo de ir adiante. Ela estava pronta de verdade para ver aquele lugar?

Aria se virou para Emily, como se estivesse sentindo a apreensão da amiga.

– Você está bem? – perguntou Aria.

– Hum-hum – respondeu Emily um pouco confusa. – Obrigada por me encontrar aqui.

– Sem problemas. – Uma expressão desconfortável tomou o rosto de Aria, mas, quando ela percebeu que Emily olhava para ela, rapidamente sorriu outra vez.

– E *você?* Está bem? – perguntou Emily.

O queixo de Aria tremeu.

– Não quero incomodar você com meus problemas. Você já tem o suficiente com que se preocupar.

Emily revirou os olhos.

– Qual é. O que foi?

Depois de hesitar por uma fração de segundo, Aria se aproximou da amiga, seus brincos de pena roçando o rosto de Emily.

– Bem, certo. Recebi uma mensagem de A há mais ou menos uma hora.

O queixo de Emily caiu.

– O que dizia?

Aria pressionou os lábios cobertos de gloss.

— Não importa. Era apenas uma coisa estúpida. Mas eu estava na casa de Noel e A tirou uma fotografia da entrada de carros da casa dele. A estava tão *perto de mim*, mas eu não o vi!

Um arrepio subiu pela espinha de Emily.

— Você se lembra da mensagem que recebi no meu carro quando estava na ponte coberta? Com uma foto minha e de Tabitha? A também estava por perto e não consegui vê-lo.

Aria abriu passagem para mais duas pessoas que tinham entrado na casa.

— Como continuamos deixando A escapar? E como ele sempre sabe onde estamos?

— Ali sempre sabia onde estávamos — disse Emily baixinho.

Aria encolheu os ombros.

— Em, A *não é* Ali. Não há como isso ser verdade.

Emily fechou os olhos. Estava cansada de ter sempre a mesma discussão. Mas não poderia explicar por que estava convencida de que Ali não estava morta; para isso teria de confessar ter deixado a porta aberta no incêndio na casa de Poconos.

Aria entrou na sala de estar. O carpete azul tinha marcas profundas onde antes ficava a mobília.

— Com certeza A é Gayle, Em. Você se lembra de como ela estava estranha naquele dia no café? Ela é do tipo que persegue os outros, com certeza.

— Mas isso não faz sentido. — Emily olhou por cima do ombro para ter certeza de que o casal de idosos que usava suéteres com estampa de losangos não estava escutando. — Gayle não tem nenhuma conexão com a Jamaica. Como ela poderia saber o que fizemos?

— Tem certeza de que não disse nada para ninguém? — perguntou Aria. — E o seu amigo Derrick? Ele trabalhava para Gayle, não é? Tem certeza de que não deixou escapar nada para ele sobre Tabitha?

Emily se virou e encarou Aria.

— Claro que não! Como você pode pensar isso?

Aria levantou as mãos, suplicante.

— Desculpa. Estou apenas tentando cobrir todas as possibilidades.

A voz de Sandra ecoou na outra sala enquanto ela falava com um comprador em potencial sobre as dimensões da propriedade e as melhorias na cozinha. Emily tentou disfarçar seu aborrecimento, sabendo que Aria não estava tentando acusá-la de nada. Saiu da sala e subiu as escadas para o segundo andar. A suíte principal era o primeiro quarto à direita.

O quarto tinha sido pintado com um tom de cinza e persianas de madeira cobriam as janelas. Emily conseguiu imaginar uma cama em uma das paredes, uma cômoda na outra. Mas não imaginou os Baker vivendo entre aquelas paredes. Eles dormiam até tarde ou acordavam cedo? Comiam biscoitos e batatas fritas na cama, deixando migalhas sobre os lençóis? Quantas lágrimas haviam derramado ali por não poderem ter um bebê?

Aquela foi uma das primeiras coisas que os Baker tinham contado a Emily quando ela os conhecera: estavam tentando engravidar havia quatro anos sem sucesso.

— Ambos trabalhamos com crianças o dia inteiro e amaríamos ter algumas nossas — dissera a sra. Baker, séria. — Sempre desejamos ser pais. — Os dedos do sr. Baker apertaram a mão da esposa com força.

Agora, Emily andava pelo quarto, ligando o interruptor, passando o dedo por uma pequena rachadura na parede e espiando o closet vazio. Só poderia imaginar o quanto tinham ficado felizes quando descobriram que ela os escolhera como pais adotivos para o bebê. Provavelmente, deitavam-se na cama à noite sonhando com a carinha do bebê, fantasiando sobre aulas de natação, férias e seu primeiro dia de escola. Depois, ela imaginou o quanto ficaram chocados quando souberam que Emily tinha mudado de ideia. Emily tinha pedido a Rebecca, a coordenadora da adoção, para contar a eles. Ficou com muito medo de contar ela mesma.

Rebecca ficou confusa.

– Então... Você *vai ficar* com o bebê?

– Ah... Bem, acabou de surgir outra opção – respondeu Emily de forma evasiva, não querendo admitir que havia encontrado outros pais adotivos *ou* que Gayle oferecera uma grande quantia em dinheiro a ela.

A coordenadora retornou o telefonema um pouco depois e contou a Emily que os Baker tinham recebido a decisão dela de forma muito amável.

– Eles querem que seu bebê tenha o melhor lar possível e, se você acha que ele terá em outro lugar, eles entendem isso – disse Rebecca. De algum modo, Emily ficou decepcionada. Preferia que eles tivessem ficado furiosos com ela, pois era o que merecia.

Emily pensou muito nos Baker depois que decidiu dar o bebê a Gayle, em especial depois que começou a receber telefonemas constantes dela. Toda vez que seu celular tocava, era Gayle, checando. A princípio, ela entendeu, racionalizando sobre a forma aflita que Gayle se expressava, sua risada maníаca, suas perguntas alarmantes. Ela estava apenas empolgada, não é? Tentou encontrar explicações para o fato de não haver ainda conhecido o marido de Gayle, o futuro pai. Gayle dissera que ele era muito ocupado, mas que apoiava cem por cento a adoção. Quando seu celular começou a tocar de hora em hora, Emily passou a deixar que as ligações caíssem na caixa de mensagens, e a sensação de desconforto crescia dentro dela. Alguma coisa estava muito errada com Gayle. Começou a procurar maneiras de desfazer o trato. Passou a temer o dia em que entregaria o bebê.

A situação-limite aconteceu duas semanas antes da data marcada para a cesariana. Derrick pedira a ela que fosse pegá-lo na casa de Gayle em um sábado depois do trabalho. O plano era que passeassem no Aquário Camden. Emily não dissera a Gayle que passaria por lá, estava muito cansada para ainda ter de aturá-la. Depois de estacionar o carro na imensa entrada de carros, ela andou até a porta de entrada e espiou pela janela.

Gayle estava sentada no vestíbulo, de costas para Emily, falando ao telefone.

– Sim, é verdade – estava dizendo ao interlocutor. – Vou ter um bebê. Eu sei, eu sei, *mal* ganhei peso, mas acho que sou uma dessas grávidas que simplesmente têm sorte.

Emily quase caíra para trás. A pessoa precisava ser muito, muito pirada para *fingir estar grávida* quando não estava de verdade, não é? Ela estava tentando fingir que o bebê de Emily era dela? Aquele pensamento deixou um gosto horrível em sua boca. Os Baker tinham dito a Emily que a criança saberia que era adotada. Eles até mesmo contariam a ela sobre Emily. Que outras mentiras Gayle contaria ao bebê?

Emily voltou correndo para o carro, ligou o motor e dirigiu para longe dali, chateada demais para deixar uma mensagem para Derrick. Tudo ficou tão claro naquele momento. Não havia força no mundo que a obrigasse a deixar que Gayle ficasse com seu bebê. O dinheiro não importava. A vida privilegiada que a criança poderia ter sob os cuidados de Gayle não importava. No dia seguinte, Emily telefonou para Gayle e lhe disse que o médico tinha remarcado a cesariana para dois dias depois do que fora inicialmente planejado. Então, telefonou para Aria, Hanna e Spencer, pedindo que a ajudassem.

– Emily? – Aria interrompeu as lembranças dolorosas de Emily. – Em, você tem que ver isso!

Ela seguiu o som da voz de Aria até um quarto menor, no fim do corredor.

– Olhe! – disse Aria, abrindo os braços.

Emily se virou para olhar. As paredes estavam pintadas com listras verdes e amarelas. Na parede oposta havia um mural com a imagem de um trem transportando os animaizinhos de um circo. Dos vagões, um leão, um tigre, um elefante e um macaco espiavam Emily. Acima do trem, um adesivo dizia *Violet,* e a letra *O* era uma carinha sorridente. Sobre a letra *T*, brotava uma florzinha.

– Era o quarto dela – sussurrou Aria.

Lágrimas encheram os olhos de Emily. Lembrou-se dos Baker contando a ela que tinham feito um quarto para o bebê com cores que não indicassem gênero, deixando um espaço na parede para o nome de um menino ou de uma menina. Não tinham, porém, contado a ela sobre suas escolhas de nomes, explicando que precisariam ver o rosto do bebê antes de decidirem. O nome Violet, pensou ela, era perfeito.

– É tão bonito – murmurou Emily, indo até o banco junto à janela e sentando-se em uma almofada. Ainda existiam marcas onde o berço e o trocador costumavam ficar. Será que quando os Baker encontraram o bebê em sua varanda, eles o levaram para dormir naquele quartinho? Não, decidiu Emily. Não na primeira noite. Provavelmente seguraram a bebezinha no colo até o sol nascer, maravilhados por ela lhes pertencer. Também estavam com medo. Com certeza, fizeram planos de mudança naquela madrugada. Eles sabiam que precisavam evitar perguntas embaraçosas e evitar que o bebê lhes fosse tomado.

De repente, Emily teve certeza de uma coisa. Os Baker tinham feito tudo que podiam pelo bebê. Mudaram completamente suas vidas apenas para ficar com ela. A felicidade dela era mais importante do que o lar deles, sua comunidade. Valia mais do que qualquer quantia em dinheiro. Ela fizera a escolha certa dando sua filha – *Violet* – a eles.

– Ei... – chamou Aria com gentileza, percebendo que Emily chorava. Ela passou os braços em torno de Emily e a abraçou forte.

Emily retribuiu e elas ficaram assim por vários minutos. Sentia-se feliz e triste ao mesmo tempo. Era maravilhoso saber que seu bebê tinha um lar tão amoroso, mas detestava não saber para onde os Baker tinham ido.

Desvencilhou-se do abraço de Aria e começou a descer a escada, procurando pela corretora, de repente se sentindo cheia de propósito. Sandra estava na cozinha, arrumando a papelada de sua pasta.

– Com licença – falou Emily. Sandra se virou, um sorriso artificial fixo no rosto. – A família que morava aqui antes. Você sabe o que aconteceu a eles?

— Se me lembro, partiram no início de setembro, acredito eu. — Sandra pegou uma pasta com informações sobre a casa. — Os nomes deles eram Charles e Lizzie Baker.

— Você tem algum endereço de correspondência? — perguntou Emily.

Sandra balançou a cabeça negativamente.

— Foi você que me mandou um e-mail perguntando a respeito deles?

— Um e-mail? — Emily ergueu uma sobrancelha — Não...

Sandra pegou o BlackBerry e procurou alguma coisa.

— Que estranho. Recebi um e-mail me perguntando a mesma coisa. Outra pessoa também queria saber para onde os Baker foram.

Aria, que tinha acabado de entrar na cozinha, pigarreou.

— Será que você se lembra do nome de quem mandou o e-mail?

Sandra conferiu seu BlackBerry.

— Juro que estava aqui, mas talvez eu tenha apagado sem querer. Era uma mulher, com certeza. Será que começava com G?

— Gayle Riggs? — arriscou Aria.

O rosto de Sandra se iluminou.

— Ah, sim, acho que é esse mesmo! Vocês a conhecem?

Emily e Aria trocaram um olhar assustado. Emily nunca dissera a Gayle o nome da família selecionada para receber o bebê. A agência de adoção jamais liberaria aquela informação. E se ela tivesse descoberto de alguma forma? E se A tivesse lhe contado? E se — o coração de Emily disparou — Gayle estivesse procurando pistas do paradeiro do bebê?

De repente, um *ping* ressoou de dentro da bolsa de Aria. Ela a abriu e pegou o celular, conferindo a tela.

– Recado de Hanna, Em, ela disse que está tentando entrar em contato com você.

Emily apanhou o celular no bolso e olhou desolada para a tela apagada.

– Estou sem bateria.

Aria ainda olhava para a tela do celular. Ela pressionou um botão e quase engasgou.

– Em, você precisa ler isto. – Ela o passou para Emily.

Diga a Em que é urgente, dizia a mensagem de Hanna. *Acho que Gayle está atrás do bebê dela. Ligue para mim, imediatamente.*

– Oh, meu Deus – sussurrou Emily.

Outro *ping* ressoou avisando que uma nova mensagem havia chegado ao celular de Aria. O remetente era uma confusão de letras e números. Aria levou a mão à boca. O coração de Emily disparou quando ela começou a ler.

> Eu diria que Emily não é a única que está à procura daquela fofura. Quem será que a encontrará? – A

19

MEU NOME É MARIN, HANNA MARIN

O problema com roupas de camuflagem, Hanna deu-se conta, é que elas são horrendas. Mesmo Louis Vuitton deveria fazê-las de uma forma que realmente combinassem com a pele de quem as usa. Afinal de contas, não era como se ela estivesse se escondendo no bosque. Hanna estava só se esgueirando pelo shopping King James.

Era tarde de sábado e ela acabara de colocar sua primeira e última roupa camuflada para iniciar a operação Descubra Se Colleen Está Escondendo Alguma Coisa. Ela havia comprado a roupa em uma loja das Forças Armadas de Rosewood, uma loja apavorante, lotada de máscaras de gás, porta-granadas, coturnos horrendos e outros equipamentos que ela não queria ver nunca mais, exceto pela CNN. Ela também comprou uma teleobjetiva arranhada (provavelmente resquício de alguma guerra assustadora), óculos de visão noturna e um capacete, para o caso de precisar escapar rolando pelo chão ou pular de um carro em movimento. Talvez tivesse sido exagero comprar todo aquele equipamento de espionagem para seguir uma garota que com certeza ficaria lisonjeada se soubesse que Hanna tinha tamanho interesse nela, mas Hanna pensou que isso a ajudaria a entrar no clima.

Agora, ela estava escondida atrás de uma imensa planta artificial no meio do corredor, espiando Mike e Colleen pelo binóculo, enquanto eles davam uma volta na Victoria's Secret. Hanna ficou apreensiva por um momento. Era muito esquisito ela estar fazendo aquilo? Estava se tornando uma espécie de A. Mas, sei lá, talvez Gayle estivesse certa, talvez Colleen tivesse um segredo que não queria contar a ninguém. Todos tinham.

Hanna checou o relógio. Daria mais meia hora, decidiu, e depois ligaria para Emily de novo. Quanto à história com Colleen, não era como se ela e Gayle estivessem na mesma equipe ou qualquer coisa assim. A apenas tivera uma boa ideia ao menos uma vez. Tudo que precisava fazer era descobrir algum fato constrangedor que Colleen escondesse e usá-lo para separá-la de Mike de uma vez por todas e chutá-la de volta para a ala dos idiotas, à qual ela pertencia.

Havia um único problema. Até onde sabia, Colleen parecia um livro aberto. Hanna tinha vasculhado o carro da garota no estacionamento, mas ela o mantinha limpinho, nada de surpreendente viria dali. Seguiu o casal até a Otter, a loja mais bacana do shopping, e observou quando sua vendedora favorita exibiu um jeans novo da James para Colleen, uma peça que acabara de chegar e que *Hanna* deveria ser a primeira a ver. *Traidora*.

Colleen estava falando com a vendedora da Victoria's Secret, explicando o que procurava em uma lingerie nova.

— Qual é seu tamanho? – perguntou a vendedora. Hanna aprendera leitura labial quando ainda estava no quinto ano, para poder decifrar as brigas horríveis entre seus pais através das portas de vidro do quintal. Colleen respondeu, e o queixo de Hanna caiu. Os seios de Colleen eram ainda maiores do que ela pensara.

Enquanto a vendedora procurava alguns modelos dos quais Colleen poderia gostar, Mike admirava os sutiãs de cetim até que levou um deles, gigantesco e cor-de-rosa, até o peito e começou a fazer poses exageradas. Hanna riu sozinha. Ele costumava fazer isso o tempo todo quando eles iam juntos fazer compras e nunca deixou de diverti-la. Mas, quando Colleen o viu, uma careta de desaprovação se formou em seu rosto. Mike baixou o olhar e colocou o sutiã de volta no lugar, parecendo um cãozinho que tinha acabado de levar uma bronca.

O celular de Hanna tocou alto e ela o procurou desesperadamente em seu bolso para silenciá-lo. A foto de Aria apareceu na tela.

— Você conseguiu falar com Emily? – sussurrou Hanna.

— Estou com Emily e Spencer também. – A voz de Aria ecoou pelo alto-falante. – Estamos apavoradas de verdade. Recebi uma mensagem hoje. A está mesmo atrás do bebê de Emily.

Hanna se escondeu ainda mais atrás da planta.

— Precisamos provar que Gayle é A. Mas como faremos isso sem alertar a polícia?

— Gayle é uma psicopata – afirmou Aria. – Igual a Kelsey. Os policiais não acreditariam em nada do que ela dissesse.

— Sim, mas ela tem um monte de *dinheiro* – lembrou Hanna. – E ela é adulta. Isso tem algum peso, não tem?

— Meninas, não estou tão certa de que Gayle possa ser A. — A voz de Spencer soou distante. — Recebi uma mensagem na noite passada e eu estava em Princeton. Como Gayle poderia estar em dois lugares ao mesmo tempo?

Hanna viu vários jovens de Rosewood Day passarem.

— Talvez ela *estivesse lá*! Na corrida, hoje de manhã, Gayle se desculpou por ter chegado tarde, dizendo que acabara de chegar de Princeton. O marido dela financiou um laboratório de pesquisa sobre o câncer.

Spencer soltou um som gutural.

— Você acha que ela me seguiu até a festa? Será que eu não teria visto alguém como ela em uma multidão de garotos?

— Ela poderia estar escondida atrás dos arbustos do lado de fora — disse Hanna.

— Isso ainda não prova que Gayle é A — protestou Emily. — De qualquer jeito, ela está atrás do meu bebê, e é isso que importa. Temos que pensar numa forma de descobrir para onde os Baker se mudaram. Precisamos avisá-los.

— A corretora não tem nenhuma informação sobre o paradeiro deles — completou Aria, parecendo desolada. — Eles podem estar em qualquer lugar.

— Na verdade, talvez eu seja capaz de encontrá-los. — Hanna colocou o aparelho na outra orelha. — A campanha do meu pai tem os registros dos eleitores da Pensilvânia. Se eles permaneceram no estado, provavelmente terei meios de encontrar seu endereço novo.

— Mesmo? — Emily pareceu esperançosa. — Quanto tempo você demora para descobrir isso?

— Vou procurar assim que chegar em casa — prometeu Hanna —, mas talvez leve alguns dias.

— Ainda acho que Gayle é A — disse Aria. — Mas como podemos provar isso?

Houve uma pausa.

— Bem, A está seguindo todas nós, certo? — disse Spencer depois de um momento. — Talvez uma de nós possa tentar pegá-la no flagra.

— Ou alguma de nós possa tentar roubar o celular dela — sugeriu Hanna.

— Isso seria ótimo, mas teríamos de saber a agenda dela e aparecer em algum lugar onde ela estará. — A voz de Aria soou desencorajada.

— Eu sei onde ela vai estar. — Hanna sorriu. — No baile de campanha do meu pai, amanhã. Talvez a gente possa pensar em um meio de roubar o celular e verificar suas mensagens de texto depois. Vocês todas estarão lá, não é?

Emily gemeu.

— Nunca mais quero ver Gayle.

— Nós a manteremos a salvo — garantiu Hanna. — Mas, se ela vier para cima de você, poderemos roubar o celular enquanto ela estiver distraída. E, assim, provaremos que ela é A.

— Mas ela pode *não* ser *A* — resmungou Emily.

— Em, tente ver a coisa dessa maneira — disse Aria com gentileza —, mesmo que ela não seja A, talvez haja alguma coisa no celular dela sobre a procura dela pelo bebê. Talvez A tenha lhe dado alguma dica ou algo assim. Você quer saber o que ela está tramando, não quer?

Emily concordou, e as meninas prometeram ficar atentas a qualquer pessoa que pudesse segui-las e entrar em contato assim que recebessem outra mensagem de A. Depois de desligar, Hanna espiou por entre duas folhas da planta e olhou para a Victoria's Secret. Mike e Colleen não estavam mais lá. *Droga*.

Foi então que ela os viu andando de mãos dadas rumo à saída. Saindo rapidamente do esconderijo, para o espanto das pessoas que passavam por ali, Hanna os seguiu até o estacionamento coberto. Eles pararam do lado do carro de Colleen e conversaram. Hanna se escondeu atrás de um Fusca para escutar a conversa.

– Sério que eu não posso ir com você? – perguntou Mike.

– Sério. Vai ser melhor se eu for sozinha – respondeu Colleen com a mão na porta do motorista.

– Qual é! – Mike ajeitou a franja dela, que caía nos olhos. – Aposto que será bem sexy.

Colleen beijou a ponta do nariz dele.

– Contarei tudo quando voltar, certo?

Ela se sentou no lugar do motorista e deu a partida. Mike acenou até ela virar a curva. Hanna correu para o carro, que estava estacionado apenas algumas vagas adiante. Precisava andar logo se quisesse seguir Colleen até seu compromisso secreto.

Ela a seguiu pela estreita passagem de carros para fora do shopping e depois até a rodovia 30 para em seguida dirigir por uma série de vias secundárias. As lojas ficaram para trás e antigas casas vitorianas foram aparecendo, além dos edifícios de tijolos e pedras da Universidade de Hollis. Uma rua estava bloqueada devido a um acidente entre um Jeep e um Cadillac antigo. Hanna desviou os olhos, assaltada pelas lembranças do acidente de carro que sofrera no verão anterior. Não que ela tivesse ficado por perto para ver as luzes da ambulância.

Colleen embicou em uma rua transversal e estacionou com destreza junto ao meio-fio. Hanna virou o carro em um beco, estacionou de qualquer jeito e escondeu-se atrás de um arbusto a tempo de vê-la subir as escadas de uma casa grande e antiga que ficava na esquina. Colleen tocou a campainha e deu um passo para trás, ajeitando o cabelo.

A porta se abriu e um homem grisalho e enrugado saiu.

— Que bom ver você — disse ele, dando um beijinho de longe em Colleen.

— Obrigada por me receber tão em cima da hora — agradeceu Colleen.

— De nada, querida. — O homem segurou o rosto dela entre as mãos. — Você tem uma estrutura óssea tão boa. É perfeita para isso.

Ela riu constrangida.

— Fico feliz por você achar isso.

Perfeita para quê? Hanna afastou o cabelo que caía em seus olhos. Colleen estava traindo Mike com aquele velho?

Quando a porta bateu, Hanna se esgueirou até a varanda e leu a placa que estava perto da campainha. JEFFREY LABRECQUE, dizia, FOTÓGRAFO.

Hanna deu uma risada abafada. Então Colleen tiraria fotos profissionais. Ela sabia *muito bem* o que iria acontecer se esse tal de Jeffrey fosse parecido com Patrick, o fotógrafo nojento que tentara vender suas fotos. Ele bajularia Colleen e depois a convenceria a tirar a blusa. O ciúme que Mike sentira de Patrick e a reação de Hanna fora o motivo da separação deles. Talvez também pudesse ser o que destruiria a relação de Mike e Colleen.

Hanna espiou pela janela, vendo o fotógrafo ajeitar vários holofotes ao redor de uma tela escura. Ele acenou para que Colleen se sentasse em um banquinho, depois foi para trás da câmera. Disparou vários flashes enquanto ela cruzava e descruzava as pernas, fazendo expressões que iam de empolgação à tristeza. Depois de alguns minutos, Jeffrey Labrecque foi até ela e disse alguma coisa que Hanna não conseguiu ouvir. Em seguida, ele se afastou e Colleen tirou o suéter. Hanna se inclinou. Aquele seria o momento em que ela provavelmente posaria com o sutiã preto rendado.

Mas, quando Jeffrey se afastou, Colleen usava uma camiseta. Ela sorriu para a câmera, parecendo tão doce, tão meiga. Em mais alguns minutos, a sessão estava terminada e ela se levantou do banquinho, entregou um cheque ao fotógrafo e o cumprimentou.

– Inacreditável – murmurou Hanna. Tudo tinha sido tão ridiculamente inocente que talvez Colleen aparecesse nas fotos com auréola de santa.

Colleen foi para a porta de entrada e Hanna saiu da varanda antes que fosse pega. Quando virou a esquina, quase bateu em um sedã preto que virava o quarteirão. As janelas eram escuras, mas ela conseguiu ver um par de olhos espiando pela janela de trás, um pouco aberta. Antes que pudesse ver quem era, o carro acelerou. Hanna se virou e o viu se afastar, mas estava muito longe para que pudesse anotar a placa.

Beep.

O celular de Hanna piscou no fundo de sua bolsa. As palavras de uma nova mensagem de texto a atingiram assim que ela espiou a tela.

Você está quase lá, Hanna. Não pare de procurar. – A

20

A ERVA DE OURO

Na mesma tarde, Spencer, queimada com seus futuros melhores amigos da universidade depois da festa na noite anterior, deixou o lamentável Hotel 6, uma espelunca nos arredores do *campus* da Universidade de Princeton onde estava hospedada, e rumou para a estação de trem. A chuva diminuíra e o sol agora brilhava, fazendo as calçadas molhadas refletirem a luz e o ar cheirar a flores frescas. As pessoas fecharam seus guarda-chuvas e abaixaram os capuzes de suas capas. Um casal de jogadores de *Ultimate Frisbee* deixou o dormitório para retomar o jogo. Em qualquer outro dia, Spencer teria aproveitado a oportunidade de sentar-se em um dos bancos, apenas para observar a maravilha que era aquela universidade. Mas hoje ela se sentia exausta.

Um instante depois de Harper ter sido levada da festa pela polícia, Spencer mandara uma mensagem de texto para ela pedindo muitas desculpas, mas Harper não respondera. Aliás, Spencer também não obtivera resposta de Quinn,

Jessie ou qualquer outra pessoa cujos telefones anotara antes da grande apreensão de drogas. Spencer sabia que ficar na Casa Ivy – ou em qualquer outro lugar do *campus* – não era uma opção, então pesquisou no Google alguns hotéis mais próximos e foi parar em um quarto do Hotel 6 quando já era quase meia-noite. Tudo o que desejava naquele momento era dormir e esquecer o que acontecera. Mas ficou acordada quase a noite inteira devido à batida techno que vinha da livraria para adultos próxima ao hotel. Seu cabelo estava oleoso por culpa do xampu do hotel, sua pele irritara-se após uma noite nos lençóis baratos de algodão e sua cabeça estava um turbilhão porque suas chances de ser aceita na Ivy tinham sido arruinadas.

Spencer estava pronta para ir para casa.

Um grupo com roupas de executivos passou por ela e todas aquelas pessoas pareciam responsáveis e importantes. Hanna tinha dito que Gayle estivera no *campus* de Princeton para ver o discurso do marido. Era óbvio que ela espionara Spencer na noite anterior e depois ligara para a polícia a fim de denunciar Harper. Spencer podia entender que a mulher estivesse fula da vida por Emily não ter lhe dado o seu bebê, mas que tipo de insanidade iria tão longe a ponto de arruinar a vida de garotas com metade da idade dela?

De repente, Spencer percebeu uma mulher loura sentada em um banco e estacou. Bem ali, lendo um romance de D. H. Lawrence e segurando um enorme copo de café da Starbucks, estava Harper.

– Oh – deixou escapar Spencer. – O-oi!

Harper ergueu os olhos e seu rosto fechou em desprezo. Baixou os olhos para o livro sem uma palavra sequer.

– Harper, estive tentando falar com você, deixei um monte de recados – Spencer avançou até o banco e colocou a mochila no chão a seus pés. – Como você está?

Harper virou uma página.

– Se você pretendia me causar problemas, não tem sorte. Os policiais não encontraram maconha comigo. Fui liberada apenas com uma advertência.

– *Eu* não queria causar problemas para você, de jeito nenhum! – espantou-se Spencer. – Por que eu iria querer uma coisa dessas?

– Você era a única pessoa na festa que eu não conhecia muito, muito bem, e pareceu bem constrangida por eu estar fumando. – Harper ainda não olhava para Spencer.

Um bando de pombos pousou perto das meninas, lutando por um pedaço de pizza. Spencer desejou poder contar a Harper sobre A, mas A causaria ainda mais confusão se ela abrisse a boca.

– Olha, eu guardo alguns segredos e, por isso, estava morrendo de medo de ser pega outra vez – sussurrou Spencer. – Mas eu nunca entregaria você para a polícia.

Harper finalmente encarou Spencer.

– O que aconteceu?

Spencer deu de ombros.

– Uma amiga e eu estávamos usando Easy A no ano passado, para enfrentar o curso de verão. E fomos pegas.

Harper arregalou os olhos.

– Você teve problemas?

– Fui liberada com uma advertência. – Spencer olhou para sua mochila. Não havia motivo para contar toda a história de Kelsey agora. – Aquilo me deixou apavorada. Mas posso jurar que não a entreguei. Por favor, Harper, você não pode me dar outra chance?

Harper colocou um marcador de borla entre as páginas para marcar onde parou a leitura e fechou o livro com um gesto decidido. Olhou para Spencer por um bom tempo, como se estivesse tentando decidir-se.

— Olha só, Spencer, eu *quero mesmo* gostar de você — disse ela. — Se quiser consertar as coisas comigo, vamos fazer um almoço na Ivy amanhã. E quero que você vá. Mas tem um porém: você vai ter de trazer um prato.

Spencer estava confusa.

— Eu preciso cozinhar alguma coisa? Onde vou encontrar uma cozinha?

— Isso é com você. — Harper guardou seu livro na bolsa e se levantou. — Todos levarão um prato. É uma festa compartilhada.

— Certo — disse Spencer. — Vou pensar em algo.

Harper deu um sorrisinho e piscou.

— Eu a vejo na Casa Ivy amanhã ao meio-dia em ponto. Tchau!

Harper se afastou rebolando, com a bolsa batendo contra seu traseiro. Spencer se aprumou, confusa. Uma festa compartilhada? Sério? Era o tipo da coisa que sua avó paterna faria para receber as amigas da Liga Feminina que ela presidira uma vez. Até mesmo as palavras *festa compartilhada* soavam estranhamente anos 1950, trazendo à tona imagens de saladas de macarrão coloridas e gelatinas com formatos de bichinhos.

Spencer repassou o convite. *Festa compartilhada*. Harper tinha piscado para ela, como se aquilo tivesse um duplo sentido. Spencer riu alto, decifrando o quebra-cabeça. Era *mesmo* uma festa compartilhada. Harper queria que ela preparasse um prato que levasse maconha. Era a chance de Spencer provar que não andava por aí bancando o delegado de entorpecentes.

Sinos soaram anunciando a hora e os pombos levantaram voo da calçada todos de uma vez. Spencer se acomodou no banco, pensando. Mesmo que odiasse a ideia de comprar drogas outra vez, estava desesperada para cair novamente nas graças de Harper e ser aceita como membro da Ivy. O problema era imaginar como conseguiria comprar algum fumo. Não conhecia ninguém além das pessoas da festa e elas provavelmente não iriam ajudá-la.

Spencer se aprumou, sua mente iluminada por um raio de genialidade. *Bagana.* Ele morava por ali, não morava? Vasculhou sua bolsa em busca do pedaço de papel que ele lhe entregara no jantar de Princeton. Felizmente estava escondido em um bolso. *Tem sido uma longa e estranha viagem,* dizia o bilhete.

Nem me fale, pensou Spencer. Segurou a respiração como se estivesse entrando em um quarto malcheiroso e digitou o número dele, torcendo para não estar cometendo um erro abissal.

— Sabia que você acabaria me ligando! — disse Bagana assim que abriu a porta da imensa casa colonial que ficava em um bairro a apenas alguns quilômetros de distância do *campus* de Princeton. Ele estava usando uma camiseta bem larga com o rosto de Bob Marley, jeans folgado com desenho de folha de maconha no joelho e os mesmos tênis de fibra de cânhamo que ele tinha usado no jantar no Striped Bass. Seu cabelo estava escondido sob um daqueles gorros jamaicanos coloridos e estranhos que todo drogado que Spencer já conhecera adorava usar, mas pelo menos ele tinha raspado o cavanhaque. Parecia um milhão de vezes melhor sem ele, não que ela o achasse bonitinho ou qualquer coisa assim.

— Agradeço por você ter tempo para me receber — disse Spencer, educada, ajeitando seu suéter.

— *Mi casa es su casa.* — Bagana praticamente salivava ao guiá-la pelo interior da casa.

Os saltos dos sapatos de Spencer ecoavam no vestíbulo. A sala de estar era comprida e estreita, com carpete bege, sofás e poltronas de couro. Os volumes de uma antiga enciclopédia dos anos 1980 alinhavam-se na estante de livros, e uma harpa dourada repousava em um canto. A cozinha ficava perto da sala de estar. Era recoberta por um papel de parede com padrão psicodélico de redemoinhos e, sobre o balcão, um pote de biscoitos em formato de coruja olhava para Spencer com ar desconfiado. Spencer se perguntou se era para ali que Bagana ia quando ficava doidão.

Ela cheirou o ar. Por mais incrível que pudesse parecer, a casa de Bagana não cheirava a maconha, mas a velas de canela e enxaguante bucal de menta. Talvez Bagana não fumasse em casa. E se ele fosse um daqueles caras que *posavam* de modernos, mas na verdade tinham um baita medo de usar qualquer droga? Bem, então, ela estaria perdida.

— E aí, gata, o que posso fazer por você? — perguntou ele.

Spencer colocou as mãos na cintura, sentindo-se insegura de repente. Ela comprara drogas no verão passado, mas a operação envolvia códigos e dinheiro trocando de mãos em um beco escuro. Ela duvidava que comprar maconha fosse a mesma coisa. Decidiu ser franca e ir direto ao ponto:

– Vim aqui para saber se posso comprar maconha de você.

Os olhos de Bagana brilharam.

– Sabia! Eu sabia que você fumava unzinho! Claro que você pode ficar com algum fumo! Podemos até fumar juntos se você quiser!

Bem, aquilo respondia bem a pergunta dela.

– Obrigada – agradeceu Spencer, respirando aliviada. – Mas não é para mim. É para a festa compartilhada do pessoal do Ivy Eating Club. Para resumir, eles querem que todo mundo leve um prato que contenha maconha. Então preciso de um pouco de erva... E de uma receita. Isso é realmente importante.

Bagana ergueu uma sobrancelha.

– Isso tem alguma coisa a ver com você ter arranjado problema para aquela menina na festa de ontem à noite?

Spencer sentiu cada músculo de seu corpo ficar tenso.

– Eu não arranjei problemas para ninguém! Mas é por isso, sim. Harper é muito influente na Ivy, e eu quero me certificar de que serei aceita.

Bagana brincou com uma corda da harpa.

– A Ivy dá festas recheadas de maconha? Não sabia que a galera de lá era tão legal.

O que você sabe? Spencer pensou irritada.

– Bem, você tem maconha para me vender ou não?

– Claro. Por aqui.

Ela o seguiu pelas escadas que levavam para o segundo andar. Passaram por um banheiro pequeno todo decorado em tema náutico e um quarto de hóspedes com vários equipamentos de ginástica até que, enfim, entraram no quarto de Bagana. Era grande e iluminado, tinha uma cama tamanho queen, estantes de laca branca e uma poltrona Eames branca com uma otomana combinando. Spencer esperava que Bagana tivesse um quarto fedorento, com pôsteres estranhos de ilusão de ótica nas paredes, mas aquele parecia um quarto saído de um hotel luxuoso em Nova York. Eram grandes as chances do lugar não ter sido decorado por ele.

— Então, você está batalhando para ser aceita no Ivy Eating Club, não é? — Bagana foi até o armário do outro lado do quarto.

Spencer suspirou entediada.

— *Claro*. Não é isso que todo mundo quer?

Bagana deu de ombros.

— Nah. Pra mim, é um negócio meio conservador.

— Uma organização que apoia uma festa com drogas é *conservadora*?

— É que não gosto tanto assim de organizações. — Ele destacou a palavra *organizações* fazendo aspas no ar. — Não gosto de ser rotulado, sabe? É um lance opressor, gata.

Spencer riu.

— Não é o sujo falando do mal lavado?

Bagana olhou para ela sem entender nada, encostando-se na escrivaninha.

Não me leve a mal, mas *você* não está colocando a si mesmo num rótulo? — Spencer apontou o corpo de Bagana de cima a baixo. — Quer dizer, qual é a desse visual rastafári?

Bagana deu um sorriso torto.

— Como você sabe que não sou mais do que isso? Não deveria julgar um livro pela capa — dito isso, Bagana enfiou o rosto dentro de seu armário. — Por que você se importa tanto em ser aceita na Ivy, afinal? Você não parece o tipo de garota que tem problemas em fazer amigos.

Spencer ficou irritada.

– Hã... será que é porque fazer parte de um Eating Club é uma grande honra?

– É? Quem disse?

Spencer fez uma careta. Em que planeta aquele cara vivia?

– Escuta, eu posso ver logo a maconha?

– Claro. – Bagana abriu as portas de seu armário e abriu espaço para Spencer. Dentro, havia uma cômoda de plástico com pelo menos trinta gavetas. Cada uma delas estava marcada com nomes do tipo *Northern Lights* e *Power Skunk*. Lá dentro, Spencer pôde ver folhinhas verde-acinzentadas que pareciam um cruzamento entre musgo e dreadlock.

– Meu Deus... – sussurrou Spencer. Ela pensara que Bagana guardava a droga dele em uma meia suja debaixo da cama ou enrolada em alguns jornais com diretrizes socialistas. A cômoda estava mais do que limpa, imaculada, e tinha a mesma quantidade de erva em cada gaveta, como se tivesse sido pesada de forma obsessiva. Do lado esquerdo do armário, viu variedades de erva como *Americano*, *Buddha's Sister* e *Caramella*. Do lado direito, logo acima, viu uma variedade chamada *Yumboldt*. Spencer supôs que não tinha nenhuma variedade cujo nome começasse com a letra *Z*. Spencer deu um sorriso secreto. Se fosse viciada em drogas, teria organizado suas coisas daquele mesmo jeito.

– Tudo isso é seu?

– Aham. – Bagana parecia orgulhoso de si mesmo. – Cultivei essa erva seguindo técnicas de hibridização e recombinação genética. São todas orgânicas.

— Você é traficante? — Spencer ficou bem nervosa de repente. Era perigoso estar ali?

Bagana balançou a cabeça.

— Não, é mais como uma coleção. Não vendo, a não ser para gatinhas como você.

Spencer baixou os olhos. O que Bagana via nela, afinal? Garotas que frequentavam o festival de música *Lilith Fair*, com *piercing* na sobrancelha e acessórios com tachas faziam mais o tipo dele.

— Então, que tipo é adequado para culinária? — perguntou Spencer, mudando de assunto.

Bagana abriu uma gaveta e escolheu um montinho de erva esverdeada.

— Esta é muito suave, bastante perfumada. Cheire.

Spencer deu um passo para trás.

— Ei, isso não é uma degustação de vinho.

Bagana olhou para ela de forma condescendente.

— Em algumas culturas, saber distinguir entre diferentes tipos de erva é considerado mais refinado do que ter um bom paladar para vinhos.

— Bem, você é o especialista aqui. — Spencer levou a maconha até seu nariz e cheirou. — Urgh. — Ela afastou a cabeça, assustada pelo odor familiar. — Cheira como traseiro.

— Novata. — Bagana riu. — Continue sentindo. Há mais aí do que parece. É como um segredo que você tem que descobrir.

Spencer olhou para ele desconfiada, mas então deu de ombros e cheirou outra vez. Depois do cheiro inicial fedorento e repugnante da maconha, começou a perceber outro aroma lá no fundo. Alguma coisa... bem, perfumada. Ergueu os olhos, surpresa.

— Cascas de laranja?

— Exatamente! — Bagana sorriu. — Criei um híbrido de duas variedades diferentes que possuem uma essência bem frutada. E fiz tudo sozinho. — Ele se virou e pegou outra porção de erva seca, agitando-a sob as narinas de Spencer. — E esta?

Spencer fechou os olhos e respirou fundo.

— Chocolate? — perguntou ela depois de um momento.

Bagana concordou.

— Ela se chama Chocolate Granulado. Ei, você é boa!

— Ah, se existisse a carreira de *sommelier* de maconha... — brincou Spencer. Mas, lá no fundo, não pôde evitar um contentamento. Ela gostava quando alguém dizia que ela era boa em alguma coisa.

Spencer ousou sorrir para Bagana, que sorriu de volta. Por um momento, ele pareceu bonito de verdade. Seus olhos tinham uma cor dourada arrebatadora. Se ele se livrasse daquelas roupas ridículas, ficaria uma graça.

Subitamente, ela assumiu uma expressão séria, alarmada pelos seus pensamentos. Aquela maconha toda estava afetando seu juízo.

— E você acha que ela cairia bem em uma receita de brownie? — perguntou ela.

Bagana pigarreou e se afastou também.

— Sim. Tenho uma receita sensacional para você. — Ele puxou um fichário de uma estante de livros organizada, tirou de lá um cartão e entregou a ela. Estava escrito *Brownies Delícia Surpresa* no topo do cartão.

Spencer colocou o cartão no bolso.

— Ótimo, obrigada. E quanto fica isso tudo?

Bagana fez um gesto vago com a mão.

– Nada. Como eu disse, não sou traficante.

– Mas eu preciso recompensar você de *alguma forma!*

Bagana pensou por um momento.

– Você pode me responder uma coisa. Por que quer ser aceita na Ivy?

Spencer ficou irritada.

– Por que você se importa com isso?

Bagana deu de ombros.

– É que eu não entendo esse negócio de clubes exclusivos. Parece que a maioria das pessoas entra neles para sentir que têm alguma espécie de valor... Você precisa mesmo de um clube estúpido para dizer que você é uma pessoa especial?

Spencer sentiu o rosto pegando fogo.

– Claro que não! E, se você perguntar a qualquer um que seja membro, tenho certeza de que nenhum *deles* dirá que esse é o motivo para participarem.

Bagana bufou.

– Fala sério. Eu prestei atenção à conversa daquelas garotas do Ivy na festa. São umas filhinhas de papai. Tenho certeza de que elas só entram em um clube desses para impressionar os pais, para serem melhores do que seus irmãos ou porque isso lhes dá a ilusão de terem amigos. É tudo tão... *seguro*.

Spencer hesitou por um instante.

– Olha aqui, não é nada disso! *Não é* o que elas pensam e definitivamente não é o que eu penso.

– Certo. – Bagana cruzou os braços sobre o peito. – Então me diz o que *você* pensa.

Spencer abriu a boca, mas as palavras não saíram. Profundamente irritada, percebeu que não conseguia pensar em uma única razão para entrar para um Eating Club que Bagana conseguisse entender. O que era pior, talvez ele estivesse certo, talvez ela *quisesse* uma aprovação instantânea. Talvez quisesse impressionar seus pais, o sr. Pennythistle, Amelia, Melissa e todo mundo do colégio Rosewood Day que não acreditava nela. Mas Bagana fez aquilo soar como se querer isso fosse superficial e sem propósito. Ele acabara de descrevê-la como uma garotinha ansiosa e infeliz que só desejava a mamãe e o papai felizes sem pensar por si mesma.

– De onde você saiu? – explodiu, encarando Bagana. – O que faz de você tão sábio, tão superior? Qual é o problema de Princeton? Eles só admitem algumas poucas pessoas e rejeitam outras tantas. E *você* não parece ter nenhum tipo de problema em fazer parte *disso*!

– Quem disse que não tenho problema com isso? – perguntou Bagana baixinho. – Olha, você não deveria...

– Julgar um livro pela capa, sei, sei, essa parte eu entendi – completou Spencer com raiva. – Talvez você devesse escutar seu próprio conselho. – Ela pegou a carteira e tirou de lá duas notas de vinte para pagar Bagana pela maconha. Ele olhou para elas como se estivessem cobertas de esporos de antraz. Em seguida, Spencer marchou para fora da casa, batendo a porta ao sair.

O ar frio foi um alívio para sua pele quente. Sua mandíbula doía de tanto trincar os dentes. Por que ela se importava com o que Bagana pensava dela? Não eram amigos. Ainda assim, olhou para a janela no quarto dele. As cortinas não tinham sido abertas, e ele não estava com o rosto colado no vidro parecendo infeliz e silenciosamente implorando por perdão. *Babaca*.

Endireitando-se, ela desceu os degraus e tirou o celular da bolsa a fim de ligar para a companhia de táxi para levá la de volta ao hotel. Seus olhos se encheram de lágrimas, mas ela não deixou que caíssem e cheirou a capa de couro do seu celular. Cheirava à maconha que Bagana lhe dera. Spencer franziu o nariz, amaldiçoando aquele cheiro. Aquele não era mais o cheiro doce e ácido das cascas de laranja. Talvez nunca tivesse sido.

21

UMA REUNIÃO DE AMIGOS

Na noite de sábado, Emily percorria apressada uma rua na área comercial de Old Hollis onde havia bares, restaurantes, lojas de camisetas descoladas e o consultório de uma vidente que lia cartas de tarô. Uma placa de neon em forma de casquinha de sorvete oscilou em um toldo na frente dela e o seu coração se agitou. Estava a caminho de um novo encontro com Isaac e, ainda que o segredo pesasse sobre ela, a sensação agradável e *vertiginosa* que a dominava não tinha parado desde a última vez que o vira.

Emily não parara de pensar em Isaac desde o dia em que tinham jantado juntos. O modo como ele prestava atenção ao que ela dizia, como a defendera da mãe dele. Ele parecia mais velho de alguma forma, maduro de verdade.

– Emily?

Ela olhou para o outro lado da rua escura. Um vulto usando casaco azul acenava para ela do Snooker's, um bar de universitários decorado com bandeiras do time dos Eagles e luminárias Pabst Blue Ribbon. Ele tinha uma tala no braço e cabelo escuro espetado. Quando gritou o nome dela novamente, Emily reconheceu a voz de imediato. Era Derrick, o garoto que fora o seu amigo mais querido, seu único amigo, durante o verão.

– Meu Deus! – exclamou Emily, correndo para atravessar a rua. Um motorista, fulo da vida, buzinou ao desviar para não atropelá-la. – O que você está fazendo aqui? – gritou alegre para Derrick.

– Estou assistindo a algumas aulas na Universidade de Hollis! – Derrick puxou Emily e a envolveu em um abraço apertado. Olhou-a de cima a baixo. – Garota, você parece um pouco diferente desde a última vez que nos vimos. Afinal, o que aconteceu com você? Você desapareceu da face da Terra! Tínhamos um encontro durante o verão, mas você simplesmente não apareceu, não telefonou...

Emily baixou os olhos, sentindo-se envergonhada. Tinha abandonado Derrick no dia que escutara Gayle dizendo que era *ela* quem estava grávida. Tivera intenção de ligar para ele nas semanas seguintes para contar as novidades, mas parecia que o momento certo para fazer isso nunca chegava. Pensou que o veria no restaurante, mas os horários deles pararam de coincidir. Passou-se uma semana, depois outra e, de repente, era estranho telefonar para ele. Tinha acontecido tanta coisa. Havia tanto o que explicar.

Derrick chegou mais perto dela, parecendo preocupado.

– Como foi tudo com o bebê?

– *Psiu.* – Emily olhou ao redor com medo de que alguém pudesse ouvi-los. – Ninguém sabe sobre isso. Especialmente meus pais.

Derrick pareceu espantado.

— Você *ainda* não contou a eles?

Emily balançou a cabeça.

— Não foi preciso.

— Ah, então pelo visto você não ficou com o bebê. — Derrick fez uma careta. — E eu sei que você não o deu para Gayle. — Ele pareceu magoado. — Sabe, eu *deveria* estar fulo de raiva com você; me deixou em uma situação péssima com aquela mulher.

Emily estremeceu ao ouvir o nome de Gayle.

— O que você quer dizer?

— Duas semanas depois que você me deu bolo, Gayle me encurralou no jardim e disse que você tinha quebrado o acordo com ela. Cara, ela estava alucinada. Pensou que eu tinha alguma coisa a ver com a história, que eu tinha ajudado você a escapar ou alguma coisa assim. Começou a jogar coisas em mim, um saco de sementes para pássaros, um ancinho, depois uma pá. Quebrou uma janela. Foi uma loucura. Tentei dizer a ela que não tinha ideia do que ela estava falando, mas ela não acreditou em mim. — Ele mordeu o lábio. — Eu nunca tinha visto Gayle tão... violenta.

Emily cobriu a boca com as mãos. Pensou na última mensagem de A, que praticamente declarava que Gayle procurava pelo bebê. O que Gayle planejava fazer quando encontrasse Violet? Ela iria raptá-la dos Baker? E qual era exatamente o papel de A em tudo isso?

Emily sentiu uma presença a seu lado e ergueu o olhar. Bem em frente a Derrick, com uma expressão estranha no rosto, estava Isaac.

— O-oi! – disse, cauteloso. Os olhos dele pularam de Derrick para Emily.

— Ah! – deixou escapar Emily, um pouco mais alto do que o necessário. – Isaac! Oi! – Gesticulou na direção de Derrick. – Este é meu amigo Derrick. Derrick, este é, ah... Isaac.

Derrick arregalou os olhos.

— *Isaac?*

Emily se lembrou de ter mencionado o nome de Isaac para Derrick em uma noite do verão passado.

— Acho que precisamos ir andando – disse Emily, colocando-se entre ambos. Sabia que Derrick não diria nada, mas aquela situação era muito estranha.

— A gente devia colocar o papo em dia alguma hora – disse Derrick, com uns tapinhas no ombro de Emily. – Sinto sua falta.

— Ah, claro! – disse ela sem perder tempo, enlaçando o braço de Isaac e disparando pela rua. – Ótimo ver você, Derrick! Tchau! – Sentia-se mal por estar largando Derrick sem maiores explicações mais uma vez, mas não ousou olhar para trás.

Passaram por uma loja de brinquedos antigos, por um banco e por uma loja desocupada, até que Isaac limpou a garganta e perguntou:

— Então, quem era aquele?

— Derrick? – perguntou Emily de forma inocente, puxando Isaac para dentro da sorveteria. As sinetas da porta tocaram alegremente. – Ah, ele é apenas um amigo que conheci no verão passado na Filadélfia.

Emily fixou o olhar no cardápio sobre o balcão e começou a tagarelar.

— Então, o que você vai querer? Ouvi dizer que o de cereja com baunilha é realmente muito bom. Ou, ah, olhe! Sorvete de chocolate orgânico! – Se continuasse falando, pensou, Isaac não diria coisa alguma.

— Emily. – Ela ergueu os olhos, sentindo-se culpada. Sob a luz brilhante da sorveteria, os olhos de Isaac pareciam ainda mais azuis. Ele mexeu na pulseira que usava. – Tem certeza de que está tudo bem? Você parece tão... abalada.

— Claro que estou bem! – disse ela, sabendo que sua voz soara aguda e esquisita.

— Não leve isso a mal – disse Isaac –, mas aquele sujeito, Derrick... Ele fez alguma coisa com você? Você parecia louca para se afastar dele.

Emily o encarou.

— Oh, meu Deus, *claro que não*. – Aquilo era tão engraçado que ela riu. *Se fosse assim tão simples.*

A fila andou e eles se aproximaram do caixa.

— Eu me importo com você. Não quero que se machuque.

Emily manteve o olhar fixo nas colheres cromadas de sorvete atrás do balcão, seu coração derretendo com a ternura de Isaac. Ela queria que ele se *importasse* com ela.

— Derrick é apenas um velho amigo a quem confidenciei muitas coisas sobre Ali. Provavelmente foi por isso que você captou uma tensão – disse ela, hesitante. – Não tem nada de estranho acontecendo. Juro.

— Tem certeza? – perguntou Isaac, segurando as mãos dela.

— Absoluta. – Ela baixou os olhos para seus dedos entrelaçados. Parecia tão certo estarem juntos. Será que as mãos do bebê se pareciam com uma combinação das mãos deles dois?

Teria Violet um sorriso como o de Isaac e as sardas de Emily? Ela mal conseguia respirar.

– Certo, bem, nesse caso, preciso perguntar uma coisa a você – disse Isaac muito sério.

Emily engoliu em seco, repentinamente preocupada que Isaac pudesse ler seus pensamentos.

– E o que é?

Isaac a encarou.

– Você quer ir ao baile de arrecadação de fundos para a campanha de Tom Marin amanhã? Parece que vai ser divertido e o bufê do meu pai não vai trabalhar lá.

– Ah! – disse Emily, incapaz de esconder a surpresa. Pretendia ir sozinha, especialmente porque ela e as amigas precisavam roubar o celular de Gayle. Ir com um par complicaria as coisas. E se Gayle falasse com ele? O que aconteceria se ela desse uma olhada em Isaac e, de alguma forma, descobrisse que ele era o pai de Violet?

Mas Isaac a encarava aflito, como se a recusa dela pudesse estilhaçar seu coração. E antes que pudesse pensar melhor, Emily respondeu:

– Claro que sim!

– Então, estamos combinados! – disse Isaac, parecendo aliviado. – Temos um encontro.

Emily obrigou-se a sorrir para ele. Nunca sentira tantas coisas ao mesmo tempo. Estava com medo, é claro. Satisfeita, também, porque queria voltar a passar algum tempo com ele. Mas ela se odiava por esconder tanto dele. Aquela era uma jogada perigosa.

Era a vez deles fazerem os pedidos e Emily e Isaac se aproximaram do balcão. Um motor de motocicleta rugiu e ela olhou para a rua pela janela. Do outro lado da larga avenida, iluminado pela placa de neon da Loja de Bebidas Hollis, um vulto olhava para ela. Seu rosto estava oculto por um capuz preto e, num primeiro momento, Emily pensou que pudesse ser Derrick. Observando melhor, porém, notou que essa pessoa era menor, mais delicada. Emily se afastou de Isaac e serpenteou por entre as mesas para olhar mais de perto, mas, quando chegou à janela, o vulto desaparecera.

22

A MAIS DIFÍCIL DAS DECISÕES

Aria parou perto da janela da casa de Ella em Rosewood, espiando a rua escura. Alguém tocou seu ombro e ela sentiu o aroma familiar do perfume de patchuli da mãe. Ella usava um avental respingado de tinta e seu cabelo estava preso com hashis. Tivera uma inspiração recente para uma nova série de pinturas, e entre o novo namorado, o trabalho na galeria de arte em Hollis e o tempo que passava no estúdio, Aria mal a via.

– Quais são seus planos e de Noel para hoje à noite? – perguntou ela, sentando-se em uma *bergère* com estampa Paisley que ela e Byron haviam comprado em um mercado de pulgas havia um milhão de anos. – Você está esperando por ele, não está?

Aria hesitou. Lá no fundo, torcia para que Noel não aparecesse. Assim, não teria que terminar o namoro com ele.

Passara o dia torturada pela mensagem de A, dividida entre contar tudo a ele ou guardar para si. Se mantivesse o segredo, precisaria terminar o namoro, claro. Por outro lado, se entregasse o pai dele, Noel a odiaria e provavelmente terminaria com ela de qualquer forma. E como diabos A descobrira? Como A sabia de tudo o que acontecia?

Aria não tinha dúvidas de que, caso não agisse logo, A revelaria o segredo do sr. Kahn e contaria a quem quisesse ouvir que ele se vestia de mulher. Já era ruim o bastante para Aria sentir que, de alguma forma, tinha destruído a própria família. Não queria, agora, arruinar também a família de Noel. Mas será que conseguiria realmente deixá-lo depois de tudo pelo que tinham passado? Ela o amava tanto.

Encarou a mãe e respirou fundo.

– Você ainda me culpa pelo que aconteceu entre você e Byron?

Ella piscou sem entender.

– O que você quer dizer com *ainda*?

– Eu guardei um segredo. Se eu tivesse lhe contado alguma coisa, talvez você tivesse...

– Querida, o seu pai a colocou em uma posição horrível. Você nunca deveria ter sido responsável por revelar ou não uma coisa daquelas para mim. E ainda que você tivesse me contado, amor, nada mudaria no fim. Não foi culpa sua. – Ela fez um carinho na perna de Aria.

– Eu sei, mas você ficou tão brava comigo por não dizer nada – murmurou Aria. Ella a expulsara de casa e ela tivera que ir morar com Sean Ackard, seu namorado na época.

Ella abraçou uma almofada de tricô.

– Eu não deveria ter reagido daquela forma. Estava surpresa e ferida e precisava descontar em alguém. – Ela ergueu os olhos. – Eu também lamento, querida. Você não deveria ter passado por aquilo. Mas essas coisas acontecem. Todos nós estamos mais felizes e ajustados agora, não estamos?

Aria assentiu, sentindo um aperto no coração.

— Mas, se tivéssemos que passar por tudo aquilo novamente, você iria preferir que eu lhe contasse?

Ella pensou sobre a pergunta por um instante, correndo os dedos pelo lábio.

— Talvez não – respondeu. – Acho que eu precisava mesmo ficar alheia a tudo aquilo, pelo menos por um tempo. Precisava me fortalecer para saber o que desejava e perceber que eu era capaz de viver sem seu pai. Mudar para a Islândia, conhecer um novo país, isso realmente me ajudou, mas foi por causa de seu pai que fomos para lá. Então, na verdade, Aria, se eu tivesse sabido antes, nunca teríamos vivido aquela experiência. Por mais estranho que possa parecer, estou feliz por ter descoberto quando descobri.

Aria assentiu, pensando nas palavras da mãe.

— Então, você está dizendo que se alguém sabe o segredo de outra pessoa, mas também sabe que essa pessoa não está pronta para ouvi-lo, é melhor guardar o segredo para si mesmo?

— Depende. – Ella franziu a testa, parecendo suspeitar de algo. – Por quê? Você sabe o segredo de alguém?

— Não – respondeu Aria sem perder tempo. – Estou apenas falando hipoteticamente.

O celular de sua mãe tocou, salvando Aria de ter que dar mais explicações. Mas quando espiou pela janela e viu o Escalade de Noel estacionado na esquina, estremeceu. O conselho de Ella parecia fazer bastante sentido, mas significava que teria que terminar com Noel.

Engolindo em seco, despediu-se de Ella, subiu o zíper da jaqueta jeans e foi até onde ele tinha estacionado. Seu coração apertou ao ver o rosto sorridente de Noel através da janela do carro.

– Você está linda como sempre – murmurou ele quando Aria abriu a porta.

– Obrigada – respondeu ela, apesar de estar vestindo seu jeans mais feio e um suéter largo e volumoso que era uma das suas primeiras peças de tricô. Ela queria parecer tão feia quanto possível para amenizar o rompimento.

– Então, aonde você quer ir? – Noel deu a partida no carro e seguiu a rua dela – Quer ir até a Williams-Sonoma para comprar suprimentos para as aulas de culinária? Ouvi dizer que na próxima semana faremos bolinhos.

Aria olhou para os postes de luz da rua até sua visão ficar borrada e manteve-se em silêncio. Estava com medo de abrir a boca e não conseguir mais parar de chorar.

– Certo, não estamos no humor para a Williams-Sonoma – disse Noel lentamente, virando o volante. – Que tal aquele café descolado que descobrimos em Yarmouth? Ou poderíamos voltar àquela loja de artigos esotéricos perto da estação de trem. Onde tudo começou. – Cutucou Aria, tentando fazer graça. Ele estava se referindo a como eles ficaram juntos em uma sessão psíquica na loja no ano anterior.

Aria brincou com o zíper da jaqueta, desejando que Noel ficasse quieto.

– Última chance – disse ele, alegre. – Que tal irmos para Hollis e nos embebedarmos? Jogar dardos e *beer pong* e agir como bobos.

– Noel, eu não posso – respondeu Aria.

Noel parou sob a luz vermelha de um semáforo ao lado de um enorme shopping center.

— Não pode o quê? Beber? — Sorriu. — Qual é. Vi você beber bastante na Islândia.

Aria fez uma careta. Falar sobre a Islândia fez a faca entrar mais alguns dolorosos centímetros em sua carne. Aquele era outro segredo que ela carregava.

— Não, não posso fazer... *isso*. — A voz dela falhou. — Eu e você. Não está dando certo.

O sorriso de Noel congelou no rosto.

— Espere. O quê?

— Estou falando sério. — Ela encarou os números do mostrador do relógio no painel. — Quero terminar.

O semáforo abriu para eles e Noel, sem dizer uma palavra, entrou com o carro no shopping center. Era um desses imensos centros comerciais com lojas enormes da Barnes & Noble, uma Target, uma loja de vinhos, vários cabeleireiros luxuosos e joalherias.

Noel estacionou, desligou o carro e olhou para ela.

— *Por quê*?

Aria manteve a cabeça baixa.

— Não sei.

— Tem que haver *algum* motivo. Não é Klaudia, é? Porque eu não a suporto. Juro.

— Não é Klaudia.

Noel passou as mãos na testa.

— Você está a fim de outra pessoa? Aquele Ezra?

Aria balançou a cabeça com firmeza.

— Claro que não.

— Então *por quê*? Fale para mim!

Havia uma expressão desesperada de súplica no rosto dele. Aria precisou de toda a sua força para não abraçá-lo e dizer que não queria fazer aquilo, mas a mensagem de A queimava em sua memória. Ela não poderia ser responsável por destruir a família dele. Precisava ficar o mais distante possível de Noel. Ela era como veneno para ele.

– Eu lamento, mas eu simplesmente preciso fazer isso – murmurou. – Irei amanhã à sua casa e pegarei as coisas que deixei lá. – Então, ela abriu a porta do carro e colocou os pés na calçada. O ar frio atingiu-a em cheio. O cheiro de pizza assada na pedra entrou em suas narinas e revirou seu estômago.

– Aria. – Noel se inclinou e segurou o braço dela. – Por favor, não vá.

Ela engoliu as lágrimas, olhando fixamente para uma fileira de carrinhos de supermercado.

– Não temos mais nada a dizer, Noel – disse ela em uma voz inexpressiva. Depois saltou do carro, bateu a porta e começou a andar às cegas em direção à loja mais próxima, uma Babies "R" Us. Noel gritou o nome dela várias vezes, mas Aria seguiu andando de cabeça baixa, ofegante, evitando apenas que os carros não a atropelassem. Por fim o motor do Escalade ganhou vida de novo, deu ré e foi em direção à saída.

Beep.

O celular de Aria tocou na bolsa. A tela estava acesa, e ela o pegou. Era uma nova mensagem de texto.

Parabéns, Aria. Sem dor, não há recompensa, não é mesmo?
Beijinho! – A

Aria jogou o celular de volta na bolsa. *Você venceu, A,* pensou, piscando entre lágrimas. *Você vence toda maldita vez.*

Ela estava na frente da Babies "R" Us. Um carrinho de bebê tomava conta da vitrine inteira da loja e cartazes mostrando rostinhos de bebês contentes e risonhos decoravam a loja. Mulheres grávidas zanzavam pelos corredores, comprando mamadeiras, macacões e fraldas. Toda aquela felicidade, para Aria, serviu como um chute no estômago. Sentiu vontade de quebrar a vitrine com um carrinho de compras e ver o vidro se espalhar por toda aquela cena feliz.

As portas automáticas se abriram e uma senhora usando um casaco de lã preto que parecia bem caro empurrou um carrinho cheio de sacolas de compras pela rampa. Ela parecia tão feliz quanto as outras, mas alguma coisa em sua expressão parecia estranha. Aria piscou, seu coração acelerou.

Era Gayle. Mas o que ela estava fazendo ali? Comprando coisas para quando fosse sequestrar o bebê de Emily?

Sem diminuir o ritmo, Gayle encontrou o olhar de Aria. Ela ergueu as sobrancelhas e piscou, parecendo muito satisfeita consigo mesma. Provavelmente porque tinha sido ela quem escrevera a mensagem exigindo que Aria e Noel terminassem. Provavelmente porque vira as lágrimas no rosto de Aria e entendera o que tinha acabado de acontecer.

Porque ela era A e estava mexendo seus pauzinhos.

23

REFEIÇÃO DA ALTA SOCIEDADE

Spencer tocou a campainha da Casa Ivy, afastou-se e examinou seu reflexo no vidro ao lado da porta. Era domingo à tarde, alguns minutos depois da hora que Harper lhe dissera para chegar à festa compartilhada, e ela estava pronta para tudo. Conseguira secar o cabelo com o secador fajuto do hotel e aplicara a maquiagem com a ajuda de um espelho trincado. O ferro de passar tinha ajudado a tirar os amassados do vestido que tinha comprado para a ocasião e, o mais importante, Spencer tinha nas mãos três formas com brownies macios de chocolate com maconha.

A porta se abriu e Harper, usando um vestido estampado de bolinhas e sapatos de salto alto de couro de marca, lhe dirigiu um grande sorriso.

– Oi, Spencer. Você veio!

– Sim, e trouxe brownies! – Spencer entregou as formas a Harper. – Com chocolate extra! – *E com uma pitada de maconha!*, quis acrescentar.

Harper pareceu contente.

– Brownies são perfeitos. Entre.

Spencer pensou que a festa teria *apenas* sobremesas, brownies de maconha para ser mais específica. Mas quando Harper a levou até a cozinha enorme e moderna, equipada com um grande fogão Wolf de oito bocas, uma geladeira imensa e um balcão maior do que a mesa de jantar de sua família, viu que ali tinha todo tipo de comida. Ensopado de quinoa. Quiche. Macarrão com queijo, *ziti* cozido com o *vapor* saindo da bandeja. Uma gigantesca poncheira cheia com um líquido vermelho e pedaços de maçã boiando. Em um prato havia várias fatias de queijos sortidos, brie, manchego e stilton.

Seu queixo caiu ao ver a variedade de pratos. Como tinham conseguido colocar drogas em todas aquelas coisas? Spencer travara uma luta para *assar* apenas os brownies. O forno da cozinha do hotel fora um presente de Deus. Ela implorara para que o rapaz da recepção do turno da noite a deixasse usar a cozinha, misturara os ingredientes em um balde de gelo e colocara a maconha no último minuto. Caíra no sono no sofá de couro da recepção, enquanto eles assavam, acordando apenas ao ouvir o timer. Não tinha ideia se eles estavam bons ou não, mas isso não importava. Ela os fizera.

A observação de Bagana veio à sua cabeça. *Você precisa mesmo de um clube estúpido para dizer que é especial?* Mas, com certeza, ele dissera aquelas coisas depreciativas sobre o Ivy Eating Club porque sabia que jamais teria chance em um clube tão prestigiado. *Perdedor.*

– Os pratos e os talheres estão ali. – Harper apontou para uma mesa.

Spencer rondou o balcão, maravilhada com o fato de que cada prato continha uma substância ilegal. Não queria comer nenhum deles. Murmurou alguma coisa sobre não estar com fome e seguiu Harper até a sala de estar.

O cômodo estava cheio de garotos bem-vestidos com gravatas e calças cáqui e meninas de vestido. Ao fundo, música clássica. Uma garçonete oferecia taças de mimosa. Spencer escutou conversas sobre um compositor de quem nunca tinha ouvido falar, natureza *versus* educação, política internacional do Afeganistão e férias em St. Barts. Era por *isso* que ela queria fazer parte da Casa Ivy. Todos eram inteligentes, bem-informados e tinham uma abordagem adulta sobre assuntos sofisticados. Que se dane Bagana e suas opiniões.

Harper se juntou a Quinn e Jessie. As garotas olharam surpresas para Spencer, mas então sorriram e disseram um olá educado para ela. Todas se sentaram em um sofá de couro e continuaram uma conversa sobre uma garota chamada Patricia; aparentemente ela engravidara do namorado durante o recesso escolar.

— Ela ficará com o bebê? — perguntou Harper, servindo-se de um pouco de salada de macarrão.

Jessie deu de ombros.

— Não sei, mas ela está morrendo de medo de contar para os pais. Sabe que eles vão enlouquecer.

Quinn assentiu, solidária.

— Os meus também enlouqueceriam.

Era desconcertante que as garotas estivessem conversando sobre um assunto tão próximo a Spencer. Olhando objetivamente para a situação de Emily, *era* loucura Emily ter escondido a gravidez de quase todo mundo que conhecia. Era ainda mais absurdo que ela tivesse pegado o bebê escondido do hospital e o deixado na varanda da casa de desconhecidos. Pior ainda, A – Gayle – descobrira exatamente o que acontecera. Ela iria contar o que sabia? Não apenas a história do bebê, mas *tudo* que elas tinham feito?

Ela baixou os olhos para o prato vazio, desejando ter alguma coisa para fazer com as mãos.

– Spencer, eles estão muito bons – disse Harper, exibindo o brownie que apanhara na cozinha. – Experimente.

Ela empurrou o brownie em direção à boca de Spencer, que recuou.

– Não, obrigada.

– Por quê? Eles estão maravilhosos.

Quinn fez uma careta.

– A não ser que você também seja da patrulha do açúcar!

As garotas a encaravam de um modo tão estranho que Spencer começou a sentir-se insegura. Ela se perguntou se também era um *requisito* comer a comida, como um ritual de passagem para Ivy. Talvez não tivesse escolha.

– Obrigada – disse ela, aceitando um pedaço. Harper tinha razão. O brownie estava úmido e delicioso, e Spencer nem conseguiu sentir o gosto da maconha. Seu estômago resmungou em resposta; ela não comia desde a noite anterior. Um pequeno brownie não faria mal, não é?

– Tudo bem, você me convenceu – disse Spencer, levantando-se para ir buscar um brownie para ela.

Ao retornar para seu lugar, Spencer já estava quase terminando o brownie, e as garotas conversavam sobre como queriam fazer um filme para entrar no concurso cinematográfico dos alunos de Princeton.

— Quero fazer um sobre peões, como fizeram Charles e Ray Eames – disse Quinn.

— Estava pensando em fazer um sobre Bethany. Vocês lembram quando falei dela? Aquela garota bem gorda que se senta na minha frente na aula de introdução à psicologia? – Jessie revirou os olhos. – Poderia se chamar *a garota que come rosquinhas*.

Spencer mordeu um pedaço do brownie e desejou ser corajosa o suficiente para dizer a Jessie que ela não era exatamente uma sílfide. Por alguma razão, a palavra *sílfide*, de repente, pareceu engraçada. As sardas grandes nas bochechas de Jessie também eram engraçadas. Jessie a olhou com uma cara estranha.

— O que foi?

— Ah... Eu não sei – respondeu Spencer, dando mais uma mordida no brownie. Algumas migalhas caíram em seu colo, o que a fez pensar em cocô de gerbo. Começou a rir novamente.

Harper levantou, encarando Spencer com um olhar do tipo *você é maluca*.

— Vou pegar mais brownie. Vocês querem?

— Quero um, sim! – disse Quinn. Jessie também aceitou.

Os brownies. Era por isso que Spencer estava achando tudo tão engraçado. Só tinha fumado maconha duas vezes na vida. E essas duas vezes tinham sido em festas na casa de Noel Kahn, mas as sensações familiares voltaram. Sua pulsação estava mais lenta. Suas tendências obsessivas começaram a desaparecer. Ela se recostou e sorriu para as pessoas bonitas à sua volta, maravilhada com seus vestidos brilhantes e coloridos e com suas gravatas de seda. Suas pálpebras pareciam pesadas e seu corpo relaxava mais e mais no sofá.

De repente, ela despertou. Um casal estava se pegando do outro lado da sala, suas mãos em todos os lugares, suas línguas se encontrando. Outro casal se beijava próximo ao piano. Estavam tão empolgados que se inclinavam sobre as teclas, fazendo com que uma mistura de sons ecoasse pela sala. Havia um grupo de garotos observando a cristaleira de louças no canto, vendo o quão incrível o desenho das porcelanas era. Quinn estava parada, em pé, perto da porta, contando uma história sobre como a sua empregada doméstica sempre dizia *por causa que* em vez de *porque*, com um tom presunçoso que deixava subentendido que faxineiros são cidadãos *inferiores*. Os olhos de Jessie estavam vidrados e vermelhos e ela balançava as suas unhas em frente ao rosto, como se elas fossem maravilhosas.

Spencer coçou os olhos. Por quanto tempo ela apagara?

– Correr pelado! – gritou alguém, e um rapaz vestindo um gorro de Princeton e mais nada passou correndo pela sala com um pedaço mordido de brownie na mão. Outras pessoas tiraram a roupa e o seguiram pelo corredor.

Harper apareceu diante de Spencer e a puxou para que se levantasse.

– Vamos nos juntar a eles, dorminhoca.

Spencer, meio tonta, tirou o vestido pela cabeça, sentindo-se nua só com a roupa de baixo. Elas seguiram uma fileira de alunos pela biblioteca, a sala de jantar e a cozinha. Tinha vasilhas e panelas em todo o chão da cozinha, uma bandeja de nachos virada na mesa e, por algum motivo, um rolo de papel higiênico estava enrolado no lustre acima do balcão. Sua assadeira de brownies estava quase vazia. Spencer pegou o último pedaço e o colocou na boca.

Quando voltou para a sala de estar, tinha mais gente se agarrando e um grupo jogava uma versão de strip twister, usando um tapete largo como tabuleiro. Spencer despencou de novo no sofá.

— Sou eu ou essa festa, de repente, ficou fora de controle? — perguntou Spencer.

— Isso não é fantástico? — Os olhos de Harper brilharam. — Todo mundo está chapado, não é?

Hum, não era essa a ideia? Spencer gostaria de dizer, mas Harper já tinha saído correndo e estava olhando as janelas.

— Ei, você sabe o que eu quero fazer? — disse ela, animada. — Um vestido para mim com as cortinas, assim como Scarlett O'Hara fez em *E O Vento Levou*!

Ela subiu no parapeito da janela e arrancou as cortinas antes que alguém pudesse impedi-la. Então, apanhando um abridor de cartas em uma escrivaninha próxima, cortou o pano em grandes tiras. Spencer riu e ficou alarmada ao mesmo tempo. Aquelas cortinas provavelmente eram uma antiguidade.

Quinn pegou o celular.

— Isso é maravilhoso. Deveria ser nosso filme para o festival!

— E eu quero que todas nós sejamos as estrelas! — disse Harper desastradamente e tropeçando nas palavras. Ela olhou para Spencer. — Você pode nos gravar com o seu celular?

— Tudo bem — respondeu Spencer. Ela acionou a função câmera do iPhone e começou a gravar. Harper arrancou mais cortinas e tirou o estofamento das almofadas do sofá de couro, parecendo uma louca.

— Legal! — Daniel, o garoto que dera a festa na sexta-feira, depois de correr com os pelados, pegou um pedaço do pano da cortina e o ajeitou como uma toga em seu corpo nu. Outros garotos imitaram sua ideia e todos eles marcharam em círculo, cantando:

— To-*ga*! To-*ga*!

Quando os cidadãos romanos se afastaram, Spencer deu uma olhada de relance em um garoto de cabelo escuro e comprido. Era *Phineas*? Ela não o vira desde seu problema com a polícia na Penn no ano anterior. Mas, quando ela piscou, ele tinha desaparecido, como se nunca tivesse estado lá. Spencer pressionou os dedos nas têmporas e massageou-as. Estava *muito* chapada.

Ela virou na direção de Harper que, pelo jeito, estava cansada de destruir as cortinas e tinha se deitado no tapete com as pernas para cima.

— Eu me sinto tão... *Viva* – disse, realmente tocada. Então, ela olhou para Spencer. – Ei, tenho uma fofoca para contar. Você sabia que aquele cara, o Ba... Bagana? Ele tem uma queda por você.

Spencer resmungou.

— Que babaca. Como foi que ele conseguiu entrar em Princeton, aliás? Ele é herdeiro de algum ricaço?

Harper arregalou os olhos.

— Você não sabe?

— Do quê?

Harper colocou os dedos nos lábios e soltou uma risadinha.

— Spencer, Bagana é, tipo, um *gênio*. Como Einstein.

Spencer abafou o riso.

— Ah... Eu não acho.

— Não, estou falando sério. – De repente, Harper pareceu não estar mais chapada. – Ele conseguiu uma bolsa de estudos integral. Inventou algum processo químico que, tipo, transforma plantas em uma energia renovável bem barata. Ele ganhou um prêmio Grant Genius MacArthur.

Spencer riu com desdém.

— Nós estamos falando da mesma pessoa?

Harper estava séria. Spencer se apoiou sobre os cotovelos e absorveu a informação. Bagana era... inteligente? *Muito* inteligente? Lembrou-se do que ele dissera na noite anterior, na casa dele. *Não julgue um livro pela capa.* Ela começou a gargalhar. As risadas vieram tão rápidas e furiosas que lágrimas começaram a rolar, e ela mal conseguiu respirar direito.

Harper começou a rir também.

— O que é tão engraçado?

Spencer balançou a cabeça, sem ter certeza.

— Acho que comi muitos brownies de maconha. Estou me sentindo leve.

Harper franziu a testa.

— Brownies de maconha? Onde?

Os músculos da boca de Spencer pareciam soltos e pegajosos. Ela observou Harper com atenção, imaginando se aquilo também era uma alucinação.

— Coloquei maconha nos brownies que eu trouxe — explicou com uma voz de *como isso é óbvio*.

Harper estava de boca aberta.

— *Mentira!* — sussurrou ela, cumprimentando Spencer. — Foi a melhor ideia do mundo. — Ela começou a gargalhar de verdade. — Por isso estou me sentindo tão avoada. E eu achando que alguém tinha batizado o ponche com absinto!

Spencer sorriu, nervosa.

— Bem, pode não ser *necessariamente* dos meus brownies, não é? – Afinal, Harper provara todos os outros pratos. Quem sabe o que os *outros* colocaram nas comidas.

Quando ela percebeu a expressão confusa de Harper, tudo virou de cabeça para baixo. Talvez nenhum dos outros pratos tivesse substâncias ilegais. E se os brownies de Spencer tivessem feito todos ficarem loucos?

Ela passou os olhos pela sala de estar. Em um canto, uma garota dava a outra uma coisa pegajosa e marrom. Dois garotos perto da janela engoliam os brownies como se fossem sua última refeição. Os brownies estavam em todos os lugares. Em pratos largados sobre as mesas de canto. Nas mãos das pessoas, enquanto elas tomavam goles de ponche. Nos rostos das pessoas, embaixo de unhas e no tapete. Uma bandeja com pedaços de brownies estava sobre a mesa de centro. Outra fora equilibrada no aquecedor. Spencer deu uma olhada na cozinha. Suas três assadeiras de brownies ainda estavam lá. Vazias. Mais *alguém* havia trazido brownies ou ela trouxera cinco assadeiras em vez de três? Sua mente parecia tão confusa agora que ela não conseguia pensar direito.

Sua pele formigou. Harper parecia animada com a brincadeira do brownie com maconha. Mas seus brownies serem *mais uma* das muitas comidas ilegais da festa era bem diferente de eles serem um elemento surpresa, que drogara as pessoas sem elas saberem disso, fazendo com que todo mundo se comportasse de maneira insana.

As paredes pareciam se fechar ao seu redor.

— Volto já – murmurou para Harper, forçando-se a levantar. Passou por umas pessoas que faziam anjos de neve no carpete e dois caras que duelavam com as espadas antigas tiradas dos ganchos na parede e pegou seu casaco de uma pilha perto da cozinha. Estava diante da porta que dava para o quintal; ela a abriu e saiu para o ar frio de fim de inverno. Para sua surpresa, somente uma faixa fina da luz do sol brilhava através das árvores. Deviam ter se passado horas desde que ela chegara.

Spencer deixou o pátio da varanda inspirando profundamente aquele ar gelado. Os prédios da universidade brilhavam no horizonte. Um outdoor cortava o céu, mostrando a foto de um bebê recém-nascido e as palavras ESCOLHA O HOSPITAL UNIVERSITÁRIO DE PRINCETON PARA VIVER SEUS MOMENTOS MAIS PRECIOSOS.

Aquilo fez Spencer lembrar-se do dia em que encontrara Emily no hospital para fazer a cesariana. Ao chegar lá, ainda perplexa com a notícia sobre a gravidez, Aria e Hanna já estavam junto da amiga. O queixo de Spencer caiu quando ela viu a barriga enorme de Emily. Seu coração começou a bater mais rápido quando ela viu a imagem sombreada do bebê na tela do monitor fetal ao lado da cama. Meu Deus, aquilo era *real*.

– Emily – disse uma enfermeira, colocando a cabeça dentro do quarto. – Eles estão prontos. É hora de você ter seu bebê.

Spencer e as outras garotas não tiveram um momento de hesitação, sabiam que deveriam estar com Emily durante o procedimento. Elas vestiram os pijamas cirúrgicos azuis e seguiram a maca até a sala de operação. Emily estava apavorada, mas as três seguravam suas mãos o tempo todo, dizendo-lhe como ela era forte e maravilhosa. Spencer não teve coragem de espiar sobre a cortina para ver o médico cortando a barriga da amiga, mas em poucos minutos o médico deixou escapar um grito.

— Uma menininha muito saudável!

O médico levantou uma criatura pequena e perfeita acima da cortina. A bebezinha tinha pele corada e enrugada, pequenos olhos fechados e uma boca imensa que deixava escapar um grito. Todas elas choravam. Era maravilhoso e triste ao mesmo tempo. Elas apertaram as mãos de Emily bem forte, gratas por poderem dividir aquele momento com ela.

Por sorte, o bebê não precisou ir para a UTI neonatal, e as garotas poderiam seguir com o plano de tirar mãe e filha do hospital naquela noite. Durante a troca de turno das enfermeiras, às dez da noite, as amigas ajudaram Emily a sair da cama e se vestir. Elas arrumaram o bebê o mais rápido possível e saíram do quarto de Emily nas pontas dos pés. A ala da maternidade estava sem movimento, quieta. As enfermeiras cuidavam dos bebês recém-nascidos no berçário. Quando uma médica apareceu no corredor, Spencer a distraiu perguntando sobre como chegar à cantina. As outras colocaram Emily e o bebê no elevador. Ao chegarem ao térreo, passaram despercebidas.

Seguiram silenciosamente até o estacionamento, as luzes da Filadélfia flamejando ao redor delas. Mas, enquanto entravam no carro de Aria, um barulho atrás das vigas de concreto chamou a atenção de Spencer. Seu corpo inteiro ficou tenso. Seria ilegal tirar um bebê do hospital antes de ele ter alta? Ela não moveu um músculo por alguns instantes, esperando que quem quer que estivesse lá aparecesse. Mas ninguém apareceu. Spencer disse a si mesma que estava apenas cansada, apesar de agora não ter tanta certeza. Talvez A pudesse ter estado lá. Talvez A tivesse visto tudo.

Crac.

Spencer voltou ao presente. Árvores escuras a rodeavam. Galhos arranhavam sua pele. As cascas das árvores formavam um desenho psicodélico; as estrelas estavam enormes e berrantes no céu, como em uma pintura de Van Gogh. O que havia naquela maconha, pelo amor de Deus?

Som de passos na folhagem alcançaram-na. Spencer coçou os olhos.

– Olá? Quem está aí?

Não obteve resposta. Os passos estavam ficando cada vez mais altos. Spencer piscou, procurando o caminho de volta para a Casa Ivy, mas sua visão estava distorcida e borrada.

– Olá! – gritou mais uma vez.

A mão de alguém bateu contra o seu ombro, e ela gritou. Debateu-se, tentando ver quem era, mas seus sentidos estavam desnorteados, e a noite era muito escura. Suas pernas cederam, e Spencer sentiu que caía e caía e caía. A última coisa de que se lembrava era ter visto um vulto oculto nas sombras parado ao seu lado. Talvez querendo machucá-la. Talvez querendo livrar-se dela para sempre.

E então o mundo ficou escuro.

24

HANNA ARMA A JOGADA

Hanna sabia que deveria estar na limusine com seu pai, Isabel e Kate a caminho do baile para arrecadação de fundos, e não do lado de fora de uma conhecida casa vitoriana em Old Hollis, sede do estúdio fotográfico de Lebrecque, equilibrando-se no salto plataforma de quase dez centímetros de seus sapatos Louboutin. Mas ali estava ela, gostando ou não. Pronta para pegar Colleen de jeito de uma vez por todas.

A luz da varanda estava acesa, jogando um feixe dourado no rosto profissionalmente maquiado de Hanna. A janela da sala de estar que dava para a rua também estava iluminada, o que significava que o fotógrafo estava em casa. Pouco antes de Hanna subir os degraus, seu celular tocou. Era Richard, um dos assistentes de campanha de seu pai. *Só queria contar a você que a base de dados dos registros dos cadastros dos eleitores está ativa*, escreveu ele.

Perfeito, respondeu Hanna. Aquilo significava que ela podia procurar o endereço para onde a família Baker havia se mudado. O site estava fora do ar e ela precisava recorrer a Richard para ajudá-la, mas sem se atrever a pedir que ele procurasse a família.

Então, endireitando os ombros, tocou a campainha. Ouviu passos, a porta se entreabriu e o mesmo homem envelhecido que ela vira no dia anterior apareceu.

– Olá? – Jeffrey Lebrecque olhou Hanna de cima a baixo, desde os grandes cachos de seu cabelo ao vestido de chiffon azul-marinho até a estola de pele falsa em volta dos ombros, que ela escolhera para ir ao baile. Já Jeffrey usava um anel de ouro chamativo no mindinho e os dois botões de cima da camisa estavam abertos, expondo um monte de pelos do peito. *Eca.*

– Olá! – disse Hanna alegremente. – É o sr. Lebrecque?

– Isso mesmo. – O homem ergueu a sobrancelha. – Nós temos um horário marcado?

– Na verdade, estou aqui para pegar as fotos de Colleen Bebris – disse Hanna com sua voz mais inocente, piscando docemente. – Sou a melhor amiga dela e ela me pediu para buscá-las. Colleen ficou presa em uma aula de ginástica. Ela faz *pole dance*, sabia?

O fotógrafo franziu as sobrancelhas.

– Não estou certo que possa fazer isso. A srta. Bebris não disse nada sobre alguém vir buscar as fotos. Talvez eu devesse ligar para ela. – Ele colocou a mão no bolso da camisa e pegou um telefone celular.

– Não precisa! – disse Hanna depressa, pegando seu próprio celular e mostrando a ele uma mensagem na tela. – Vê? – o remetente era Colleen Bebris e a mensagem dizia que Hanna podia pegar suas fotos. Claro que a mensagem não era *mesmo* de Colleen, Hanna usara o celular de sua mãe para mandar a mensagem, mudando temporariamente a informação de contato de sua mãe para Colleen.

Jeffrey Lebrecque leu a mensagem e suas sobrancelhas de taturana se uniram.

– Tem também a questão do pagamento.

– Ah, ela me disse para pagar e depois ela me devolve – prontificou-se Hanna, orgulhosa de ter pensado em saquear sua caixa de sapato com dinheiro para emergência antes de vir.

O fotógrafo observou Hanna, e por um momento ela temeu que ele percebesse seu blefe. Será que Mona-se-passando-por-A e a Verdadeira-Ali-se-passando-por-A se preocupavam se seriam pegas quando espiavam, roubavam e mentiam para conseguir informações supersecretas sobre Hanna e as outras? Seria errado da parte dela fazer isso? Mas Hanna não estava destruindo a vida de Colleen. Tudo o que desejava era ter seu namorado de volta.

– Venha comigo – disse o sr. Lebrecque, virando-se e seguindo pelo corredor até o estúdio. Slides e fotografias cobriam uma mesa de trabalho e um grande monitor Apple brilhava no canto. Um gato branco e fofo andava preguiçosamente pela sala, e uma gatinha tricolor estava empoleirada no batente da janela. O lugar cheirava a uma mistura de poeira e areia de gato e parecia esquisito de uma forma que Hanna não conseguia explicar. Ela procurou em volta por sinais denunciadores de que aquele homem estava conduzindo uma operação secreta de pornografia pela internet, embora não tivesse certeza do que deveria procurar. Revistas *Playboy*? Cortinas de blecaute? Garrafas de champanhe Cristal, como aquelas que apareciam em vídeos de hip-hop?

O sr. Lebrecque se arrastou até uma mesa no fundo da sala, remexeu em uma pilha de envelopes e apanhou um deles.

— Peguei estas da impressora hoje. Diga a Colleen que imprimi todas, como ela pediu, mas que se quiser mais cópias vai custar mais caro. — Ele digitou alguns números em uma calculadora. — Então... são quatrocentos e cinquenta dólares.

Hanna rangeu os dentes. Colleen não podia ter escolhido um fotógrafo um pouco mais barato? Relutantemente, trocou seu dinheiro pelo envelope de fotos e se despediu do fotógrafo, deixando aquele lugar o mais rápido que podia. Seus olhos estavam ficando irritados com todo aquele pelo de gato.

Seu celular apitou quando ela pisou na varanda, mas era apenas seu pai dizendo que ele, Isabel e Kate estavam no salão do baile e queriam saber onde, em nome de Deus, ela estava. *Já chego aí*, Hanna digitou antes de colocar o celular na bolsa e, animada, rasgar o envelope. Ela se perguntou se as várias A tinham se sentido da mesma forma ao pôr as mãos em evidências valiosas. Havia alguma coisa naquilo tudo que dava muita satisfação.

Ela olhou para a pilha de fotos sob a luz da rua. A primeira era de Colleen com rosto lavado e toda doce, como uma atriz em um programa do Disney Channel. As fotos seguintes eram do mesmo tipo, só que com as expressões faciais e ângulos de câmera ligeiramente diferentes. Hanna foi passando pelas fotos, olhando para Colleen com expressão alegre, depois pensativa, depois intelectual. Antes de se dar conta, Hanna estava vendo a última foto, uma de Colleen piscando para a câmera por sobre o ombro. Ela olhou todas de novo, só para ter certeza de que não deixara passar nada, mas não deixara.

Eram exatamente as mesmas fotos que ela vira pela janela no dia anterior. Nada de outra sessão de fotos, nada que pudesse ter deixado passar. Elas eram todas perfeitamente certinhas e profissionais, e pior, Colleen estava realmente maravilhosa em algumas delas, muito mais fotogênica do que Hanna. Hanna chutou o poste de iluminação. Por que diabos A lhe dissera para seguir essa pista? Só para brincar com ela? Para fazê-la perder dinheiro? Ela deveria saber que A iria ferrá-la, não ajudá-la.

Alguém tossiu do outro lado da rua, e Hanna olhou em volta. Era apenas um casal de estudantes andando de mãos dadas na calçada, mas ficou nervosa assim mesmo. Foi até seu Prius, com os tornozelos já doendo, abriu a porta do carro e jogou o envelope dentro com tanta força que ele quicou e caiu no chão do carro. Grunhindo, ela deslizou no banco do motorista e puxou o envelope, mas acabou espalhando todas as fotos no tapete.

– Droga. – Hanna se inclinou e enfiou as fotos de volta no envelope pequeno demais novamente. Seus dedos tocaram algo atrás da última foto. Não parecia brilhante como as fotos, estava mais para um papel de computador.

Ela puxou o papel de dentro do envelope e o segurou debaixo da luz. *Colleen Evelina Bebris*, dizia no topo escrito com uma fonte simples, depois listava seu endereço, e-mail, Twitter e blog. Abaixo disso havia o que parecia uma lista. *Experiência dramática*, dizia em negrito. Havia descrições das várias peças escolares das quais Colleen participara, culminando com seu papel em *Macbeth* na semana passada. Era um currículo, provavelmente para quando Colleen fosse fazer testes. *Que saco.*

Então, algo no final chamou sua atenção. *Experiência comercial*, dizia um tópico. Havia apenas uma informação abaixo disso. *Visiem Labak, Letônia*, dizia. *Papel principal no comercial de um importante suplemento alimentar da Letônia*. De acordo com o currículo, o comercial fora veiculado ano passado no canal de televisão mais popular da Letônia.

Remexendo na bolsa, Hanna pegou o celular e digitou Visiem Labak no Google. *Tudo de bom*, veio uma tradução. Um monte do que ela supunha serem sites letões também apareceram na tela e alguns deles mostravam uma pessoa sorrindo comendo iogurte. Um link do YouTube apareceu no final da primeira página de busca. *Comercial Visiem Labak*, dizia. Havia uma imagem do rosto de Colleen, retirada do vídeo.

Hanna clicou no link. O comercial começava com três meninas sentadas em volta de uma mesa em uma cafeteria, tomando café e rindo. A câmera então focava em Colleen, que balbuciava algo em uma língua que Hanna não podia nem começar a decifrar, depois segurava a barriga na altura do estômago com dor. A outra menina dava a ela um pote de iogurte, o qual Colleen começava a comer com vontade. Em seguida Colleen se fechava no banheiro do restaurante, colocando uma placa que certamente dizia OCUPADO em letão. Uma música feliz tocava, uma voz em letão dizia algo e Colleen emergia do banheiro parecendo vitoriosa. Ela segurava um pote de iogurte e sorria de forma maníaca. O comercial terminava com outra tomada mostrando o iogurte.

– Oh. Meu. *Deus* – sussurrou Hanna. Era como aqueles comercias idiotas nos quais Jamie Lee Curtis oferecia Activia para mulheres inchadas e constipadas. E ali estava Colleen, interpretando a menina letã que precisava de iogurte laxativo para ficar com o intestino regulado. Não *era de se estranhar* que ela não tivesse se gabado desse trabalho. Hanna acreditava que ela não havia contado a ninguém.

– *Sim* – sussurrou ela, colocando o currículo e o envelope no porta-luvas. Depois que tudo fosse exposto, ela cobraria de Colleen pelas fotos, se a garota ainda as quisesse. Hanna não precisava mais delas. Aquelas fotos não contavam uma história. Mas certo vídeo, sim.

25

SEGREDOS EXIBIDOS, SEGREDOS ESCONDIDOS

Ao cair da tarde, Aria estacionou na entrada de carros circular da casa de Noel e desligou o carro. A casa estava às escuras, só uma das luzes da varanda acesa. Ela verificou a mensagem no celular de novo. *Venha às seis horas*, Noel dissera, e eram seis horas em ponto.

Aria desceu do carro e seguiu em direção à porta, com cuidado para não tropeçar com os saltos altos. Ela iria ao baile beneficente do sr. Marin depois da conversa com Noel, um evento ao qual, aliás, deviam ir juntos. Agora aquilo estava fora de questão, é claro. Aria nem tinha certeza se Noel ainda pretendia ir, mas muitos alunos de Rosewood Day estariam lá.

Ela ouviu passos no vestíbulo assim que tocou a campainha. Noel abriu a porta silenciosamente, sem olhá-la nos olhos. Aria quase engasgou com a aparência dele. Seu rosto estava inchado, seus olhos avermelhados. O cabelo parecia não ser lavado há algum tempo e ele estava com aquela aparência cansada e com os olhos pesados de alguém que não dormira.

— Eu juntei suas coisas — disse Noel de forma inexpressiva, virando-se e indo em direção ao escritório. Aria o seguiu. A casa estava incomumente quieta e parada, sem televisão ligada ou música tocando, sem Patrice cantarolando jovialmente na cozinha.

— Onde está todo mundo? — perguntou ela.

Noel fungou, andando feito um robô até uma caixa de papelão que estava sobre o sofá.

— Minha mãe foi ao baile de arrecadação de fundos. Meu pai está... em algum lugar. — Ele olhou para ela. — Por que você se importa?

Aria estremeceu. Era estranho ver Noel bravo, especialmente com ela.

— Eu só estava puxando conversa — respondeu, envergonhada. Ela pegou a caixa e a apoiou nos braços. — Já vou, está bem?

— Acho que é uma boa ideia — grunhiu Noel.

Mas então ele engoliu em seco de modo estranho. Aria virou-se e seu olhar encontrou o dele. Ela o encarou por um longo momento, tentando mostrar que terminar com ele era a única maneira de fazer as coisas direito.

Noel desviou o olhar.

— Vou levá-la até a porta — disse ele, indo para o andar de baixo. Segurou a porta aberta para ela e Aria murmurou uma despedida e correu para fora. Quando pisou na varanda, a caixa escorregou de seus braços e se espatifou no piso de tijolos. Ela se esforçou para reunir os CDs, livros e camisetas, quando sentiu a mão de alguém em seu braço.

— Aqui. — Noel se inclinou, suavizando a voz. — Pode deixar que eu pego.

Aria permitiu que ele juntasse suas coisas e as colocasse de volta na caixa. Quando ela se levantou, viu algo se mover no fundo da propriedade dos Kahn. Alguém estava entrando escondido na casa de hóspedes. A princípio, ela ficou com medo que fosse A, mas então um holofote iluminou o penteado louro e empinado, o vestido rodado e os saltos maciços da pessoa.

A figura se virou na luz, revelando o rosto. Aria ficou tensa. Não era a sra. Kahn... Era o pai de Noel. Vestido de mulher. *Em sua própria casa.*

Aria soltou um arquejo antes que pudesse se impedir de fazê-lo e, como em câmera lenta, viu a cabeça de Noel virar na direção em que ela olhava.

— Não! — gritou ela, se jogando na frente de Noel para obstruir sua visão.

— O que você está fazendo? — perguntou Noel.

— Hum, eu estava... — Aria deu uma olhada por sobre o ombro. O sr. Kahn se fora. — Eu, hum, pensei ter visto um morcego voar em direção a sua cabeça.

Noel olhou para Aria como se ela fosse maluca. Passaram-se alguns longos e tensos segundos. Dando de ombros, ele a ajudou a colocar a caixa no banco de trás do carro e depois se virou para voltar para casa. Ao mesmo tempo, a porta da frente se abriu. O sr. Kahn tinha atravessado a casa e chegado à porta da frente, e agora estava ali, parado na varanda, usando batom e vestido. Ele olhou estupefato para Noel, depois para Aria. Seu rosto ficou branco como papel.

— Pa-pa-pai — gaguejou Noel.

– Hum...– disse de modo esquisito o sr. Kahn, sua voz rouca e profunda. – E-Eu pensei que todo mundo tivesse saído.

O sr. Kahn deu meia-volta e marchou para dentro de casa. Aria cobriu o rosto com as mãos. Mas, surpreendentemente, Noel não estava fazendo barulho algum. Sem engasgar, sem se desesperar violentamente, *nada*. Ela olhou para ele por entre os dedos. Em vez de olhar a porta da frente, pela qual o sr. Kahn acabara de passar, ele estava olhando para ela.

– Você ficou na minha frente – disse ele. – Você estava tentando me impedir de ver meu pai, não estava?

Aria trocou o peso de um pé para o outro.

– Bem, sim.

Noel a estudou por um longo tempo. Os olhos dele se arregalaram.

– Você sabia, não sabia? Antes desse momento, quero dizer. Você *sabia* sobre meu pai se vestir... *assim*. E você achou que eu *não* sabia. Você estava escondendo isso de mim.

Aria sentiu um calor subindo à cabeça.

– Não é bem assim! – gritou ela. Então deu um passo para trás. – Espere. *Você* sabia?

– Bem, sim. Faz anos que eu sei. – Os olhos de Noel ficaram em brasa. – Há quanto tempo *você* sabe?

O queixo de Aria estremeceu.

– Apenas alguns dias. Vi seu pai em Fresh Fields semana passada. Tive medo de contar a você.

– Então você decidiu terminar comigo em vez disso? – A boca de Noel estava apertada, e seus olhos faiscavam, selvagens. – Ou houve alguma *outra* razão misteriosa pela qual você fez isso?

— Claro que não! — protestou Aria. — Por favor, calma! A gente pode conversar sobre isso, não pode?

De repente, ela se encheu de esperança. Talvez houvesse uma luz ainda. Se Noel já sabia sobre o pai, se essa não era uma grande revelação bombástica, capaz de acabar com seu mundo, então A não podia afetá-la. Era só um blefe.

— Eu mudei de ideia. Estava confusa. Quero ficar com você.

Noel deu uma risada fria e sinistra, como Aria nunca o ouvira fazer antes.

— Agora é tarde demais. Eu sabia que havia alguma coisa em sua cabeça, Aria. Eu perguntei um milhão de vezes sobre isso, e você disse que estava bem. Alguns dias atrás eu implorei para que você fosse sincera comigo sobre tudo e em vez disso você mente?

— Você também mentiu! — disse Aria, tentando desesperadamente. — Você nunca me disse que seu pai... *você* sabe!

Os olhos de Noel se estreitaram, como se ele não gostasse particularmente do rumo da discussão.

— Você nunca perguntou. E só para você saber, eu *ia* contar a você. Só não queria fazer isso quando estivéssemos em minha casa e ultimamente você parecia tão distraída, e... — Ele se calou, ficando boquiaberto. — Você acha que é *esquisito*? É *por isso* que terminou comigo?

— Noel, não! — gritou Aria, tentando segurar as mãos dele.

Noel se esquivou dela com uma horrível expressão de raiva no rosto.

— E eu que pensei que você tivesse a cabeça aberta. — Ele virou e voltou para dentro, batendo a porta com tanta força que a casa tremeu. Um silêncio pavoroso se seguiu.

Aria olhou para as mãos trêmulas, questionando-se se o que acabara de acontecer era real. Esperou Noel voltar, mas ele não voltou. Como isso tudo tinha acontecido? Ela acreditava estar fazendo a coisa certa, quando na verdade tinha piorado um milhão de vezes a situação.

E então Aria entendeu: Talvez fosse isso mesmo que A esperava. Talvez A soubesse que o sr. Kahn se vestir de mulher fosse um segredo conhecido, mas a tivesse levado a acreditar que aquilo destruiria a família de Noel. Afinal, a única coisa pior do que A estragar seu namoro era Aria sabotá-lo por si mesma.

26

BROWNIES DEMAIS

— *Spencer. Psiu! Ei! Spencer!*

Spencer abriu os olhos. Ela estava deitada em uma pequena maca no meio de um quarto tomado pelo cheiro pungente de antisséptico. Seus membros pareciam ter sido soldados ao colchão, e Spencer estava certa de que alguém enfiara uma lanterna na sua garganta. Conforme sua visão clareou, viu uma menina loura, bonita e com olhos grandes parada ao lado da cama. Usava um vestido amarelo familiar e tinha um sorriso enorme no rosto.

Spencer se ergueu, reconhecendo-a instantaneamente.

— *Tabitha?*

Tabitha estendeu os braços.

— Que bom vê-la de novo. Como está se sentindo?

Spencer tocou a testa. Parecia molhada, como se estivesse coberta de suor ou sangue.

— Nada bem. Onde estou?

Tabitha gargalhou.

– Você não se lembra do que aconteceu?

Spencer tentou pensar, mas sua mente era um profundo buraco negro.

– Não me lembro de nada.

Os saltos de Tabitha fizeram barulho no piso frio e duro conforme ela se aproximava de Spencer. Sua pele cheirava ao sabonete de baunilha que Ali costumava usar.

– Você está aqui pelo que fez – sussurrou ela, seu hálito quente no rosto de Spencer. – Aquilo que *todas* vocês fizeram. Ela me disse que vocês pagariam por tudo, e ela estava certa.

– O que você quer dizer com *ela*? Quem?

Tabitha fingiu fechar a boca com um zíper e jogar a chave fora.

– Jurei que não contaria.

– O que aconteceu comigo? – Spencer tentou mexer as pernas debaixo das cobertas, mas elas estavam amarradas com cintas de couro grossas. – Onde estou?

Tabitha revirou os olhos.

– Tenho que soletrar tudo para você? Achei que você era inteligente. Você entrou em Princeton, afinal. Não que vá estudar lá agora.

Spencer arregalou os olhos.

– E por que não?

O sorriso de Tabitha era retorcido e estranho.

– Porque você está *morta*. – E então ela se inclinou e tocou os olhos de Spencer, como que para fechá-los. – Diga adeus!

Spencer gritou e lutou para manter os olhos abertos, espernando contra as amarras de couro. Quando abriu os olhos de novo, estava em um quarto diferente. As paredes eram verdes, não cor-de-rosa. Ao lado de sua cama, um suporte de soro e várias máquinas barulhentas mediam sua pressão arterial e seu pulso. Ao seu alcance, uma pequena bandeja contendo uma jarra plástica, seu celular e três comprimidos redondos. Quando Spencer baixou os olhos para ver o avental de algodão que usava, viu as palavras PROPRIEDADE DO HOSPITAL GERAL DE PRINCETON impressas nele.

A voz de Tabitha reverberava na mente de Spencer. *Você está aqui pelo que fez. Aquilo que todas vocês fizeram. Ela me disse que vocês pagariam por tudo, e estava certa.* Tabitha estaria falando de Gayle? Mas como ela e Gayle se conheciam? Ou ela estava se referindo à Verdadeira Ali?

Mais importante, o que diabos ela estava fazendo em um hospital? Tudo que ela se lembrava era vagar até o quintal da Ivy e ouvir algo na floresta. Ela ouvira passos... alguém a segurara... e depois o quê?

Seu monitor apitou. Como se fosse a deixa, uma enfermeira usando uniforme azul e uma faixa de cabelo de tecido felpudo entrou no quarto.

– Ah, você está acordada. – A enfermeira olhou as máquinas, depois ligou uma lanterna nos olhos de Spencer. – Seu nome é Spencer Hastings, certo? Sua carteira de habilitação diz que é da Pensilvânia. Você sabe que dia é hoje?

Spencer piscou. Tudo se movia muito rapidamente.

– Hã, domingo?

– Isso mesmo. – A enfermeira escreveu algo na prancheta que segurava.

– O-o que aconteceu comigo? – disse Spencer, com a voz esganiçada.

A enfermeira colocou um medidor de pressão no braço de Spencer.

– Você teve uma overdose de uma mistura perigosa de drogas. Tivemos que limpar seu estômago uma hora atrás.

– O quê? – Spencer sentou-se na cama. – Isso é impossível!

A enfermeira suspirou.

– Bem, seu exame de sangue deu positivo para maconha, ritalina e LSD. O painel toxicológico dos outros vinte e seis jovens da mesma festa também deram positivo para essas substâncias, mas eles ficam me dizendo que não usaram nenhuma droga também. – Ela revirou os olhos. – Eu queria que pelo menos um de vocês tivesse apenas admitido que fez uso dessas substâncias quando os trouxemos para cá. Teria facilitado muito a nossa vida.

Spencer passou a língua pelos lábios, que estavam tão secos que doíam. *Mais pessoas da festa estavam aqui?*

– Todo mundo está bem? – perguntou.

– Ah, sim, todos estão bem, mas levaram um grande susto. – A enfermeira escreveu algo na prancheta, então acariciou a perna de Spencer. – Descanse agora, está bem? Seu corpo passou por muita coisa.

A porta fechou com um barulhinho, e Spencer ficou sozinha de novo. Ela se moveu, verificando se suas pernas não estavam amarradas à cama como no sonho. Como todas aquelas drogas foram parar em seu corpo? Não apenas no seu, mas no dos vinte e seis outros jovens também?

Spencer fechou os olhos e pensou nas situações bizarras que tinham acontecido no almoço da Casa Ivy. Como tantos jovens ficaram juntos e desapareceram no andar de cima. Verdadeiros CDFs haviam tirado a roupa e corrido nus pela casa. Harper começara a destruir o lugar, e outros a imitaram.

Até Spencer fizera coisas que normalmente não faria. Toda a experiência fora tão... descontrolada. Bizarra.

— Oh, meu Deus — desabafou Spencer, um vão se abrindo repentinamente em seu cérebro. Teria sido por causa dos brownies? Era a única coisa que ela comera. Spencer se lembrou da forma como Bagana oferecera a ela um torrão enorme de maconha, dizendo que aquela era uma erva realmente suave e perfeita para cozinhar. Ele sorrira para ela, como se fosse totalmente inocente e honesto, então disse todas aquelas coisas sobre a Casa Ivy. Talvez fosse aquela a ideia dele de desobediência civil. Bagana estava fazendo isso para atacar todos aqueles que acreditavam em instituições tediosas, exclusivistas e conservadoras.

Spencer contorceu o corpo para alcançar o telefone celular na mesinha e digitou o número de Bagana. Tocou algumas vezes até que ele atendeu com um alô cauteloso.

— Você quase nos matou — rosnou ela.

— Ei, como é? — disse Bagana.

— Estamos todos no hospital por sua causa! Você odeia a Ivy tanto assim?

Houve uma pausa na linha.

— Do que está falando? — Bagana soava confuso.

— Estou falando do LSD e da ritalina que estavam na sua maconha *suave* — disse Spencer por entre os dentes, notando que seu pulso subia no monitor. — Você adulterou a maconha para ferrar a gente, certo?

— Espere, espere, espere! — interrompeu Bagana. — Eu não uso *esse* tipo de coisa. E eu certamente não colocaria isso na minha maconha. Eu dei a você a coisa mais comportada que tinha, Spencer. Eu juro.

Spencer franziu as sobrancelhas. Bagana parecia surpreso com a acusação. Estaria dizendo a verdade? Outra pessoa poderia ter adulterado os brownies? A comida da festa estava exposta, teria sido difícil para alguém colocar vários venenos no prato de brownie sem ser visto. E Spencer não deixara a maconha ou os brownies fora de vista desde que os fizera na noite anterior.

Ela arregalou os olhos. Na verdade, ela os deixara fora da vista. Havia caído no sono enquanto estavam no forno. Seria possível que alguém houvesse entrado no hotel naquele momento e sabotado seu prato? Também havia mais assadeiras na festa do que ela se lembrava de ter levado, será que alguns dos brownies tinham sido contrabandeados e confundidos com os dela?

– Spencer? – chamou Bagana, interrompendo o seu raciocínio.

– Ah... Olha, eu ligo para você depois – grunhiu Spencer, para então desligar. De repente, o quarto ficou tão gelado que sua pele se arrepiou.

O celular ainda estava nas mãos dela quando apitou. Ela olhou para a tela. Os sinais vitais de Spencer mostrados no monitor aumentaram de novo. *Nova mensagem.*

Que bad trip, hein? É isso que você ganha por deixar seu prato de brownies largado por aí. – A

27

PERSEGUIÇÃO

– Tem *certeza* que não há nada que possamos fazer para ajudar? – perguntou Hanna ao pai enquanto ele endireitava sua gravata no saguão do Museu Gemológico Hollis, onde aconteceria o baile de arrecadação de fundos da campanha. Era um espaço enorme, bonito, com piso de mármore, paredes cobertas de mosaicos e toneladas de caixas de exposição cheias de diamantes, rubis, safiras, esmeraldas, meteoritos e geodes inestimáveis. O lugar estava imaculado e muito bem-decorado, com toalhas brancas nas duas dúzias de mesas distribuídas em volta do salão, buquês de flores enormes por todo lado e uma área de leilão silencioso que trazia um ovo Fabergé, um casaco de pele Louis Vuitton vintage e uma passagem para viajar durante três meses num veleiro ao redor do mundo.

– Sim, Tom, *por favor*, nos deixe fazer alguma coisa. – Kate, com um vestido cor de berinjela e sapatos de salto com tiras de veludo preto, também começou a se ajeitar em frente ao espelho.

O sr. Marin sorriu para as meninas.

– Vocês duas já fizeram tanto. – Ele pensou por um momento, depois ergueu um dedo. – Vocês *poderiam* ajudar a sra. Riggs a se divertir. Você costumava vir a este museu o tempo todo, não é, Hanna? Que tal mostrar as peças expostas para ela?

Hanna obrigou-se a sorrir. Era verdade, ela costumava vir ao museu com Ali no sexto ano, só que brincar de guia turístico com Gayle era a última coisa que gostaria de fazer. Mas lhe daria uma abertura para roubar o celular de Gayle e provar que ela era A. E havia ainda mais uma razão para fazer isso: Spencer ligara para contar a Hanna que estava no hospital, depois de A ter colocado droga em sua comida e na de outros alunos de Princeton e que, se elas pudessem provar que A era Gayle e que fora Gayle quem sabotara os brownies, elas a manteriam afastada por um longo tempo.

– Ah, então ela virá? – Hanna tentou parecer indiferente.

– Claro. – O sr. Marin verificou seu Rolex. – Na verdade, estou surpreso por ainda não estar aqui. A sra. Riggs me disse que gostaria de falar com você, Hanna, antes do baile começar.

– S sobre o quê? – grasnou Hanna. A ideia de ficar sozinha com Gayle parecia aterrorizante.

– Fiquei surpreso também. – O sr. Marin ergueu uma sobrancelha. – Uma das suas instituições de caridade procura incentivar adolescentes a se envolverem em atividades comunitárias. A sra. Riggs disse algo sobre estar realmente impressionada com seu envolvimento na campanha, especialmente organizando aquele *flash mob*. Acho que ela quer umas dicas.

Hanna sentiu-se mal. Ela estava certa de que Gayle não queria só umas dicas. Ela conhecera Liam no *flash mob*, e A – Gayle – sabia disso.

Ela ajeitou a postura, respirou fundo e conferiu a tela do celular mais uma vez. *Plano de ataque,* Aria escrevera em um e-mail para ela e Emily. *Hanna, você distrai Gayle falando da campanha. Se isso não funcionar, Emily, você chega e olha Gayle bem nos olhos. Quando ela não estiver prestando atenção, chego de fininho e pego o celular dela. Em seguida vamos até meu carro, verificamos as mensagens dela e baixamos tudo para nossos celulares.*

Hanna só podia rezar que fosse assim tão fácil.

As portas foram abertas e os convidados começaram a chegar. Hanna grudou um sorriso *eu sou a filha perfeitinha do político* no rosto e cumprimentou os convidados especiais. Rupert Millington, que sempre estava nas colunas sociais porque seus bisavós possuíram metade de Rosewood em uma era remota, entrou e apertou a mão do sr. Marin. Fletch Huxley, o prefeito de Rosewood, deu um beijo na bochecha de Hanna. Um bando de senhoras das instituições de caridade locais e de clubes de montaria davam beijinhos no ar e abraçavam-se sem se encostar. Hanna procurou por Gayle, mas ela ainda não havia chegado. Aria e Emily também não. Foi então que, deslizando pela porta dupla como se pertencessem à realeza, entraram um garoto que ela conhecia muito bem, de cabelo preto e smoking justo, e uma menina de vestido rosa irritantemente lindo da Bebe, que não a fazia parecer nem um pouco uma vadia. Eram Mike e Colleen absorvidos em uma conversa.

O coração de Hanna acelerou. Havia mais uma coisa que precisava fazer naquela noite. Ela se escondeu atrás de uma coluna para ouvir a conversa.

– Não sei o que pode ter acontecido com aquelas fotos – dizia Colleen. – O fotógrafo disse que alguém as pegou para mim, mas isso é impossível!

Hanna mordeu o interior da bochecha. Não queria ser responsabilizada por ter roubado as fotos de Colleen. Talvez devesse enviá-las de volta anonimamente e contabilizar o dinheiro que pagou por elas como o preço a ser pago para conseguir Mike de volta.

Em seguida, Mike virou a cabeça e notou Hanna atrás da coluna. Hanna olhou para o outro lado, mas então Colleen a viu também e deu um gritinho feliz.

– Beijos, beijos! – disse ela extasiada, correndo para beijar Hanna nas duas bochechas antes que Hanna pudesse impedi-la. – Isso é *tão* incrível. Muito obrigada por me convidar!

Hanna bufou.

– Eu *não* a convidei – disse ela, as palavras pareciam bile em sua boca.

O sorriso de Colleen se desfez. Mike olhou para Hanna como se pudesse matá-la, então deu de ombros e seguiu na direção de um bando de rapazes do time de futebol, que sem dúvida tinham batizado seus refrigerantes com a vodca do frasco de alguém.

Colleen observou Mike se afastar, então se virou de volta para Hanna, com os olhos ligeiramente arregalados.

– Ah... Hanna? – Ela se inclinou para a frente. – Tem algo preso no seu sapato.

Hanna baixou os olhos no mesmo instante. Um longo pedaço de papel higiênico estava preso ao seu salto. O rosto dela pegou fogo. Há quanto tempo aquilo estaria ali? Será que ela havia cumprimentado o prefeito de Rosewood assim? Mike tinha visto?

Hanna se abaixou e puxou o papel nojentamente ensopado do pé. Quando olhou para cima de novo, Colleen havia se juntado a Mike em uma mesa com os amigos dele. Ela ficou mais enfurecida do que nunca.

O salão começou a encher, o número de convidados não parava de aumentar, e Hanna buscou refúgio em um corredor onde uma ágata listrada do Brasil estava em exibição e pegou seu celular. Ela achou o comercial de iogurte e o assistiu mais uma vez, rindo da cara constipada de Colleen. *Impagável.* Então, copiou e colou o link em uma nova mensagem e selecionou como destinatários todos os alunos de Rosewood Day que tinha em sua agenda.

Quando terminou, Hanna levou o dedo até o botão de ENVIAR e o deixou ficar ali, sem apertar. Ela olhou para o salão, vendo a banda se acomodar enquanto os convidados tagarelavam. Colleen e Mike estavam sentados à mesa com os companheiros da equipe de lacrosse de Mike, que parecia entretido em uma conversa com o goleiro, apelidado por Hanna de Frankenstein devido a sua cabeça quadrada. Colleen estava sentada perto dele, bebericando sua água com gás e parecendo meio perdida. *A atrizinha perfeita não sabe fazer amigos,* pensou com satisfação. *Acho que popularidade instantânea é um pouco mais difícil do que parece, hein?*

Mas, de repente, a expressão de peixe fora d'água de Colleen a fez lembrar-se de algo. Hanna viu a si mesma e Mona sentadas à melhor mesa da cantina. Colleen veio até elas e perguntou se podia juntar-se à mesa, e as duas riram.

– Não nos sentamos com meninas que usam sapatos de Hobbit – disse Mona, apontando para os sapatos Mary Jane de bico quadrado nos pés de Colleen. E Hanna cantarolou:

– *O ciclo sem fim...* – porque Colleen usara uma mochila do Rei Leão até o oitavo ano.

Por uma fração de segundo, a dor era óbvia em seu rosto, mas então ela deu de ombros e falou com animação:

— Certo! Bem, tenham um bom almoço, pessoal!

Mona e Hanna caíram na risada quando ela foi embora.

O lance era que, não muito tempo antes, quando Hanna estava no grupo exclusivo de Ali, ela rira de Mona E, não muito tempo antes *disso*, a Verdadeira Ali rira de Hanna. Rira de seus pneus de gordura sobressaindo por cima dos jeans. Rira de sua incapacidade de dar uma estrela na academia. Hanna lembrava como se sentira humilhada e envergonhada. E mais, quando foi sua vez de usar a coroa da popularidade, ela tirara sarro das pessoas com tanta facilidade que era como se nunca tivesse conhecido o outro lado.

A popularidade transformara Ali, Mona e Hanna em vacas impiedosas. Mas isso não afetara Colleen. Mesmo saindo com Mike, ela permanecera exatamente a mesma menina que era antes. E agora Hanna estava sendo atormentada pela pior vadia de todas – A. Ela realmente queria fazer aquilo com outra pessoa?

Seu celular apitou de repente, ecoando agudo e estridente naquela parte silenciosa do museu. Uma nova mensagem apareceu na tela. Franzindo a sobrancelha, Hanna saiu da mensagem que estava planejando escrever e abriu a nova. O remetente era uma série de letras e números misturados.

Vamos, Hanna. Mande o vídeo. Você sabe que quer mandar.

Hanna sentiu-se mal. Ela queria mandar? Sentia uma falta enorme de Mike. Queria voltar a ser a namorada *dele*, não queria que ele namorasse Colleen, e queria de volta as corridas juntos, as escapadas para o cinema e as horas a fio jogando *Gran Turismo*, tudo o que costumavam fazer. Mas conseguiria conviver consigo mesma se a única maneira de obter essa vida de volta fosse enviar o vídeo? Isso a fez pensar no modo como se sentiu ao usar sapatos e pulseiras que havia roubado: era fantástico ter uma pulseira de nós da Tiffany em volta do pulso, mas algo naquilo a fazia sentir-se um pouco suja também. Colleen podia ter sido irritante, mas ela não merecia ter seu próprio A.

Hanna voltou à mensagem com o link do vídeo, respirou fundo e apertou DELETAR. Fazer isso pareceu tão purificador. Quase... bom. Como se ela tivesse vencido A no jogo dela.

Uma gargalhada aguda soou de um dos cantos e Hanna se virou depressa. Passos ecoaram atrás dela. De repente, Naomi Zeigler e Riley Wolfe aproximaram-se de Hanna, seus celulares nas mãos.

– Você se superou desta vez, Hanna – gargalhou Naomi.

– Boa! – acrescentou Riley, colocando um cacho de cabelo ruivo brilhante atrás da orelha.

– Do que vocês estão falando? – atalhou Hanna.

– Aquele vídeo. – Naomi balançou seu celular para a frente e para trás. – É impagável.

Hanna ficou completamente enjoada. *Vídeo?* Naomi estava querendo dizer o que ela pensava? Mas Hanna apagara a mensagem! Será que A o enviara *dizendo* que era de Hanna?

– Não fui eu – desabafou ela.

Riley a olhou como se estivesse doida.

– Hum, esta com certeza *parece* você.

Ela pôs o celular diante do rosto de Hanna. Hanna olhou para ele, esperando ver Colleen no comercial de iogurte letão, mas, em vez disso, sua própria imagem apareceu. A primeira parte do vídeo era Hanna na aula de *pole dance*. Seu top minúsculo subiu e seu short desceu, mostrando uma faixa de sua lingerie de renda. Seu quadril parecia enorme enquanto ela fazia círculos e rodava, e, quando tentou escalar o poste, parecia um macaco demente. A câmera fez uma tomada infeliz de sua virilha quanto ela caiu no chão.

– O quê? – sussurrou Hanna.

O vídeo continuou. A parte seguinte mostrava Hanna se escondendo nos arbustos do shopping King James, olhando a Vitoria's Secret com binóculos. A camuflagem fez sua pele parecer vermelha e inchada, e sua cintura muito maior do que realmente era. Quando emergiu dos arbustos, havia algumas folhas grudadas em seu traseiro. A câmera aproximou e focou nelas enquanto ela seguia Mike e Colleen pelo átrio.

Hanna olhou para as meninas, seu coração batendo mais rápido.

– Eu não entendo.

– Dando uma espionada, não é, Hanna? – gargalhou Naomi.

O vídeo prosseguia. Agora era um clipe de Colleen andando até o estúdio do fotógrafo e Hanna se escondendo logo atrás dela, parecendo desesperada e ridícula. E depois mostrava Hanna apenas algumas horas antes pegando as fotos de Colleen, olhando-as com raiva e jogando-as no porta-luvas. O último quadro era uma mensagem em negrito, em vermelho. *Hanna Marin, stalker desesperada!*

– Oh, meu Deus! – desesperou-se Hanna.

Naomi gargalhou.

— Eu sempre pensei que você fosse uma perdedora por sair com um cara mais novo, mas espioná-lo depois que ele terminou? Isso é ainda mais baixo, mesmo para você. E agora todos sabem.

— Todos? — disse Hanna, com a voz trêmula.

Ela desviou o olhar para o salão de baile e teve sua resposta. Todos os alunos de Rosewood Day olhavam para seus celulares, depois levantaram as cabeças em massa e olharam boquiabertos para Hanna.

— Estava gostosa de camuflagem, Hanna! — disse Seth Cardiff.

— Ei, Mike, você tem uma admiradora secreta! — Mason Byers sufocou uma risada.

Mike. Hanna o encontrou perto da janela, junto de Colleen. Os dois olhavam para o celular dele. Hanna pôde pontuar o exato momento em que Colleen chegou à parte do vídeo em que Hanna roubava as fotos dela. Ela cobriu a boca com a mão e então se virou para Hanna com um olhar traído no rosto. A cabeça de Mike ergueu-se rápido e ele a encarou também, os olhos em fogo. Colleen virou-se e saiu correndo pelo saguão. Mike a seguiu.

Hanna deu uns passos trôpegos para trás, quase tropeçando sobre a longa cortina que separava o salão principal do pequeno corredor. Como isso acontecera? Quem andava seguindo-a por aí? Quem enviara aquele vídeo para todo mundo?

Claro: A. *Esta* era a razão por que A a encorajara a espiar Colleen, para jogar isso na sua cara e garantir que ela perdesse Mike para sempre.

28

O TEMPO ESTÁ ACABANDO

— Eles não economizaram, hein? — disse Isaac ao entrar com Emily no Museu Gemológico Hollis.

— Incrível! — sussurrou Emily, olhando em volta. Ela nunca fora a um baile de arrecadação de fundos de um político antes, mas aquele era incrível, muito melhor que o baile de formatura. Toneladas de balões brancos estavam presos ao arco do teto. A banda tocava um jazz e alguns casais de smoking e vestido longo dançavam devagar. Emily nunca vira tantos diamantes e ela não estava falando apenas sobre aqueles debaixo das vitrines de vidro. Um ladrão de joias teria o dia ganho apenas tirando os anéis dos dedos das ricaças no baile.

Ali trouxera Emily, Spencer, Hanna e Aria àquele lugar. Elas tinham passado tardes inteiras no museu, fantasiando sobre como seria usar diamantes enormes em festas chiques.

— Quando for mais velha, terei um anel de noivado enorme como esse — disse Ali, apontando para a pedra de dez quilates em exposição. — Ninguém vai me impedir. — Emily se perguntou se ela se referia à *Verdadeira* Ali. Provavelmente pensava que se manteria na vida encantada de sua irmã gêmea para sempre.

— Este lugar é lindo — murmurou Emily.

— Mas *você* é a coisa mais linda aqui — disse Isaac, apertando a mão de Emily.

Emily deu um sorriso inseguro para Isaac, tentando admirar o lindo smoking dele, o cabelo penteado para trás e seus sapatos brilhantes. Mas realmente era impossível para ela aproveitar a festa. O vestido longo com contas no corpete parecia grudar em suas costelas e seus passos pareciam instáveis no salto alto que tirara do fundo do armário. Suas mãos tremiam tanto que ela praticamente desenhara uma linha torta pelo rosto ao passar o batom.

A ideia de ficar cara a cara com Gayle a apavorava. Gayle contaria a todo mundo sobre sua gravidez... E então Isaac saberia. Perguntaria por que já haviam saído três vezes e Emily não dissera nada. Ele a odiaria, e contaria para a mãe dele, para os pais dela, para todos.

Emily sabia que ir ao baile de gala era parte do plano para pegar o celular de Gayle e determinar se ela era A, mas assim que Isaac aparecera na porta de sua casa, a garota sentira que tudo aquilo era um grande erro. Mas, se desistisse, Isaac faria perguntas que Emily não tinha como responder.

Ela espiou a multidão, procurando pelas amigas. Era importante que Aria e Hanna estivessem ali também, ou o plano não funcionaria. Um bando de jovens estava rindo de alguma coisa que viam na tela de seus celulares. Mason Byers e Lanie Iler gargalhavam sobre um prato de macarrão.

Sean Ackard conversava todo alegrinho com Nanette Ulster, que estudava na escola quacker. Uma loura alta usando um vestido vermelho que parecia bem caro surgiu do salão de baile. Emily se enrijeceu, todos os seus sentidos em alerta de repente. *Gayle?*

Ela agarrou a manga do smoking de Isaac e o puxou de volta para o saguão. Pararam debaixo de um pedaço enorme de quartzo rosa suspenso do teto, e Emily recuperou o fôlego. Por mais que tivesse se preparado para aquele momento, ter que encarar a possibilidade a amedrontava.

— O que está acontecendo? — perguntou Isaac, confuso.

— Ah... Eu só queria... — Emily deu uma olhada para a mulher de vermelho de novo. Ela aceitou um coquetel de um garçom que passava e se virou na direção deles. Seu rosto tinha rugas e seu nariz era fino e pontudo, não pequeno e redondo como o de Gayle. *Ops.*

Claro, isso podia significar que Gayle estava passando pela entrada exatamente naquele momento e eles seriam a primeira coisa que veria.

— Mudei de ideia. Vamos dançar. — Emily puxou Isaac para dentro do salão principal de novo, quase pisoteando um bando de mulheres com aparência arrogante usando broches VOTE EM TOM.

Isaac riu nervoso quando tropeçou atrás dela.

— Você está bem?

— Claro! — Emily sabia que devia estar parecendo uma louca. Passou os braços em volta de Isaac e começou a dançar lentamente com a música de Sinatra que a banda tocava. A pista de dança era um ótimo posto de observação de todas as mesas, do bar e da área de leilão silencioso. Muitas pessoas que ela reconhecia das festas dos Marin estavam por ali conversando. Vários fotógrafos circulavam pelo salão fazendo registros daquela noite.

Isaac fez Emily rodopiar.

— É divertido ser um convidado em vez de um funcionário do bufê.

— Como você conseguiu convencer sua mãe a deixá-lo vir aqui comigo? — perguntou Emily, distraída.

— Acontece que eu contei a verdade. Ela está aceitando a ideia de estarmos juntos de novo, acredite se quiser.

Emily não podia acreditar, mas não tinha tempo de se prender a isso. Seu olhar pulava das portas que levavam à saída de emergência para um cantinho perto dos banheiros. A mãe de Noel Kahn passou por seu campo de visão, usando uma tiara. O pai de Hanna, em um canto, falava com vários homens de negócios aparentemente ricos.

— Senti sua falta de verdade — continuou Isaac.

Emily se afastou, sentindo-se mal. Isaac merecia sua total atenção. Era gostoso sentir os braços dele envolvendo-a, mas estava apavorada que, a qualquer instante, o delicado castelo de cartas que era sua vida pudesse desmoronar.

Emily não conseguia evitar verificar a multidão de novo. O sr. Marin levantou-se e atravessou o salão para encontrar alguém que acabara de surgir de uma entrada lateral. Emily esticou o pescoço para ver, mas sua visão estava bloqueada.

— Então o que você me diz? — perguntou Isaac.

Emily piscou, sem entender. Isaac estivera falando esse tempo todo e ela não ouvira uma só palavra.

— O que foi?

Isaac umedeceu os lábios.

— Eu queria saber se estamos namorando de novo.

Emily abriu a boca, mas nenhuma palavra saiu. Apesar de sua distração, apesar de ela estar escondendo algo importante de Isaac, as palavras foram bem-vindas.

— Só tem uma coisa — Isaac interrompeu antes que Emily tivesse chance de falar. — Algo a está incomodando. Algo que você acha que não pode falar comigo. Mas você *pode*, Emily. Seja o que for, estou aqui com você. Se for algo que envolve aquele rapaz com quem nos encontramos em Hollis no outro dia, não tenha medo de me contar.

Emily fechou os olhos.

— Não tem nada a ver com Derrick.

— Mas *é* alguma coisa?

Os trompetes tocando no palco estavam começando a fazer a cabeça de Emily doer.

— Não é nada.

— Você parece tão estressada. — A voz de Isaac assumiu um tom suplicante. — Eu só quero ajudar.

Emily se concentrou nos passos de dança, evitando a resposta. Isaac se importava e queria fazer tudo ficar melhor, o que a fazia sentir-se aliviada e péssima ao mesmo tempo. Queria que ele gostasse dela. Queria que ele quisesse voltar com ela. Mas o que *ela* queria para si mesma?

— Terminar o namoro foi um grande erro, Emily — disse Isaac, olhando profundamente nos olhos dela. — Quero começar de novo. O que você acha?

— Eu... — começou Emily, mas então percebeu uma figura loura na beirada da pista de dança. Ela tinha a altura e constituição certas, e o sr. Marin estava conversando alegre e graciosamente com ela. — Ah, meu Deus — sussurrou.

Ela agarrou Isaac mais uma vez, puxando-o para fora da pista de dança, e escapou para um nicho onde uma variedade de meteoritos estava exposta em vitrines. Isaac cruzou os braços por cima do peito, aparentando estar exausto daquele joguinho.

— Você vai me explicar o que está acontecendo esta noite?

A mulher conversando com o sr. Marin se virou um pouco. Só mais alguns graus e ela veria Emily e Isaac. Pensando depressa, Emily tomou o rosto de Isaac nas mãos e, sem qualquer aviso, beijou-o. Os olhos de Isaac se arregalaram por um instante, mas então se fecharam aos poucos e ele retribuiu o beijo apaixonadamente. Emily sentiu sua pulsação acelerada na pele e nos lábios. O beijo foi gostoso, mas ela sabia que era só um meio para chegar a um fim. Emily se sentiu a pior pessoa do mundo.

Isaac se afastou por um momento e sorriu de maneira estranha.

— Então, isso é um sim?

Emily engoliu em seco, sentindo que fizera algo que não podia desfazer. Realmente não estava agindo como si mesma. Ela deu uma outra olhada para o salão de baile. A mulher que estivera falando com o sr. Marin se fora.

Beep.

Emily podia ver o celular brilhando através do tecido telado de sua bolsa de festa prateada. Emily olhou para ele, aterrorizada.

— Acho que você recebeu uma mensagem — disse Isaac, parecendo relaxado e feliz.

Emily ficou com a garganta apertada. Ela puxou o celular e olhou para a tela. Seu sangue gelou.

— Isaac, tenho que ir — sussurrou.

— *Ir?* — O olhar contente no rosto de Isaac desapareceu. — Do que você está falando?

Emily deu alguns passos nervosos de volta ao salão de baile. O sr. Marin ainda estava falando com a mulher. Embora Emily estivesse quase certa de que era Gayle, o rosto dela ainda estava virado para o outro lado. Emily passou os olhos pelo restante do salão. Estava ainda mais lotado do que alguns segundos atrás. Onde diabos estaria Hanna? Por que ela não via Aria? Não havia tempo a perder.

— Emily? — Ela sentiu alguém colocar a mão em sua manga. Isaac estava olhando para ela, sua boca em linha reta. — Quem acabou de mandar mensagem para você?

A banda terminou a música e todos na pista de dança aplaudiram. Emily olhou para o rosto franco e gentil de Isaac. Imaginava o que pareceria ir embora sem explicação. Mas não sabia o que mais poderia fazer.

— Desculpa — sussurrou ela, e então se virou e serpenteou pela pista de dança.

— Emily! — chamou Isaac, mas Emily não olhou para trás, desviando das pessoas na multidão até alcançar o saguão. Abriu a bolsa de festa, apanhou o celular e leu a terrível mensagem mais uma vez. Só de ler aquelas palavras, achou que iria desmaiar. Aquilo não podia estar acontecendo.

Estou com seu bebê. Se você quer que ela fique a salvo, venha até a Mockingbird Drive, 56. Tique-taque! – A

29

AMIGOS NÃO DEIXAM OS OUTROS SOZINHOS

Aria parou no estacionamento do Museu Gemológico, ajeitou o cabelo e verificou a maquiagem no espelho retrovisor. Fizera um bom trabalho limpando as marcas das lágrimas que marcavam seu rosto depois da briga com Noel, mas ainda parecia estressada e cansada. Então se lembrou de que não teria ninguém para impressionar no baile.

Depois de estacionar, pegou seu celular e escreveu uma mensagem para Noel. *Por favor, me deixe explicar. Tudo que aconteceu... estava meio que fora do meu controle. Alguém me forçou a terminar o namoro com você. Alguém está me ameaçando e controlando minha vida.*

Ela apertou DELETAR no mesmo instante. Péssima ideia. Ela não podia contar a Noel sobre A.

Engolindo um soluço, bateu a porta do carro e seguiu na direção das grandes portas de entrada, iluminadas dos dois lados por lanternas japonesas brilhantes. Um golpe de vento a atingiu e fez rolar uma lata vazia de Coca-Cola pela calçada.

Aria ouviu um sussurro e virou-se, observando os carros enfileirados no estacionamento.

Ficou ali alguns segundos sem ver nada ou perceber qualquer movimentação, e prosseguiu em seu caminho. Alguns jovens estavam juntos na entrada do prédio, observando alguma coisa na tela dos celulares.

– *Tão* desesperada – riu Riley.

– Ela é uma perdedora, não? – Klaudia estremeceu em um vestido preto curtinho sem alças.

Aria olhou para a tela do celular por sobre o ombro de Riley. Havia uma foto de Hanna usando roupas de exército e se escondendo entre os arbustos de plástico em um corredor do shopping. Aria não fazia ideia do que era aquilo, mas, antes que pudesse fazer perguntas, Emily atravessou correndo a porta dupla, agarrou-a pelos ombros e puxou-a para o outro lado da passagem.

– Graças a Deus eu a encontrei! – disse Emily, sua voz cheia de medo. – Preciso do seu carro.

– O que aconteceu? – perguntou Aria. – Você já pegou o celular de Gayle?

– Não, mas isto é muito mais importante.

Emily exibiu o celular para Aria. *Estou com seu bebê,* dizia a tela. Aria colocou a mão sobre a boca.

– Você acha que é verdade?

– Não vou ficar esperando para descobrir. – Emily foi em direção ao estacionamento, então percebeu Hanna saindo pela porta com um olhar envergonhado no rosto. Ela acenou para Hanna.

– Você tem que ver isso.

Hanna parecia machucada, como se não estivesse querendo lidar com nada agora, mas ela veio até Emily e inspecionou a mensagem. A cor desapareceu de seu rosto.

– *Droga*. Como isso foi acontecer?

– Não sei. Mas preciso salvá-la. – Os olhos de Emily iam para lá e para cá. – Se Ali estiver com ela, quem sabe o que fará?

– Em, não é Ali que está com Violet – sussurrou Aria. – Você não vê? É Gayle. Eu a vi fazendo compras em uma Babies "R" Us na noite passada com aquele enorme sorriso esquisito no rosto. Ela estava se preparando para quando encontrasse seu bebê.

Emily franziu as sobrancelhas, então olhou para o enorme museu atrás delas.

– Mas Gayle não está aqui? Eu pensei que a tivesse visto conversando com seu pai, Hanna.

Hanna mordeu o lábio.

– Na verdade, eu não a vi a noite toda.

– Claro que ela não está aqui – disse Aria. – Ela está nesta casa na Mockingbird Drive! – Ela olhou para Hanna. – Você está comigo, certo? Você acha que é Gayle?

Um ar de dúvida cruzou o rosto de Hanna.

– Eu *acho* que sim. Mas por que Gayle nos diria que está com Violet se quer ficar com ela? Parece uma armadilha.

– Não quero saber! – Emily pegou as chaves do carro de Aria da mão dela. – É da vida da minha filha que estamos falando! Desculpe, Aria, mas vou até aquela casa, mesmo que tenha que ir sozinha!

Aria ergueu o queixo.

– Não vamos deixar que você vá sozinha.

– Não vamos? – disse Hanna com a voz esganiçada.

Aria olhou para Hanna.

— Claro que não. — Ela pegou as chaves do carro das mãos de Emily, marchou pelo estacionamento e deslizou para o assento do motorista. — Vamos, Em. Você também, Hanna.

As meninas entraram no carro e bateram as portas. Aria chutou seus saltos altos, ligou o motor e acelerou. Ao deixar o estacionamento, olhou para trás e viu uma lua sobrenatural e amarela, perfeitamente redonda, refletida nas janelas do museu. E ali, ao lado do reflexo da lua, havia a silhueta de uma pessoa. Olhando. Talvez até rindo por elas serem tão burras.

Aria inspirou com força, os pelos de sua nuca se arrepiando. Mas quando olhou pela janela mais uma vez, só a lua estava lá, brilhante e cheia, refletida na superfície do vidro.

30

A GAROTA NA FOTO

Vinte e cinco minutos e três voltas erradas depois, as garotas estacionaram na Mockingbird Drive, uma rua sinuosa do outro lado de Mount Kale.

– Uau... – resmungou Hanna, tentando enxergar através da neblina que havia se adensado. Aquelas propriedades eram cercadas por enormes terrenos. Calçadas irregulares levavam a falsos castelos, casas de estilo provençal, mansões ao estilo Tudor e edifícios que pareciam o resultado de um cruzamento entre obras de artes de Frank Gehry e o Capitólio. Ferraris estavam à mostra, fora das garagens. As luzes das quadras de tênis cintilavam nos quintais. Hanna estava acostumada a casas luxuosas como a de Noel, de Spencer e mesmo a nova residência de seu pai, mas as pessoas que viviam naquele bairro tinham mais dinheiro do que poderiam gastar e não se importavam em declarar isso com suas casas.

A caixa de correio mais próxima ostentava o número *56* em escrita gótica, e Aria dirigiu lentamente ao longo da entrada ladeada por árvores altas e imponentes cujas copas formavam um túnel apavorante. Passaram por uma garagem para seis carros e um estábulo e chegaram à mansão imponente com colunas e grandes janelas em arco. A casa ficava em uma posição um pouco torta no lote, possivelmente colocada em um ângulo que aproveitasse melhor o sol da manhã. Nenhuma iluminação era visível das janelas.

— Hã, e agora? – sussurrou Hanna assim que Aria desligou o motor.

— Vamos lá. – Emily abriu a porta do carro e se apressou na direção da porta da frente. Hanna e Aria seguiram atrás dela em menor velocidade. Quando Hanna ouviu um sussurro, seu coração disparou. E se A as estivesse levando direto para uma armadilha?

— Onde você acha que está Spencer? – perguntou Emily, por cima do ombro. – Ela não respondeu às minhas mensagens de texto. – Elas tinham mandado mensagens contando a Spencer o que iriam fazer e pediram que ela as encontrasse lá.

— Talvez ela tenha demorado para receber alta do hospital — murmurou Hanna.

— Ou talvez ela tenha se perdido, como nós. – Aria entrou na varanda e observou a campainha. – O que devemos fazer? Apertar? "Ei, A, estamos aqui". – Ela olhou para Hanna. – Você faz isso.

A amiga arregalou os olhos.

— Sem chance!

— *Eu faço isso.* – Emily bateu na porta, que se abriu com um rangido típico de casa assombrada. Hanna estremeceu. Que tipo de pessoa deixava a porta da frente aberta daquele jeito no meio da noite?

Emily passou por elas e avançou para dentro.

— Olá? — gritou.

Hanna a seguiu. O vestíbulo tinha o cheiro perturbador de removedor de esmalte. Uma única luminária estava acesa sobre um aparador, mostrando uma escadaria dupla, um impressionante lustre de cristal e uma parede cheia de pinturas em preto e branco de dunas de areia ondulantes, crânios de animais e aves predatórias que pareciam possuídas. Cortinas pesadas pendiam das janelas do lado direito da sala e tapetes grossos de lã decoravam o chão. A porta do armário do corredor estava entreaberta e havia vários casacos pendurados lá. O lugar tinha a inércia de um museu, como se fosse um cenário montado e não uma casa de verdade.

— Olá? — chamou Emily novamente.

Não houve resposta. Emily espiou a escadaria, Aria seguiu em direção à cozinha. Hanna pegou um coelho de pedra de uma mesa próxima da porta de entrada e o recolocou no lugar. Estava tudo tão quieto que os ruídos que ela ouvia poderiam nem ser reais. Alguém engolindo em seco. Um farfalhar. Um estalo.

— Alguma coisa aqui não parece certa — sussurrou Emily de repente, colocando uma mecha de cabelo atrás da orelha. — Onde está Violet?

— Eu avisei que isso era uma péssima ideia — murmurou Hanna.

— Garotas. — A voz de Aria estava tão fina quanto um arame esticado. Ela estava ao lado de uma mesa na sala de estar, com um envelope nas mãos. — Olhem para isso.

Hanna apertou os olhos para ler. De um lado, tinha um logotipo da Companhia Elétrica do Estado da Pensilvânia.

Do outro, o endereço Mockingbird Drive, *56*. Depois o olhar dela caiu sobre o nome do destinatário.

— Oh, meu Deus — murmurou Hanna. *Gayle Riggs*.

Aria colocou o envelope na mesa com os olhos arregalados.

— Gente, essa é a *casa* de Gayle. Eu *disse* para vocês.

Emily piscava sem entender.

— O que significa isso?

— Significa que precisamos dar o fora daqui — retrucou Hanna. — Gayle não está com o seu bebê. Ela só nos queria aqui para nos machucar.

Ela se dirigiu para a porta, prestando atenção em cada sombra, em cada fenda escura. Uma escultura em forma de salgueiro parecia perigosa, com vida própria. O cabideiro lembrava um velho louco e corcunda. Algumas fotografias enfileiradas em cima da lareira se assemelhavam a dentes tortos em uma boca esfomeada. Naquela semiescuridão, pôde distinguir uma foto do casamento de Gayle. E outra, menor, que mostrava ela e o marido em férias, e depois um retrato de família de Gayle, seu marido e uma garota loura e sorridente. Talvez aquela fosse a filha sobre a qual Gayle falara para Emily, aquela que ela dissera ter perdido. Hanna estreitou os olhos tentando ver o rosto da menina, mas a fotografia era muito pequena e ela não conseguiu ver como ela era.

Por fim, ela viu a foto seguinte, uma foto de 20x25 centímetros em um porta-retratos de madeira. Era o close de uma adolescente loura e bonita. Assim que Hanna viu seus olhos azuis astuciosos e seu sorriso maligno, um gosto metálico invadiu sua boca. Ela reconheceria aquele sorriso em qualquer lugar.

Hanna congelou por um instante.

— Oh. Meu. Deus. — Apontou um dedo trêmulo para a fotografia. Emily se aproximou seguindo a indicação e quase desmaiou, sentiu os joelhos fraquejarem.

— Mas essa é a...? — perguntou Emily em um sussurro.

Aria soltou um ruído de pavor.

Hanna pegou a fotografia da estante. Aquilo explicava tudo o que acontecera. Como Gayle sabia de tudo e por que queria que elas não apenas sofressem... mas *morressem*.

— Tabitha era filha dela? — perguntou Emily, sua voz tremendo incontrolavelmente.

— Como você não sabia disso? — perguntou Hanna. — Você não conheceu Gayle e o marido? Não perguntou o nome da filha deles? Não descobriu o que aconteceu com ela?

Emily, atordoada, balançou a cabeça.

— Nunca vi o marido dela e não teria feito diferença nenhuma, já que não sabíamos como ele era até que o corpo de Tabitha foi encontrado. E o sobrenome que Gayle usa é Riggs, não Clark. Ela nunca me deu detalhes do que aconteceu com a filha dela, só disse que a menina sumiu. Nenhuma dessas coisas apareceu quando pesquisei no Google! — respondeu Emily.

Hanna correu as mãos pelo rosto.

— Por que ela não nos entregou? — perguntou, mal conseguindo articular as palavras por causa da respiração ofegante.

Emily mordeu o lábio.

— Talvez ela não *tivesse* certeza. Talvez essa tenha sido a maneira que ela encontrou de nos desmascarar e de nos fazer confessar. Ela estava tentando nos enlouquecer, fazer com que contássemos a verdade.

– Então você *ainda* pensa que a Ali seja A, Em? – perguntou Aria.

Emily parecia aterrorizada.

– Não. Acho que não.

Todas se viraram para observar a fotografia mais uma vez. Por um instante, pareceu que Tabitha estava piscando para elas. *Peguei vocês!* Era a mesma expressão que Ali usava quando pressionava as garotas a fazerem algo que não queriam.

E então, claro como o dia, um gemido agudo e desesperado veio de algum lugar. As garotas olharam ao redor. Hanna pegou a mão de Aria, que segurou a mão de Emily. O gemido se prolongou, ficando ainda mais alto e mais urgente.

– Um bebê – sussurrou Hanna.

– Violet! – gritou Emily.

Ela correu pelo corredor, às cegas, seguindo o som. Aria foi atrás dela. Hanna as seguiu, com o coração disparado.

Passaram rapidamente por um escritório, um lavabo, uma cozinha enorme de mármore imaculadamente limpa que cheirava a limões frescos. O som parecia vir de trás das portas francesas do outro lado da ilha da cozinha. Emily virou a maçaneta e passou voando por uma das portas.

Deram de cara com um pátio de tijolos. A neblina estava ainda mais densa do que quando chegaram. O gemido ecoava pelo lugar, mas não havia quaisquer sinais do bebê.

– Violet? – Emily girou com os olhos cheios de lágrimas.

O barulho parou de repente. O silêncio era ensurdecedor. Hanna ergueu os olhos para as amigas. A neblina emoldurava seus rostos. Pensou no pior: o bebê estava *morto*?

Crac.

Hanna se aprumou, atenta à garagem e às árvores imersas na neblina. Embora não conseguisse ver nada, sentia uma presença. Depois ouviu passos.

— Meninas. — Sua voz tremeu.

— Talvez seja Spencer — disse Emily, enchendo-se de coragem. A tela de seu celular brilhou na escuridão. — Ela acabou de me mandar uma mensagem para avisar que está aqui.

— Mas então onde está o carro dela? — perguntou Aria, indicando a entrada de carros. Além do Subaru de Aria, não havia qualquer outro veículo ali.

Emily mordeu o lábio mais uma vez.

— Talvez ela tenha estacionado lá embaixo e esteja subindo a pé.

Hanna caminhou pelo pátio em direção à entrada de carros.

— Há mais alguém aqui e não é apenas Spencer. Precisamos avisá-la.

Ela estava a meio caminho da garagem quando ouviu o som de algo metálico — talvez chaves de carro — caindo no asfalto. Parou onde estava e olhou ao redor, mas tudo o que conseguia enxergar era neblina e mais neblina. Ouviram passos novamente e depois sussurros tensos, uma conversa que ela não conseguiu distinguir. Por fim, um estouro tão alto que fez os dentes de Hanna doerem.

Ela se virou e olhou para as amigas, ainda paralisadas no pátio. Então, voltou-se e observou a entrada de carros. Quando viu um vulto indefinido caído junto ao canteiro de flores, gritou. Quem quer que fosse, usava um casaco pesado e um capuz que cobria seu rosto. A única parte visível era a mão da pessoa, que parecia pequena e delicada.

— Ah, meu Deus, aquela é Spencer? — berrou Aria.

Hanna tateou pela neblina, aproximando-se do corpo caído. Lágrimas escorriam descontroladamente por seu rosto. Spencer não tinha um casaco como aquele? E não tinha botas de couro com bicos finos? Ela parou de repente. Será que o assassino estava por ali, à espreita? Seriam elas as próximas?

— Spencer? — Emily se juntou a Hanna. — Spencer?

Ela olhou horrorizada para Hanna.

— Você acha que ela está...?

Hanna avançou e tocou o capuz, mas depois afastou a mão, aterrorizada com o que estava prestes a ver. O rosto de Spencer congelado em um grito? Pedaços do cérebro dela espalhados pelo capuz?

Um carro passou na estrada, seus faróis iluminaram momentaneamente os corpos delas. Quando as luzes bateram no vulto caído no chão, Hanna percebeu que alguma coisa não estava certa. As poucas mechas de cabelo que escapavam do capuz eram mais claras do que o cabelo de Spencer. A mão tinha veias aparentes e era mais velha. Havia um enorme anel de diamantes no dedo anular.

— Quem *é* esta? — perguntou Aria em voz baixa.

Sem ousar respirar, Hanna puxou o capuz. Aria gritou. Emily cobriu os olhos. E no momento em que o som de sirenes ecoou pelo ar, Hanna olhou para baixo. Os dois olhos estavam fechados, os lábios entreabertos. Parecia que a pessoa estava dormindo, a não ser pelo corte horrível acima de sua têmpora. Hanna absorveu o rosto todo, e percebeu. Caiu no chão de joelhos, sentindo-se aliviada, horrorizada e confusa ao mesmo tempo.

O corpo caído no chão não era Spencer. Era Gayle.

31

A VERDADE VEM À TONA

Emily olhou para as feições inertes de Gayle, sua pele pálida e o filete de sangue que escorria de sua cabeça. Um barulho estridente a alcançou e levou alguns segundos para ela perceber que era o som dos seus próprios gritos. Ela se virou e se inclinou, quase vomitando na grama.

O som das sirenes se aproximou e um carro rugiu na entrada. Era Spencer. Ela bateu a porta do carro e se aproximou das amigas com uma expressão confusa no rosto. Então, viu o corpo de Gayle no chão e parou de súbito. Seu rosto registrou uma série de emoções: surpresa, horror, medo, em uma fração de segundos.

— Meu Deus — gritou — Esta é...?

— Gayle — explicou Emily, com a voz trêmula.

Spencer parecia prestes a vomitar.

— O que *aconteceu*? — quis saber.

— Não temos certeza. — Lágrimas escorriam pelo rosto de Aria. — Saímos para o quintal porque ouvimos um bebê chorando, havia toda essa neblina, ouvimos barulho de passos e então um barulho parecendo tiro, e depois...

Os carros da polícia apareceram no início da rua e as garotas não ousaram se mexer. Os veículos passaram velozmente pela entrada de carros e pararam atrás do carro de Spencer. O queixo de Hanna caiu. Spencer ergueu os braços como se estivesse se entregando. Emily afastou-se do corpo de Gayle.

As portas dos carros de polícia se abriram e quatro policiais saíram.

Dois deles correram até o corpo caído solicitando reforços, enquanto outros dois foram falar com Emily e suas amigas.

— O que diabos está acontecendo aqui?

Emily encarou o policial que fez a pergunta. Ele tinha cabelo louro espetado, cicatrizes de acne e usava um distintivo dourado de tenente onde se lia LOWRY.

— Nós não fizemos isso!

— Podemos explicar! — gritou Aria ao mesmo tempo.

Lowry se virou e olhou para a escuridão que se espalhava para além dos carros de polícia.

— Quem reportou isso?

— Eu aqui — respondeu uma voz.

Outro vulto emergiu da neblina. Emily presumiu que seria um vizinho, mas quando percebeu o smoking, os sapatos brilhantes e o cabelo castanho descendo até o ombro, ela sentiu o estômago revirar. Era Isaac.

— Mas... O que você está fazendo aqui? — balbuciou Emily.

Isaac olhou para ela.

— Eu a segui. Estava preocupado com você. Então ouvi um tiro, aí liguei para a polícia.

A cabeça de Emily estava zonza.

— Você não tinha o direito de me seguir! Isso é assunto particular!

— Se você tivesse explicado o que estava acontecendo, eu não precisaria segui-la! — A voz de Isaac falhou. — Temi que você estivesse metida em encrenca! — Ele olhou para o corpo de Gayle e seus lábios tremeram.

Lowry pegou o rádio e pediu reforços e uma ambulância. Depois olhou para as meninas.

— Vocês sabem quem é esta mulher?

— O nome dela é Gayle Riggs — respondeu Aria em voz baixa.

Lowry a encarou, mastigando seu chiclete.

— Vocês estavam tentando roubá-la? — interrogou.

— Claro que não! — gritou Emily. — Só estávamos... aqui! Outra pessoa fez isso! — Olhou para Isaac. — Diga a eles que eu não faria uma coisa dessas.

Isaac coçou o queixo.

— Bem, não pude ver o que aconteceu, a neblina estava muito densa. Mas Emily *não faria* algo assim, senhor. Ela não é uma assassina.

O policial que estava segurando Spencer resmungou.

— As pessoas podem surpreendê-lo.

Lowry mascou ainda mais seu chiclete e encarou Emily.

— Quer me explicar o que você e suas amigas estavam *fazendo* aqui?

Emily olhou cheia de culpa para Isaac. As luzes azuis e vermelhas dos carros de polícia faziam o rosto dele brilhar. Ele a encarava com uma expressão amorosa e preocupada.

— Isso é pessoal.

Lowry pareceu ficar irritado.

— Se vocês não conseguem explicar o motivo de estarem aqui, levaremos todas para a delegacia e vocês serão detidas como suspeitas.

Ao lado dela, suas amigas engasgaram. Emily sentiu um frio na barriga. Ela permitiria que as meninas fossem acusadas de um crime que não cometeram apenas para que seu segredo ficasse a salvo?

Ela limpou a garganta.

— Estou aqui porque pensei que meu bebê estivesse em perigo. Achei que tinha sido sequestrada. Não sabíamos que Gayle Riggs vivia aqui. Fui avisada de que minha filha estava neste endereço e elas vieram comigo.

Isaac arregalou os olhos.

— *Que* bebê?

Baixando os olhos, Emily respirou fundo, como se estivesse prestes a mergulhar.

— Tive uma bebezinha neste verão — respondeu depressa.

Isaac pareceu espantado.

— *Teve*? — perguntou.

Ela assentiu.

— Ela é sua filha, Isaac.

Por um momento, tudo no mundo parou. Isaac ficou branco como um papel.

— *Você... hã... o quê?*

— É verdade. — Emily hesitou. — Descobri vários meses depois que terminamos. Eu me escondi na Filadélfia no verão passado e pretendia entregar o bebê para adoção. Conheci Gayle e ela pareceu interessada em adotá-lo, mas decidi que queria dá-la para outra pessoa. Depois disso, Gayle fez ameaças que soaram como se ela pudesse tentar tirar o bebê da nova família. Então, quando recebi a dica de que o bebê estaria aqui, trouxe minhas amigas comigo para ver o que estava acontecendo. – Emily entendeu que aquilo era o mais próximo da verdade a que ela poderia chegar. – E pensamos mesmo que ela estava aqui. Ouvimos um choro de bebê. Mas então... o choro parou. Nós definitivamente não fizemos nada para machucar Gayle – completou. – Não punam minhas amigas. É por minha causa que elas estão aqui.

Quando Emily terminou de falar, sua garganta doía e ela se sentia como se tivesse atravessado o Canal da Mancha a nado. A expressão de Isaac foi da descrença para a confusão e depois para a raiva, tudo em questão de segundos.

– Um... *bebê*? – deixou escapar com um fio de voz. – Uma menina? – quis saber.

– Sim. – Emily sentiu lágrimas se avolumando em seus olhos.

Isaac passou a mão pela cabeça.

– Inacreditável. – Andou para a direita, depois cambaleou para a esquerda. De repente, virou-se e seguiu em direção aos outros dois policiais, sua postura endureceu. Emily se adiantou fazendo menção de segui-lo, mas Hanna tocou as costas dela.

– Dê um tempo a ele – sussurrou.

Segundos depois, mais carros de polícia, uma ambulância e um caminhão de bombeiros apareceram. Policiais deixaram seus carros e cercaram o perímetro da cena do crime. Um detetive com casaco cinzento pegou uma câmera fotográfica e tirou fotos do corpo sem vida de Gayle. Um homem trajando um casaco onde se lia MÉDICO LEGISTA nas costas estava ali para constatar que Gayle estava oficialmente morta. Cães policiais latiam presos em coleiras, saliva pingava de suas mandíbulas. As sirenes ecoavam sem parar, fazendo a cabeça de Emily doer.

O policial que estava perto de Aria, um homem grande, forte e começando a ficar careca, virou-se para Emily.

— Você espera realmente que acreditemos em sua história?

— Bem, é a verdade. — Emily sentiu-se desmoronar. — Vocês podem conferir meus registros médicos no Hospital Jefferson.

— Por que não procurou a polícia quando a sra. Riggs fez as ameaças que você alegou? — continuou interrogando.

Emily olhou para as amigas. Spencer pigarreou.

— Ela não queria que os pais descobrissem que ficara grávida — respondeu ela. — Pensou que poderia cuidar de tudo sozinha.

— E sobre essa dica que você recebeu, dizendo que o bebê estava aqui? Quem a passou? — indagou.

O coração de Emily afundou. A última coisa que ela queria fazer era contar aos policiais sobre A.

— Acho que era uma armação. Alguém brincando conosco.

— Então, por que a sra. Riggs está morta? — quis saber Lowry.

— Não faço a menor ideia — sussurrou Emily.

— Então, você não sabe de onde isto veio? — perguntou Lowry apontado para alguma coisa no chão.

Emily seguiu o dedo dele. Caída, próximo ao cotovelo de Gayle, estava uma arma escura, misturada à cor do asfalto. Ela deu um salto, como se fugisse de uma serpente.

— Oh, meu Deus.

— Ouvimos isso disparar — disse Aria.

— Vocês viram quem atirou? — perguntou Lowry.

Todas trocaram olhares desesperados.

— A neblina estava muito densa. — Tudo que ouvimos foram passos.

— Vi alguém correr na frente do meu carro — adicionou Spencer —, mas não vi o rosto da pessoa.

Lowry pegou a arma com a mão protegida por uma luva e a colocou em um saco plástico, entregando-a em seguida para um dos detetives. O homem digitou alguma coisa no laptop. Emily estremeceu ao lado de suas amigas, tentando expressar o que pensava sem precisar dizer nada. *Como aquilo tinha acontecido? E quem matara Gayle? Não tinha nada a ver conosco ou com o bebê?*

Ou, pensou Emily, arrepiando-se, o assassinato estaria *completamente* ligado a elas e ao bebê? Era possível que, afinal de contas, Gayle *não fosse realmente* A? Era possível que *A tivesse matado Gayle?*

Mas por quê?

Depois de alguns minutos torturantes, o detetive voltou a falar com elas.

— Bem, garotas, a arma estava registrada em nome de Gayle Riggs. De acordo com os registros, não tinha sido roubada. E o tiro deve ter sido dado da casa dela.

O policial que segurava Aria apontou um dedo para a escuridão.

— Isaac disse que as viu entrando na casa. É uma coincidência?

— Sim — respondeu Aria com a voz fraca. — Foi outra pessoa.

Lowry olhou para o corpo sem vida de Gayle, que agora estava coberto por um lençol.

— Nós vamos colher as digitais da arma. Os resultados deverão chegar em poucas horas. — Então, olhou para as meninas. — Até lá, vocês quatro vêm conosco.

32

HORA DA CONFISSÃO

A última vez que Spencer entrara na delegacia de polícia de Rosewood foi quando Darren Wilden a trouxera junto de suas amigas, um ano antes – a polícia tinha acusado as quatro meninas de ajudarem Ian Thomas a escapar da prisão e de serem todas cúmplices no assassinato de Ali. O lugar tinha mudado desde então: pintura nova, novas janelas frontais, uma daquelas máquinas de café caras que fazia também cappuccino e chocolate quente e uma sala de interrogatório um pouco melhor. Em vez da mesa de madeira velha, toda rabiscada, havia uma nova de metal brilhante. Claro que nada disso fez Spencer se sentir mais confortável ali.

Ela e suas amigas sentaram-se quietas ao redor da mesa. Hanna mordia incessantemente a unha do polegar, que ainda tinha manchas da tinta usada para tirar sua impressão digital. Lágrimas continuavam a escorrer pelo rosto de Aria, e o rímel deixava rastros escuros em seu rosto. Emily estava mordendo tão forte o lábio que ele quase tinha desaparecido. Spencer se levantou e começou a andar de um lado para o outro da sala, incomodada demais para suportar passar por aquilo. E se ela e as amigas fossem acusadas do assassinato de Gayle? E se fossem condenadas à prisão perpétua?

Ela parou de andar.

— Meninas, talvez devêssemos contar a eles que foi A quem nos mandou para a casa de Gayle. Até porque é quase certo que esta pergunta seja feita.

Aria arregalou os olhos.

— Não podemos fazer isso. A nos entregaria sem pensar duas vezes.

Spencer voltou para a cadeira.

— Mas e se A matou Gayle? — perguntou.

Hanna ficou confusa.

— Eu pensei que Gayle *fosse* A.

— Sério? — Spencer a encarou. — Depois de tudo que vimos?

— Não parece provável que ela seja A. — Emily se inclinou sobre os cotovelos. — E se A planejou tudo isso? Mandar que fôssemos até a Mockingbird Drive e tudo mais? Talvez nem houvesse um bebê na casa. Talvez fosse uma gravação.

Aria piscou.

— Mas por que A mataria Gayle?

— Bem, talvez para tentar nos incriminar! — Spencer pensou por um momento. — Ou talvez A quisesse nos pegar primeiro, mas Gayle tenha entrado no caminho. Ela não deveria estar no baile para arrecadação de fundos?

Ela fechou os olhos e pensou sobre aqueles segundos aterrorizantes, quando desceu na entrada de carros na Mockingbird Drive. Um vulto passara correndo na frente do carro dela, depois atravessara a rua e entrara no bosque.

Quem quer que fosse, usava roupas pretas e tinha o rosto escondido por um capuz. Spencer não podia dizer se era um homem ou uma mulher.

Hanna tossiu.

– Mas Gayle é a mãe de Tabitha. Ela queria Violet. Estava em Princeton na mesma época que Spencer, infiltrou-se na campanha do meu pai, fez ameaças na corrida. Faz todo sentido que ela seja A.

– Concordo – disse Aria.

– Mas, então... Por que Gayle está morta agora? – quis saber Spencer.

A porta foi aberta e todas deram um pulo em suas cadeiras. Lowry entrou e fez um gesto para as meninas se levantarem. Havia uma expressão de incômodo em seu rosto e ele segurava uma caneca de café fumegante.

– Bem, nenhuma das impressões digitais da arma pertence a qualquer uma de vocês.

Spencer se levantou de repente.

– E de quem são as impressões na arma?

– São da sra. Riggs. – Lowry tomou mais um gole de café. – E mais algumas que não temos em nossos registros. Podem ser do marido dela. Ele acaba de chegar de Nova York e quero que todos nós tenhamos uma conversa juntos.

Ela trocou um olhar aterrorizado com as outras. O marido de Gayle era o *pai* de Tabitha.

Antes que elas pudessem dizer qualquer coisa, um homem alto e magro entrou na sala. Spencer o reconheceu das reportagens sobre Tabitha, o pai de luto que faria qualquer coisa para ter sua filha de volta. Seus olhos estavam vermelhos e ele parecia ter sido atingido por um raio. Spencer se encolheu, com medo de que ele soubesse o que elas tinham feito com sua filha, mas o sr. Clark parecia catatônico, como se não as notasse.

Lowry segurou as costas de uma cadeira vazia.

– Sr. Clark, gostaria de passar a limpo a história que a srta. Fields nos contou. – Ele olhou para Emily, depois para o pai de Tabitha. – Peço desculpas por fazer o senhor passar por isso logo após a morte de sua esposa, mas é importante para o curso da investigação.

Ele repetiu o que Emily lhe dissera a respeito de Gayle desejar adotar seu bebê no verão, e sobre o temor dela de que Gayle tivesse raptado o bebê naquela noite. Disse que as meninas tinham escutado um bebê chorando em algum lugar da casa. O sr. Clark encarou Emily, parecendo surpreso.

– Mas Gayle nunca me contou que queria adotar um bebê no último verão – disse ele com um fio de voz.

Spencer piscou para ele, mal acreditando no que estava ouvindo. Como Gayle poderia não contar uma coisa daquelas ao marido?

– Ela disse que você sabia de tudo – explicou Emily. Spencer ficou maravilhada com a habilidade da amiga em articular as palavras. Se fosse ela que estivesse sendo interrogada agora, provavelmente estaria escondida debaixo da mesa. – Ela disse que iria me colocar em contato com o senhor, mas nunca fez isso.

– Provavelmente porque eu deixei claro que não queria adotar um bebê. – O sr. Clark coçou a cabeça. – Então o que aconteceu? Por que você não deu o bebê a ela? – quis saber.

Emily sentiu um aperto na garganta.

– Eu escolhi outra família. Foi isso.

O sr. Clark piscou depressa.

— Foi por nunca ter falado comigo? Foi porque pensou que não éramos um bom casal? — perguntou ele.

— É difícil explicar — murmurou Emily com os olhos fixos nos sapatos de salto alto.

Os olhos do sr. Clark estavam vagos e tristes quando olhou para a parede além das meninas.

— Às vezes, Gayle cisma com umas ideias que não consegue deixar de lado. Ela pode ser muito determinada, até mesmo cabeça dura, para conseguir o que quer. — Ele assoou o nariz. — No entanto, eu lhe asseguro que não sequestramos nenhuma criança. Não contamos a ninguém, mas Gayle fez um teste de gravidez na semana passada. Deu positivo e ela estava muito feliz. — Ele balançou a cabeça. — Tentamos tanto ter outro bebê. Estávamos no nosso quinto tratamento para fertilidade. Passamos por tanta coisa ruim e... — Os ombros dele começaram a tremer. — Isso não pode estar acontecendo. Primeiro Tabitha, agora Gayle.

Tabitha. Só ouvir aquele nome já era uma tortura. Spencer pegou a mão de Emily. Hanna e Aria pareciam prestes a explodir.

Emily se remexeu na cadeira.

— Sinto muito por sua filha. Deve ter sido muito difícil para vocês.

As sobrancelhas do sr. Clark se abaixaram quando ele se virou para elas.

— Bem, Gayle era madrasta de Tabitha. Foi tudo muito difícil para ela especialmente porque... bem, elas tiveram alguns... problemas. Tabitha tinha alguns problemas de comportamento. Gayle me pressionou para internar minha filha e eu acabei cedendo.

Spencer trocou um olhar discreto e espantado com Emily e as outras. *Madrasta?* Isso explicava por que ela nunca era citada nas reportagens e tinha um sobrenome diferente.

O pai de Tabitha escondeu o rosto entre as mãos.

– Jamais deveria ter aceitado isso, mandar Tabitha para longe. E cometi muitos erros com Gayle, também. Nunca deveria tê-la questionado sobre todas as despesas que estava tendo, todo o dinheiro que gastava em festas. Nunca deveria ter gritado com ela devido ao dinheiro que desapareceu no último verão. Eu a quero de volta, só isso. *Preciso* que ela volte.

Ele gemeu baixinho, desconsolado. Lowry se levantou e mandou as meninas se retirarem da sala, saindo logo atrás delas. Quando estavam longe o suficiente, colocou as mãos nos bolsos, fazendo moedas tilintarem.

– Acho que não precisamos fazer mais perguntas a ele sobre o sequestro de seu bebê, srta. Fields. Acabei de receber uma mensagem de texto dizendo que a polícia terminou a busca na casa também. Não encontraram nada relevante ali e, claro, nenhuma criança.

Emily engoliu em seco.

– Certo – disse ela baixinho.

Lowry ficou sério.

– Você consegue imaginar quem poderia ter lhe mandado para a casa da sra. Riggs, mesmo sendo uma brincadeira?

Nervosa, Emily olhou para as outras, depois balançou a cabeça.

– Não sei. Não imagino qual fosse a intenção dessa pessoa, mas duvido que ela tenha alguma coisa a ver com o assassinato de Gayle. Nós somos as Belas Mentirosas, recebemos recados falsos o tempo todo e isso tudo foi apenas uma terrível coincidência.

Seus lábios tremiam. Spencer sabia que Emily detestava mentir. Ela quase tomou a frente para contar ao policial tudo sobre A, mas se conteve.

Frustrado, Lowry suspirou, como se dissesse *vocês estão desperdiçando o meu tempo*.

– Bem, garotas, vocês estão livres para irem embora. Mas não pensem que se livraram totalmente. Estavam na propriedade de alguém sem permissão e ainda são testemunhas de um homicídio. Se há qualquer coisa que estão escondendo de mim, como quem enviou essa mensagem, seria melhor que me contassem já. Quanto às menores de idade, terei de ligar para seus pais e contar o que aconteceu.

Emily se encolheu.

– Contar o quê?

Lowry a encarou.

– Que vocês estavam invadindo uma residência. Que testemunharam um assassinato. Pessoalmente, srta. Fields, acho que você deveria contar a seus pais toda a verdade. Mas essa decisão não é minha.

Dito isso, ele abriu a porta da frente e permitiu que Spencer e as outras meninas deixassem a delegacia. O relógio digital do banco do outro lado da rua marcava quase três da manhã. Não havia nenhum carro na avenida Lancaster. Spencer se encolheu dentro de seu casaco e encarou as amigas.

– Certo. Eu acabei de ouvir o que *penso* que ouvi? – perguntou.

– Também não estou acreditando nisso – sussurrou Hanna.

— Foi por isso que eu vi Gayle na Babies "R" Us — murmurou Aria. — Pensei que ela estava comprando coisas para *seu* bebê, Em, mas ela estava comprando o enxoval do bebê dela.

— Mas ela me ameaçou — disse Hanna em voz baixa.

Spencer bateu em seus lábios de forma pensativa.

— O que ela disse exatamente?

— Que queria o que lhe era devido. Ou seja, o bebê.

— E se Gayle não estivesse falando de Violet? E se ela se referia ao dinheiro? — perguntou Spencer, e apontou em direção à delegacia. — O sr. Clark acabou de dizer que estava em cima dela pelo dinheiro perdido durante o verão. E se tudo isso foi por causa do dinheiro que ela deu a Emily pelo bebê?

— Mas eu devolvi aquele dinheiro! — protestou Hanna.

— Você o colocou na caixa de correio de Gayle. Alguém pode ter facilmente roubado o envelope — explicou Spencer. — E se Gayle pensou que Emily a tinha passado para trás? E se estivesse chateada todo esse tempo porque pensou que você pegou o dinheiro dela e fugiu? — Spencer piscava com rapidez, as peças do quebra-cabeça de repente se encaixavam de um modo diferente. — Isso pode fazer sentido. E se A roubou o dinheiro da caixa de correio de Gayle para irritá-la e fazê-la ir atrás de Emily? E se A se aproveitou da situação e lançou suspeitas sobre alguém inocente, assim como aconteceu com Kelsey?

— Mas... — Aria roía as unhas. — Gayle era mãe da Tabitha.

— *Madrasta* — corrigiu Spencer. — E parece que elas não se davam bem, para ser franca.

— A pode ter nos levado para a casa de Gayle, tentando nos colocar em uma armadilha, como você disse, Spence — sugeriu Emily. – Talvez A não contasse com a presença de Gayle lá hoje à noite. Ela deveria estar no baile do pai de Hanna. Mas as coisas não saíram como esperado. Talvez, ela tenha surpreendido A e, então, A a matou.

Spencer concordou, pensando a mesma coisa. Gayle salvara sem querer a vida delas? Se não estivesse na casa, A as teria matado?

Aria e Hanna se empertigaram, desconfortáveis, sem dizer uma palavra. Um longo silêncio envolveu as meninas. Um solitário Honda Civic passou pelo sinal vermelho. Uma placa de neon piscava do outro lado da avenida.

– Você acha que é verdade? – Hanna estava pálida. – Você acha que estávamos erradas *de novo*? – perguntou.

Spencer estremeceu, desviando o olhar.

– Talvez – sussurrou em resposta.

E alguém tinha morrido por causa do erro delas.

33

A CONFIDENTE DE ARIA

Na manhã seguinte, Aria estava sentada com as pernas cruzadas no chão da sala de estar da casa de seu pai, tentando meditar. *Deixe que todo o seu estresse se vá*, dizia uma voz pelos fones de ouvido. *Inspire, expire e imagine tudo desaparecendo lentamente...*

Contudo, era mais fácil falar do que fazer. A imagem do rosto azulado e sem vida de Gayle continuava impressa na mente de Aria. Os noticiários não falavam de mais nada a não ser o assassinato de Gayle e todo mundo estava histérico por haver outro assassino em Rosewood. Por algum milagre, Aria e as outras meninas não haviam sido mencionadas na matéria. Na noite anterior, quando o pai de Spencer descobrira que elas tinham sido levadas à delegacia para um interrogatório sobre o assassinato de Gayle, ele deixou imediatamente o apartamento na Filadélfia, dirigiu até Rosewood e teve uma longa conversa com o tenente Lowry, que vinha a ser o filho de um de seus melhores amigos. Já que não havia nenhuma prova da *participação* das meninas no crime, e como elas tinham ficado sob a mira da mídia no ano anterior e não havia queixa de invasão por parte do sr. Clark, os policiais concordaram em deixar os nomes delas fora do comunicado oficial para a imprensa.

Os jornais especulavam sobre quem poderia ser o assassino de Gayle – alguém atrás do dinheiro dela, um inimigo de seu marido no mundo dos negócios, um sócio que se sentisse lesado... Ninguém supôs que as Belas Mentirosas estivessem envolvidas.

A ideia de que Gayle *não era* A e de que A preparara uma armadilha para atraí-las até a casa dela aterrorizava Aria – a pessoa com quem estavam lidando, fosse quem fosse, era diabólica e genial. E elas ainda não tinham descoberto o que acontecera com o bebê de Emily. Nenhuma delas recebera mensagens de A desde o baile, e talvez tudo – inclusive o choro de bebê que ouviram – fosse uma enorme armação. Porém, uma coisa boa aconteceu. Mais cedo, naquela manhã, Aria recebera uma mensagem de texto de Hanna dizendo que finalmente tinha rastreado o endereço dos pais adotivos de Violet usando o banco de dados dos eleitores do pai. *Eles se mudaram para Chestnut Hill*, dizia a mensagem. *Em quer ir até lá e pediu que fôssemos com ela.* Combinaram de dirigir até lá mais tarde, à noite. Hanna completou a mensagem dizendo que pedira o carro de Kate emprestado pensando que talvez fosse bom usar um carro que ninguém associaria com nenhuma delas. Aria entendeu sem que Hanna precisasse explicar. Um carro estranho tornaria mais difícil para A segui-las. A estava à solta por aí e não via nenhum problema em matar pessoas, por isso não poderiam correr o risco de levá-lo direto até Violet.

Agora faça a posição de cachorro olhando para baixo, disse a voz ritmada nos fones de ouvidos de Aria.

Ela colocou as mãos sobre o tapete e levantou o bumbum. Ouviu barulho de passos e ergueu os olhos. Meredith estava apoiada no batente da porta, tamborilando com os dedos no avental:

– Pensei que você tinha dito que não gostava de ioga.

Aria sentou-se rapidamente, como se tivesse sido pega em flagrante.

– Eu... ah... – Desistiu, incapaz de encontrar uma desculpa apropriada.

Meredith sentou-se na ponta do sofá e ajeitou as franjas das almofadas.

– Foi realmente bom conversar com você sobre as coisas entre seu pai e eu, no outro dia.

Aria contraiu os lábios.

– Hum, sim – murmurou, não tendo certeza do que queria dizer.

– Nunca fui capaz de contar a ninguém sobre como as coisas foram difíceis – continuou Meredith. – Sei que você não é a pessoa indicada para ouvir esse tipo de coisa e que provavelmente não se importa se as coisas foram difíceis ou não para mim. Mas sei que a magoei. E quero que você saiba que nunca pretendi fazer isso. Não quis separar sua família. Eu me sinto péssima por isso todos os dias.

– Pense em como *eu* me senti – disse Aria, sentindo a raiva crescer. – Parecia que *eu* ia separar minha família se não mantivesse o segredo. Mas também senti que traía minha mãe ao não contar.

— Eu sei — falou Meredith com sinceridade. — E lamento por isso. Mas depois que tudo veio à tona, você se sentiu melhor?

Aria arqueou as costas, examinando o lustre de madeira que pendia do teto.

— Guardar o segredo foi horrível. Eu ficava antecipando o momento em que as pessoas descobririam, e isso era pior do que elas de fato saberem a verdade. Acho que no fim eu me senti bem melhor.

Meredith brincou com a aliança.

— Posso fazer uma pergunta? Você me perguntou todas aquelas coisas porque estava curiosa a meu respeito ou porque está às voltas com um segredo seu? Algo que não quer contar a ninguém?

Aria ergueu a cabeça e, por um momento, temeu que A tivesse mandado uma mensagem para Meredith, contando-lhe tudo. Mas a expressão dela era inocente, até mesmo preocupada. Como se de fato se importasse com o que acontecia com Aria. Por um momento, ela quase pareceu, bem, não uma mãe, claro, mas alguém da família.

— Alguma coisa assim — murmurou Aria para si mesma.

— Você está bem? — perguntou Meredith.

Aria deu de ombros e não respondeu.

Meredith suspirou, depois tocou o joelho de Aria.

— Lamento. Segredos podem devorar você por dentro. Eles destroem sua alma. É sempre melhor manter as coisas às claras.

Aria assentiu e desejou que Meredith tivesse dito isso alguns dias antes, em vez de dizer bobagens sobre como era bom às vezes guardar segredos, se fosse pelo bem de uma pessoa.

Sem mais segredos, Noel dissera a ela na semana anterior. Claro que ele tinha o direito de estar furioso, afinal tinha escondido algo muito importante dele, que ele merecia saber. Como ela esperava ter um relacionamento verdadeiro com ele se não compartilhava seus sentimentos mais íntimos, aquelas coisas que uniam um casal ou que o separavam de uma vez por todas? Era isso o que Noel queria. Era o que ela queria também. Com ele.

Repentinamente, uma porta se abriu em sua mente. Conferiu as horas no relógio. Era bem provável que Noel não tivesse saído para a escola ainda. Com alguma sorte, ela poderia alcançá-lo... e tentar consertar as coisas.

Os passos pesados soaram do outro lado da porta da frente da casa.

– O que você está fazendo aqui? – perguntou Noel, mal-humorado, quando abriu a porta e viu Aria.

Ela brincava com a echarpe angorá enrolada no pescoço.

– Vim pedir desculpas e me explicar.

Noel deus as costas para ela.

– Poupe suas palavras.

Ele estava prestes a bater a porta na cara de Aria, mas ela a segurou.

– Ei, escute o que eu tenho a dizer antes, pode ser? Peço desculpas por não ter lhe contado sobre seu pai, tive medo do que isso pudesse fazer a sua família. Odiava a ideia de estarmos juntos e eu ter um segredo que o envolvia, então pensei que era melhor nos separarmos.

O telefone da casa dos Kahn tocou, estridente.

— Noel, você pode atender? – gritou a sra. Kahn. Mas o olhar dele permaneceu em Aria. Não disse nada, apenas a encarou.

— Eu estava tentando protegê-lo – continuou ela, preenchendo o silêncio. – Já tinha magoado minha família por causa de um segredo. Não quis fazer isso com a sua família também. Me importo mais com você do que conosco, se é que isso faz algum sentido. E sei que família significa tudo para você. Foi por isso que fiz o que fiz. – Parou de falar, sentindo o coração disparado no peito. Ainda que aquela não fosse toda a verdade, era o mais perto que poderia chegar sem contar sobre A. Porque não tinha como fazer isso, não com A à solta, não com o risco de que A matasse pessoas. Aria amava Noel demais para colocá-lo em risco.

Houve um longo silêncio. Noel manteve o olhar baixo, parecendo lutar contra suas emoções. Aria respirou fundo, sentindo o estômago doer. E se ele batesse a porta na cara dela? E se não desse a mínima?

Mas de repente Noel abriu os braços.

— A verdade, Aria, é que eu me importo mais *conosco* do que *comigo*. Não importa o que você tenha a me contar, só fale, tudo bem?

Aria se atirou nos braços de Noel e eles ficaram assim por um longo tempo. Pelo modo como os braços dele a estreitavam, parecia que não a deixaria ir embora nunca mais, e estava claro que a perdoara.

— Lamento muito – sussurrou ela no ouvido dele.

— Eu sei – disse Noel. – Lamento também. Deveria ter lhe contado sobre meu pai em vez de deixá-la descobrir sozinha. Também escondi uma coisa de você. – Ele se afastou para tocar a ponta do nariz dela. – Você me perdoa?

— Claro que sim — respondeu ela, abraçando-o ainda mais apertado. Nunca se sentira tão ligada a Noel ou a qualquer outra pessoa em toda sua vida. Mas, quando ela se aconchegou ao peito dele, ouviu um barulho ecoar pelo gramado e ergueu os olhos. Era como se alguém estivesse pigarreando. Verificou as árvores, em busca de algum sinal de vida. As janelas da casa de hóspedes estavam fechadas. Um pássaro estava na cerca, mexendo sua cauda.

Não há ninguém aqui, disse Aria a si mesma, engolindo seu medo da melhor forma que pôde. Mas ele ficou preso em sua garganta, deixando um gosto ruim na boca.

Sabia que A ainda estava por aí. E era bem possível que estivesse por perto, escutando. Mas A já lhe tirara tantas coisas. Ela não permitiria que lhe tomasse Noel também.

34

EFEITO SURPRESA DA PERSEGUIÇÃO

Um pouco mais tarde naquela manhã de segunda-feira, Hanna entrou no estacionamento de Rosewood Day. O céu estava tomado por nuvens pesadas e baixas, o que combinava com o seu humor. Kate vinha ao seu lado e tinha colocado o rádio do carro na WKYW News. O locutor estava recapitulando o trágico assassinato de Gayle.

— A sra. Riggs era uma grande benfeitora do Museu de Arte da Filadélfia, do Aquário Camden e do Projeto Irmãos Mais Velhos de Nova Jersey — disse o repórter, por cima do ruído de outras notícias ao fundo. — Sua falta será imensamente sentida. O funeral será amanhã de manhã e centenas de pessoas são esperadas. A sra. Riggs deixa o esposo e havia, recentemente, perdido a enteada, Tabitha...

Hanna desligou o rádio de repente.

— Isso é tão horrível — murmurou Kate, distraída, parecendo fascinada com seu esmalte. — Você realmente não viu quem a matou? — perguntou.

— *Psiu!* — pediu Hanna, apesar de elas serem as únicas pessoas no carro. Ao deixar a delegacia na noite anterior, telefonara para o pai e contara a ele o pedaço da história que estava disposta a explicar. Disse que tinha embarcado em uma busca desesperada com Emily e não sabia que aquela era a casa de Gayle, e que ficara assustada ao encontrá-la na entrada de carros. Naturalmente, seu pai ficara horrorizado e ligara para seu coordenador de campanha e sua secretária de relações públicas para se aconselhar sobre a melhor maneira de expor a notícia. Kate soubera da conversa, mas em vez de olhar para Hanna como se ela fosse uma aberração da natureza ou uma assassina ensandecida, tinha sido bastante simpática.

— Deve ter sido uma experiência horrível — dissera ela, parecendo solidária.

Por sorte, o pai de Spencer tinha mexido os pauzinhos para impedir que a Promotoria de Rosewood vazasse para a imprensa que as meninas estavam na casa de Gayle e todas as pessoas que sabiam juraram não contar. Mas o pai de Hanna lhe passara um sermão quando estavam a sós no quarto dela.

— Aquelas fotos sobre as quais me contou já eram ruins o bastante — disse, trincando os dentes. — O que você estava fazendo invadindo a casa de Gayle? Você poderia ter morrido!

Hanna odiava ver o pai desapontado com ela e praticamente prometeu não sair de casa até que o período de eleições tivesse terminado. Mas, ao ser pressionada a contar o que estava fazendo na propriedade de Gayle para início de conversa, ela deu uma desculpa atrapalhada. Não tinha como contar ao pai sobre o bebê de Emily. Muito menos sobre A.

Hanna estacionou em uma vaga e saiu do carro. Caminhou em direção à entrada lateral e Kate seguiu para a ala de artes, onde tinha aula. Alguns garotos pararam para olhar para Hanna como se ela estivesse em chamas.

— Perdedora — murmurou Devon Arliss, tirando seu equipamento de esqui do porta-malas do carro. Kirsten Cullen parou de digitar no celular e riu da cara de Hanna. Phi Templeton e Chassey Bledsoe cutucaram uma à outra no fumódromo e Lanie Iler e Mason Byers pararam de se beijar tempo o suficiente para chamá-la de *Psicopata* em um tom de voz alto o bastante para que Hanna pudesse ouvir. Ela pensou que um assassinato na cidade pudesse fazer com que todos esquecessem daquele vídeo estúpido, mas viu que estava enganada.

A tortura não parou quando ela alcançou os corredores. Os garotos na Steam, a cantina da escola, ergueram os olhos para observá-la, sussurrando uns com os outros sobre o vídeo recebido na noite anterior. Mesmo alguns professores olharam para ela com as sobrancelhas erguidas. Hanna abaixou a cabeça e rumou para seu armário o mais rápido que pôde, mas as risadas maldosas pareciam entrar como farpas em sua pele. Seu nariz começou a escorrer, mas ela *não* podia deixar ninguém vê-la chorando. Ser a perdedora da escola já era ruim o bastante.

Ela abriu o armário e pegou uma pilha de livros sem conferir se eram os certos para as aulas do dia. Então, um vulto familiar no fim do corredor chamou sua atenção. Mike estava parado perto de Colleen, com a mão no ombro dela. Hanna se virou, querendo que eles desaparecessem. Não conseguiria lidar com a visão da alegria estampada nos rostos deles. Não naquele momento.

Fechou os olhos, contou até dez e verificou novamente o corredor. Eles ainda estavam parados lá. Mas, quando Hanna olhou mais de perto, havia lágrimas nos olhos de Colleen. Mike abriu as mãos em sinal de impotência. Depois baixou os olhos, acariciou o braço dela e caminhou pelo corredor. Direto. Na. Direção. De. Hanna.

Maldição.

Hanna bateu a porta do armário e enfiou os livros na bolsa o mais rápido que conseguiu. O olhar de Mike estava fixo nela conforme serpenteava por entre a multidão de calouros parados diante de uma das salas de química. Era óbvio que brigaria com ela por ter espionado Colleen e roubado as fotos da namorada. Por um lado, Hanna não queria enfrentá-lo, mas por outro, sabia que merecia aquilo. *Ela* não gritaria com o Novo A se ficassem cara a cara um com o outro?

– Hanna – chamou Mike quando se aproximou.

– Peço desculpas – disse ela sem hesitar. – Eu fui uma grande idiota e nunca deveria ter seguido Colleen. Estou com as fotos dela. Posso devolvê-las, estão pagas.

Ela se preparou para a reação dele, mas então sentiu a sensação inesperada da mão de Mike pegando na sua. Ela não conseguiu decifrar a expressão no rosto dele.

– Tenho certeza de que Colleen gostaria de ouvir isso, Hanna. Mas, na verdade, acho que o que você fez foi... sensacional.

Por uma fração de segundo, Hanna pensou que aquela música clássica dos autofalantes do corredor estava mexendo com sua cabeça.

– Como é?

O olhar de Mike brilhou.

— Você seguiu a Colleen porque queria saber o que ela tinha a mais que você, certo? Queria ver por que eu estava saindo com ela e não com você?

Hanna mordeu o lábio.

— Bem, *mais ou menos...*

— Você me queria de volta *a esse ponto!* — Mike ajeitou sua mochila no ombro. — Ninguém nunca gostou de mim tanto assim.

— Colleen gosta demais de você, Mike — murmurou Hanna.

Mike olhou por sobre o ombro para os estudantes que enchiam os corredores.

— Eu sei disso. E me sinto péssimo. Mas... Ela não é para mim. — Ele se aproximou. — Você é.

Hanna mal conseguia respirar. Sentiu o cheiro familiar de Mike, um perfume de pinho envelhecido. Costumava brincar com ele, dizendo que ele cheirava como uma cabana de esqui. Ela sentira tanta falta daquele cheiro.

Mas então fez uma careta.

— Espere. Você transa com Colleen e uma semana depois termina com ela? Isso é uma coisa horrível de se fazer, Mike.

Ele lhe lançou um olhar absorto.

— E o que a faz pensar que eu e Colleen transamos? Sei que sou um garanhão e tal, mas nós só saímos por algumas semanas.

— Mas Mason e James... Ouvi uma conversa deles e... — Hanna respirou fundo. — Espere. É só uma coisa de garotos? Vocês presumem que todos estão transando com suas namoradas?

Mike encolheu os ombros.

— Bem, acho que sim. — Ele sorriu para ela, parecendo adorável e vulnerável. — Quer saber a verdade, Hanna? Eu estou me guardando para você.

Fogos de artifício estouraram dentro da cabeça de Hanna.

— Então este é o seu dia de sorte — murmurou ela. — Também estou me guardando para você. Você se lembra do que eu disse na corrida de Marwyn Trail? Eu topo se você topar.

Mike se inclinou na direção dela e Hanna saboreou cada segundo do beijo deles. Depois, Mike se afastou e brincou com ela.

— Então, sra. Stalker, o que você descobriu afinal sobre Colleen? Alguma coisa boa?

O toque do intervalo parou e, quando Hanna olhou ao redor, percebeu que a maior parte dos alunos já estava fora dos corredores. Pensou por um segundo, tentada a contar tudo a ele, mas de repente aquilo pareceu sem importância. Revelar um segredo era importante apenas quando você se sente ameaçado por alguém, quando está inseguro, quando quer alguma coisa ou sente medo. Ela não era como A, não queria vingança.

— Não, nada de bom — respondeu, pegando a mão de Mike e puxando-o pelo corredor. Era libertador não ser mais o A de Colleen.

A única coisa que tornaria tudo perfeito seria se A também tivesse deixado de existir.

35

MEU PRÓPRIO CLUBE

Naquela tarde, Spencer sentou-se à mesa com os pais. Seu pai estava olhando para o celular e sua mãe bebia um copo de chá gelado. Era como nos velhos tempos, quando os dois ainda estavam juntos. Mas o sr. Pennythistle também estava lá, encostado ao balcão da cozinha, com os braços cruzados sobre o peito.

— Não posso lhe agradecer o bastante pelo que fez, Peter — disse a mãe de Spencer, torcendo um guardanapo entre os dedos. — A última coisa que essa família precisa é de outro escândalo.

— Fico feliz de poder ajudar — disse o sr. Hastings. — Queria proteger todos nós e também há a questão de Princeton. — Ele lançou um olhar irritado para a filha. — Mas eu ainda não consigo entender em que você estava pensando. Alguém ali tinha uma *arma*, Spencer. E se você ficasse presa no fogo cruzado?

— Você já não passou por muita coisa? — acrescentou a sra. Hastings. — O que temos de fazer com você? Trancá-la no quarto até que vá para a faculdade para que não arrume mais problemas?

— Já disse que sinto muito — murmurou Spencer. Já ouvira aquele mesmo sermão três vezes.

A campainha soou, assustando tanto a sra. Hastings que ela quase derrubou seu copo de chá.

— Quem pode ser? — resmungou.

— Eu atendo. — Spencer se levantou, fechou o zíper do casaco e caminhou até a porta, rezando para que não fosse um policial com mais perguntas. Uma cabeça loura movia-se para a frente e para trás do outro lado do vidro da porta. Spencer parou. Era... *Harper*?

Spencer abriu a porta. O ar frio invadiu o vestíbulo. Harper estava com o casaco fechado até o pescoço e a ponta do nariz bem vermelha. Seus olhos estavam da mesma cor, como se a menina tivesse chorado sem parar. Ela parecia tão triste e, por alguns longos segundos, ficou quieta, apenas encarando Spencer.

— Hum, por que você não está em Princeton? — perguntou Spencer com alguma cautela.

Os olhos de Harper brilharam.

— Porque eu estou em condicional acadêmica. Por *sua* culpa.

Spencer olhou por cima do ombro para ter certeza de que a mãe não estava escutando.

— O que você quer dizer com isso?

Harper colocou a mão na cintura.

— Não é óbvio? O comitê disciplinar me culpou por dar uma festa com drogas! — Uma expressão assustadora surgiu em seu rosto. — Engraçado! Eu me lembro de você me dizendo que tinha levado brownies com ingredientes especiais neles. Parecia muito orgulhosa disso, na verdade.

Spencer sacudiu as mãos em um gesto de *espera aí*.

— Não coloquei ácido nos brownies. Foi outra pessoa.

Harper bufou agressivamente.

— *Certo*. Você vai se dar mal. Vou garantir que não seja bem-vinda em Princeton no próximo ano.

O coração de Spencer se encolheu. Estudar em Princeton seria como um novo começo, algo maravilhoso, uma forma de escapar de Rosewood, e ela estava muito animada com sua amizade com Harper e as outras garotas. Mas enquanto A estivesse em sua vida, Spencer sabia que nunca seria capaz de seguir adiante. Aonde quer que fosse, seria perseguida por A. Aquelas mensagens, fotos e vídeos ainda viriam, rápida e ferozmente, mesmo que ela fosse para a China. Mesmo que fosse para a Lua.

Vídeos. De repente, ela teve uma ideia.

— Não vá embora ainda. Tenho uma coisa que você deveria ver.

Spencer foi até o vestíbulo e apanhou o iPhone dentro de sua bolsa. Então voltou triunfante para a porta aberta. Harper ainda estava na varanda, parecendo incomodada.

Spencer colocou o iPhone diante do rosto dela e apertou o play. O vídeo de Harper destruindo a Casa Ivy apareceu. Primeiro, ela arrancou as cortinas e as destruiu. Depois, tirou o recheio das almofadas. Arrancou os livros das prateleiras, esmagou um vaso e passou rímel em um quadro. Harper fez uma careta.

— Essa não sou eu.

Spencer sorriu.

— Boa tentativa. — Afastou o celular de Harper antes que ela conseguisse apagar o vídeo. — Não quero fazer isso, mas, se você me entregar, farei a mesma coisa em relação a você. Duvido que os membros da Casa Ivy vejam vandalismo com bons olhos. E você não tem nenhuma prova concreta que me incrimine de ter batizado os brownies; somente o que lhe disse quando estávamos chapadas. *Eu*, por outro lado, tenho esse vídeo. Você terá problemas ainda maiores.

O olhar confiante de Harper desapareceu de seu rosto. Ela abriu e fechou a boca algumas vezes, ficando roxa.

— Ótimo — disse, por fim. — Mas não *ouse* pensar que vai entrar para a Ivy. — Posso estar em condicional, mas ainda tenho poder lá. E farei de tudo para me certificar de que você fique bem, bem longe de lá.

— Para ser franca, não dou a mínima — disse Spencer, tentando soar o mais indiferente possível, mesmo que as palavras de Harper a magoassem. — Eu não gosto de nenhuma de vocês.

E então ela bateu a porta na cara de Harper, sentindo lágrimas nos olhos. Tudo parecia destruído e errado; o plano perfeito para a sua vida estava se desmantelando. Ela deveria se juntar à Ivy. Seria o seu trampolim para um futuro maravilhoso. As garotas e os garotos da Ivy deveriam ficar seus amigos assim que os conhecesse, pessoas que permaneceriam para sempre em sua vida. Agora, a única pessoa em Princeton que falaria com ela era Bagana.

Ela respirou fundo. Talvez isso não fosse tão ruim. Ela se lembrou de como ele dera em cima dela no jantar em Princeton. O quanto parecia feliz quando ela estava no quarto dele cheirando amostras de maconha. Spencer não precisava fingir quando estava com ele. Não precisava abrir mão de nada para conquistá-lo.

Bagana era a pessoa mais legal que ela conhecera em Princeton até aquele momento. Para ser bem honesta, aquelas pessoas da Ivy eram meio... babacas. E esnobes. E superficiais. Realmente gostaria de andar com elas?

Spencer enxugou uma lágrima e voltou para a cozinha, sentindo-se estranhamente contente. Ficaria bem sozinha. Talvez Bagana estivesse certo sobre aqueles clubes serem ridículos e elitistas. Não que ele estivesse certo sobre tudo. E não que isso significasse que ela gostava dele.

Ao passar pelo antigo escritório de seu pai, sorriu para si mesma. Tudo bem, talvez gostasse *um pouco* de Bagana. Pelo menos, devia desculpas a ele. E quem sabe fosse com ele a um comício do Ocupa Filadélfia ou qualquer coisa assim. Apenas para ser legal.

36

SÃ E SALVA

– Certo, o GPS diz que são mais trezentos metros até a saída. – Emily olhou para o painel do Audi sedan, com o qual ela não estava familiarizada. – Vire aqui, vire aqui!

– Em, eu vi essa saída há quase um quilômetro. – Hanna virou o carro em uma saída sinalizada como CHESTNUT HILL e deu um sorriso preocupado para Emily. – Você está bem?

Emily afundou em seu assento e roeu a unha. Já era segunda-feira à noite e ela e suas amigas viajavam no carro da irmã postiça de Hanna até a nova residência dos Baker. Nem era preciso dizer que ela estava nervosa. E se chegassem lá e a família tivesse se mudado mais uma vez? E se chegassem lá e Violet não estivesse mais com eles?

Este era o pensamento mais atemorizante que Emily conseguia ter. A ainda poderia ter pegado Violet. Elas ainda poderiam estar no meio de um pesadelo.

Será que A *poderia* ser mesmo a Verdadeira Ali? *Ela* teria armado para que Gayle parecesse a vilã, roubando o dinheiro da caixa de correio de Gayle, mandando mensagens de texto para Spencer enquanto ela estava em Princeton, até mesmo fazendo com que Gayle tomasse parte na campanha do pai de Hanna? Teria a Verdadeira Ali atraído as garotas para a casa de Gayle com a intenção de feri-las? Ali tinha mesmo tão pouco respeito pela vida humana?

Mas isso é óbvio, disse uma voz na cabeça de Emily. De repente, seu sangue começou a ferver. Aquela não era mais a triste história de uma garota problemática que ela poderia ajudar. Era a história de uma vadia psicótica que queria pegá-la de qualquer maneira, mesmo que isso significasse machucar uma criança inocente. Se a Verdadeira Ali *era* A, então Emily precisava fazer tudo o que estivesse em seu poder para acabar com ela.

Era estranho pensar naquilo. Por um lado, Emily sentia-se vazia por dentro, como se alguém tivesse lhe roubado um órgão vital. Por outro, subitamente via tudo de modo claro, preciso, como se tivesse feito uma cirurgia a laser para corrigir a miopia e pudesse enxergar tudo perfeitamente pela primeira vez. Isso fez com que se sentisse ainda pior por ter deixado Ali livre. Talvez tudo aquilo fosse, simplesmente, culpa dela.

O semáforo ficou verde e Hanna passou em frente a uma Barnes & Noble e um Starbucks. O celular de Emily tocou e ela se assustou. Uma mensagem de texto de Isaac. *Tenho pensado bastante e gostaria de conversar.*

Emily ainda olhava para aquele recado quando pararam em um sinal vermelho. Aquela era uma mensagem boa... *ou* ruim? A expressão de raiva e repulsa com que Isaac olhara para ela na casa de Gayle ainda estava bem viva em sua lembrança. Ele *tinha* de estar bravo, certo? Será que ele já havia contado sobre aquilo aos pais? A sra. Colbert já havia espalhado a fofoca? Emily se tornaria a vergonha de Rosewood em questão de dias, horas?

Mas a verdade era que aquilo teria de vir à tona mais cedo ou mais tarde. A polícia já ligara para os pais de Emily no Texas para contar que ela testemunhara um crime. O primeiro voo que eles poderiam pegar seria na manhã seguinte e eles já estariam de volta quando Emily voltasse do funeral de Gayle. Mesmo que os policiais não tivessem revelado o seu segredo, seus pais lhe fariam perguntas. Talvez fosse melhor que aquele segredo fosse exposto, afinal. E tinha de ser ela a contar para os pais. Tudo o que poderia esperar era que não a matassem.

— Em, este lugar é adorável — murmurou Aria. Emily olhou pela janela. Estavam passando pela rua principal em Chestnut Hill. A rua era cheia de padarias bacanas, restaurantes exóticos, antiquários e lojas exclusivas. À esquerda, uma enorme biblioteca com um parquinho para crianças, à direita uma igreja de pedra, e as ruazinhas eram cheias de casas antigas restauradas, com caminhonetes e balanços na frente. Famílias empurravam carrinhos de bebês e passeavam com seus cães pelas calçadas. Crianças corriam em um campo de beisebol.

Emily deu um sorriso cheio de esperança. Aquele parecia mesmo ser um lugar ótimo.

Vire à direita e você terá chegado ao destino, avisou o GPS. Hanna ligou a seta e estacionou junto ao meio-fio. As garotas desceram do carro e começaram a andar pela calçada olhando para cada casa por que passavam.

— É essa — disse Aria, quando chegaram na metade do quarteirão, apontando para uma casa do outro lado da rua. — Número 86.

Emily respirou fundo e tomou coragem para olhar. A casa era branca, tinha persianas pretas e uma grande varanda. Havia um regador verde nos degraus, narcisos nascendo no jardim e uma guirlanda de frutas na porta.

— É bem legal, Em — disse Spencer. — Melhor até do que a outra casa.

E então Emily viu uma coisa que fez seu coração pular. Do outro lado da cerca do quintal, havia uma garagem. A porta estava aberta e revelava duas latas de lixo de plástico, uma bicicleta de dez marchas, um carrinho de bebê e uma piscina infantil em forma de sapo encostada na parede. Emily colocou as mãos na boca, sentindo lágrimas nos olhos. *Coisas de criança*. Será que o bebê dela vivia ali?

Como se o universo lhe respondesse, a porta da frente da casa se abriu. Emily gemeu e se escondeu atrás de Spencer. Um homem conhecido, magro e louro saiu na frente.

— Você a pegou? — perguntou ele para alguém que vinha logo atrás.

— Claro — respondeu uma voz de mulher.

Emily espiou por cima do ombro de Spencer a tempo de ver Lizzie Baker saindo para a varanda e fechando a porta. Ela parecia revigorada e feliz, usando calça de ioga preta e tênis Nike. Em seus braços, uma menina risonha de sete meses, com bochechas rosadas e olhos brilhantes, usava um vestido de veludo rosa e sapatos boneca pretos. Ela segurava um chocalho e deixou escapar uma risada alta. Seu cabelo tinha exatamente o tom louro-avermelhado de Emily.

— Ai, meu Deus — disse ela com lágrimas nos olhos. Era a sua bebezinha. Violet. Com uma aparência bonita, feliz e muito melhor do que ela imaginara.

— Em... — disse Aria, simplesmente. Spencer pegou o braço de Emily e o apertou. Hanna se apoiou no ombro dela e fungou, feliz.

Violet estava a salvo, *em segurança*! Era isso que importava. Emily poderia lidar com seus pais, com a fofoca, com Isaac. Seria capaz de suportar qualquer coisa que viesse. Tudo ficaria, bem, não perfeito, mas suportável. Se alguma coisa tivesse acontecido com a bebê, Emily nunca teria se perdoado.

Virou-se para as outras.

— Estou bem agora — sussurrou. — Vamos, antes que nos vejam.

Viraram-se para ir embora, mas, de repente, a sra. Baker parou, notando a presença de Emily. Instintivamente, ela segurou Violet com um pouco mais de força. Seu marido se virou para ver o que a esposa estava olhando e empalideceu também.

Engolindo em seco, Emily ergueu a mão em uma tentativa de acenar, como se quisesse dizer *não pretendo fazer nada*. Depois de um momento, os Baker acenaram de volta. Eles falaram algumas coisas que Emily não conseguiu ouvir. E, após um instante, a sra. Baker atravessou a rua em direção a Emily, com Violet nos braços.

— Ei, meninas, o que vocês estão fazendo? — perguntou Emily apavorada. Quando ergueu o olhar, Spencer, Aria e Hanna estavam se afastando. — Não vão embora!

— Você ficará bem — encorajou Spencer, contornando a esquina.

Emily se virou e viu a sra. Baker chegar à calçada, acomodando Violet em sua cintura. Elas se encararam por um momento. Emily não tinha ideia do que a sra. Baker poderia dizer. *Como você ousa? Dê o fora daqui?*

— Uau! — deixou escapar a sra. Baker. — Heather. Oi.

— Na verdade, meu nome é Emily — disse ela. — Emily Fields.

A sra. Baker riu, mas parecia aflita.

— Eu sei. Vi você em uma edição antiga da *People* no consultório do pediatra. Não consegui acreditar. — Então, ela pegou a mão de Violet e a fez acenar. — Acho que você sabe quem é essa. Nós lhe demos o nome de Violet.

— Oi, Violet. — Emily quase não conseguiu articular as palavras. — Ela parece maravilhosa. Ela está... feliz?

A sra. Baker colocou uma mecha de cabelo atrás da orelha.

— Bem, ela ainda não consegue falar, mas achamos que sim. Também estamos felizes. — Um olhar acanhado apareceu em sua expressão.

— Vocês se mudaram — disse Emily.

A sra. Baker assentiu.

Sim. Logo depois que ela chegou. Bem... você sabe. Pensamos que as pessoas poderiam fazer perguntas. Decidimos que era melhor nos mudarmos para algum lugar onde ninguém nos conhecesse. — Quando ela ergueu a cabeça e olhou para Emily outra vez, havia lágrimas em seus olhos também. — Não sabemos o motivo de você ter mudado de ideia, mas não temos palavras suficientes para agradecer. Esperamos que saiba disso.

Parecia que ela injetara luz do sol em Emily. Ela secou uma lágrima, olhando para o sorriso bobo e babão de Violet.

— Sou eu quem não tem como agradecer.

Ela ouviu o sinal sonoro duplo de um carro sendo destravado do outro lado da rua e a sra. Baker se virou e acenou para o marido, que estava ligando o motor de seu Honda.

— Vou contar à minha família sobre o bebê — disse Emily. — Mas jamais falarei a ninguém sobre vocês.

A sra. Baker concordou.

— Vamos guardar o seu segredo também.

Elas olharam uma a outra com empatia. Havia tantas outras coisas que Emily gostaria de perguntar sobre Violet, mas talvez ela não devesse mesmo saber. Tinha desistido do direito de ser mãe dela. Tudo o que poderia esperar era que os Baker dessem ao seu bebê a melhor vida possível. Todo o dinheiro do mundo não poderia dar a ela uma vida melhor do que aquela que ela parecia ter com os Baker.

Emily beijou o topo da cabeça de Violet, cheia de cabelinhos macios.

— Mantenha-a a salvo, tudo bem? Tranque a casa todas as noites. Nunca a deixe longe de seus olhos.

— Pode deixar — disse Lizzie.

— Ótimo. — Emily virou-se sem graça e caminhou o mais rápido que pôde de volta para as amigas, com medo de que, se não saísse logo dali, nunca mais pudesse deixar Violet. Olhou para trás uma vez, observando Lizzie fazer Violet acenar novamente. Sentiu um aperto na garganta. Pensou que A estava em algum lugar ali por perto, só esperando para levar Violet. Aquela era uma ideia que ela mal podia suportar.

Engolindo em seco, olhou para o trânsito da rua principal. *Se o próximo carro que passar for azul, Violet ficará bem,* pensou. *Se for vermelho, A fará alguma coisa terrível com ela.*

Ouviu o rugido de um motor e fechou os olhos, temendo o que o futuro poderia reservar. Nunca se importou tanto com nada em sua vida. Só quando o carro estava passando, ela abriu os olhos e viu o símbolo do capô de uma Mercedes. Soltou um longo suspiro, e lágrimas vieram mais uma vez aos seus olhos.

O carro era azul.

37

ALGUÉM ENTRE NÓS

A abadia de Rosewood era um prédio antigo de pedra com vitrais maravilhosos, uma torre do sino e jardins muito bem-cuidados e ficava no centro da cidade. Havia pessoas em trajes de luto espalhadas pelo gramado, o que causou em Aria uma estranha sensação de *déjà vu*. A última vez que estivera naquele lugar fora no funeral de Ali, um ano e meio antes. E agora, naquela manhã ensolarada de terça-feira, estava ali devido a outra morte: a de Gayle.

Emily e Spencer, que caminhavam ao seu lado, olharam para a igreja em silêncio quando entraram no estacionamento. Todas tinham vindo ali prestar um favor a Hanna. O sr. Marin a obrigara a comparecer ao funeral de Gayle porque ela fora uma grande incentivadora da campanha e Hanna estava muito assustada para ir sozinha.

Hanna estacionou perto dali. Ela desligou o carro, saiu e cumprimentou as amigas. Então, olhou em volta e estremeceu. Seu olhar se fixou em um salgueiro.

— *Aquilo* não traz boas lembranças — disse, em uma voz carregada de maus pressentimentos.

Aria sabia exatamente o que ela queria dizer. Tinha sido sob aquele salgueiro que elas receberam uma mensagem ameaçadora do primeiro A. *Ainda estou aqui, vadias, e eu sei de tudo.*

E agora a história se repetia. O novo A ainda estava por ali, em algum lugar. O novo A sabia de tudo. E nenhuma das garotas tinha ideia de onde ou quando ele viria para cima delas.

A nave da abadia estava ainda mais cheia do que o gramado, o ar ali dentro era úmido e abafado, e o barulho era ensurdecedor. O pai de Hanna falava com um repórter perto da porta. Várias pessoas do Rotary Club de Rosewood conversavam perto da pia batismal. Naomi Zeigler e seus pais estavam quietos em um canto, observando o programa do funeral. Aria se perguntou qual seria a relação da família de Naomi com Gayle.

O padre pediu que todos entrassem no salão. No fim da longa nave havia um caixão de mogno fechado coberto com imensas coroas de flores. O sr. Clark estava parado ali perto, com as mãos unidas e a cabeça baixa. Parecia não ter dormido desde a noite em que elas o viram na delegacia. Ele tinha olheiras escuras sob os olhos, sua pele parecia pálida e flácida e seu cabelo estava uma bagunça. Ele se sobressaltava com alguma frequência, parecendo assustado.

Hanna se inclinou para Aria.

— Meu pai me disse que a polícia acredita que o assassino de Gayle seja o cara que estava invadindo as casas da vizinhança. Eles o levaram para interrogatório. E se o prenderem?

Spencer deu de ombros.

— Antes ele do que nós.

Emily arregalou os olhos.

— Como você pode dizer uma coisa dessas, Spencer? Foi horrível quando pensaram que tínhamos sido nós as responsáveis, mas não podemos deixar alguém levar a culpa.

Spencer ergueu a sobrancelha ao se acomodar em um dos bancos.

— Quem pode saber? Talvez a pessoa que esteja invadindo as casas *seja* A.

— Ou talvez o invasor *tenha assassinado* Gayle, talvez não esteja relacionado com A — sugeriu Aria, apesar de não parecer convencida. As outras meninas também não pareciam.

Spencer cruzou as pernas, ajeitou a saia preta e olhou para a frente. Depois de um instante, Aria sentou-se ao lado dela e as outras meninas também.

A música vinda do órgão cessou e as portas pesadas foram fechadas rangendo alto. As pessoas tomaram seus assentos. Aria esticou o pescoço acima das cabeças à sua frente. O sr. Clark estava no púlpito, ajustando o microfone. Quando limpou a garganta, um chiado ecoou pelo lugar e ele franziu a testa. Depois, houve um silêncio longo e constrangedor. O sr. Clark olhou para o mar de pessoas diante de si, seus lábios tremiam. Houve algumas tosses discretas, depois vários cutucões preocupados. Durante todo o tempo, o sr. Clark não se mexeu.

O coração de Aria se apertou. Era terrível olhar para aquele homem tão abatido, especialmente devido a uma coisa que *elas* poderiam ter causado. E se A tivesse matado Gayle para afetá-las? Isso significava que elas não tinham arruinado a vida dele apenas uma vez, com o que aconteceu com Tabitha, mas duas. E Aria tinha mais culpa do que as outras. Foram suas mãos que empurraram Tabitha do telhado. Olhou-as agora, novamente horrorizada com tudo que fizera. Seus dedos começaram a tremer.

Por fim, o sr. Clark tossiu e começou a falar.

— Nunca imaginei que passaria por isso duas vezes em um ano — disse, com a voz embargada de emoção. Ele apertou um lenço na mão. — É devastador quando sua filha é tirada de você, mas quando você perde a sua esposa também, seu mundo simplesmente é destruído. — Ele assoou o nariz. — Muitos de vocês conheciam Gayle como uma filantropa inacreditável. Mas eu conhecia outros lados dela também. Partes que a faziam tão especial e única...

Ele continuou a contar como Gayle resgatava cada cachorro que encontrava, como ela havia se apiedado de uma família pobre que conheceram durante as férias em Curaçao, pagando a construção de uma nova casa para eles, e como ela sempre se voluntariava na distribuição de sopa no dia de Ação de Graças. Cada uma das histórias era improvável e desconexa, mas fazia com que Gayle ficasse menos parecida com A. A fora muito esperta ao convencê-las do contrário.

O sr. Clark continuou sua exaltação, parando de vez em quando para olhar para o espaço vazio ou secar as lágrimas que caíam em abundância. Quando Aria ouviu a palavra "assassino", levantou a cabeça, repentinamente alerta.

— Por mais que eu não queira dar atenção ao assassino de minha esposa no dia do funeral dela, tenho que dizer uma coisa sobre isso. — A voz do sr. Clark ficou grave. — Quem quer que você seja, por qualquer razão que tenha feito isso, eu o encontrarei. Assim como irei encontrar a pessoa que matou minha filha.

A multidão eclodiu em sussurros. Aria piscou, as palavras levaram alguns segundos para fazerem sentido. Olhou para suas amigas e, pronunciando as palavras em silêncio, perguntou:

— O que foi que ele acabou de dizer?

Sua cabeça começou a girar. *Aquilo não podia estar acontecendo.*

O sr. Clark fez um gesto para pedir que os presentes se acalmassem.

— Isso virá à tona, então posso contar a todos. Mandei fazer uma autópsia dos restos mortais de Tabitha. Ela não morreu em decorrência do consumo de álcool. Ela foi assassinada.

As pessoas começaram a falar mais rápido e mais rápido. A garganta de Aria parecia tão apertada que ela mal conseguia respirar. Suas amigas a encaravam, espantadas.

O celular de Aria emitiu um *beep*. Meio segundo depois, o de Emily se iluminou, assim como o de Hanna e o de Spencer. Aria olhou confusa e espantada para as amigas, depois para seu celular. Sua garganta fechou de vez e suas entranhas queimaram. *Uma nova mensagem de texto*, dizia a tela.

Aria abriu o aparelho. Sua visão ficou momentaneamente turva.

É isso aí, suas vadias – o papaizinho está na cola de vocês. Quanto tempo acham que vai demorar para a polícia perceber que as princesinhas estavam nas duas cenas de crime? – A

– Ah, meu Deus – sussurrou Spencer. Ela ergueu a cabeça e olhou ao redor. – Meninas, A está...

– ...aqui – completou Hanna.

Aria olhou para a igreja cheia de pessoas da escola, da cidade, do passado. Uma risada estridente ecoou e, bem naquele instante, um vulto deixou a igreja pela porta dos fundos, batendo-a com força.

O QUE ACONTECE DEPOIS...

Você não adora quando uma história termina com um estrondo? E esse não é o único barulho que tenho guardado para as Belas Mentirosas. Elas estão se preparando para passar uma semana no Caribe com garotos de todos os cantos do estado... e comigo! Estarei no periscópio, observando Spencer, Aria, Emily e Hanna aprontarem. Porque vamos falar a verdade: dá até para tirar uma mentirosa de Rosewood, mas não dá para tirar a mentirosa de dentro dessas garotas.

Começando por Spencer. Ela estava *cheia de esperança* de entrar para o clube mais exclusivo de Princeton. Mas depois da confusão com os brownies, parece que o único Eating Club que a aceitará em seus quadros será a fila do refeitório no Eco-Cruzeiro. Tomara que ela não tenha de caminhar sobre a prancha...

Aria está pronta para deixar o chororô para trás e se ajeitar com Noel no convés. Ela pode até ficar melhor do que o sr. Kahn em um biquíni, mas pelo menos ele é sincero. Aria ainda tem um segredo escondido... por enquanto. Noel a perdoou uma vez, mas, quando ele descobrir o que aconteceu na Islândia, será que vai colocá-la para congelar num iceberg?

E quanto à pobrezinha da Emily, agora que o gato, ou melhor, o *bebê* está fora do cesto, a casa da família Fields virá abaixo. Seria o cruzeiro a maneira perfeita de ela se livrar de toda a punição que certamente merece? Ou será que a viagem trará à tona as lembranças do assassinato de Tabitha e fará com que as mágoas afoguem nossa Emily?

E Hanna pode ter ficado parecida com uma baleia encalhada em sua aula de *pole dance*, mas conseguiu Mike de volta. Ah, se pelo menos o resto da escola pudesse esquecer sua última e, *arrããã*, ineficaz trapalhada como detetive... Mas algumas ações nunca serão esquecidas nem perdoadas. Como – apenas um exemplo – aquela coisa lamentável que ela fez no último verão. Uma garota pode bater e correr, mas não pode se esconder. Especialmente em mar aberto.

É melhor que as mentirosas aproveitem a calmaria enquanto puderem. Ouvi dizer que há tubarões no mar do Caribe, e eles podem muito bem farejar sangue...

Levantar âncoras!

– A

AGRADECIMENTOS

Como sempre, quero agradecer a Lanie Davis, Sara Shandler, Josh Bank, e Les Morgenstein da Alloy por todos os seus esforços para com este livro. Esse foi difícil de escrever. Havia várias distrações e eu estou tão feliz que posso contar com vocês, queridos. Obrigada também a Farrin Jacobs e Kari Sutherland da Harper por suas ideias inspiradas e por seu conhecimento amplo das personagens. Meus maiores agradecimentos a Aiah Wieder por toda a sua ajuda, assim como a Kristin Marang por seu website e suas promoções on-line. Amo estar conectada com os fãs!

Obrigada a minha família e amigos, vocês sabem quem vocês são. A Kristian, que é mais amável do que consigo pôr em palavras e está cada vez mais louco. Também quero agradecer aos livreiros que contribuíram para a série *Pretty Little Liars* desde o começo, em especial a Shelly da Harleysville Books em Harleysville, Pensilvânia, e Kenny da Books and Greetings em Northvale, Nova Jersey. Conheci vários livreiros incríveis ao longo do tempo, assim como bibliotecários fantásticos, professores e, é claro, leitores! Sem qualquer um de vocês, o sucesso dessa série não teria sido possível. Sou muito agradecida a todos vocês.

E, também, este livro é dedicado à gentil e maravilhosa Caron Crooke. Amamos você como uma parte de nossa família!

Este livro foi impresso na Gráfica JPA Ltda., Rio de Janeiro – RJ.